보들레르 친필 원고.

— J'allais mourir. C'é[tait]
Défi mêlé d'horreur, [...]

angoisse et vif espoir, [...]
Plus allait se vidant [...]
Plus ma torture était [...]
Tout mon cœur s'arrach[ait]

Enfan[t]
J'allais comme l'Enfan[t]
traînant le rideau [...]
Mais voilà que ma [...]

— J'étais mort ô mirac[le]
avait fait ! — « Qui, [...]
La toile était levée et [...]

Et puis la Vérité [...]

시의
힘으로 나는
다시
시작한다

시의
힘으로 나는
다시
시작한다

초 판 1쇄 인쇄 2020년 11월 23일
초 판 1쇄 발행 2020년 12월 8일

지은이 오생근
펴낸이 정중모
편집인 민병일
펴낸곳 **문학판**

기획 · 편집 · Art Director ｜ Min, Byoung-il
          Art Director ｜ Lee, Myung-ok

등록 1980년 5월 19일 (제406-2000-000204호)
주소 경기도 파주시 회동길 152
전화 031-955-0700 ｜ 팩스 031-955-0661~2
홈페이지 www.yolimwon.com ｜ 이메일 editor@yolimwon.com

ⓒ 오생근, 2020
ⓒ **문학판** logotype, 민병일, 2020
Printed in Seoul, Korea

ISBN 979-11-7040-035-6

문학판 은 열림원의 문학 · 인문 · 예술 책을 전문으로 출판하는 브랜드입니다.

문학판 의 심벌인 '책예술의 집'은 책의 내면과 외면이 아름다운 책들이 무진장 숨겨진
정신의 보물창고를 상징합니다.

시의
힘으로 나는
다시
시작한다

프랑스 현대시,
보들레르에서 프레베르까지

오생근 엮고 옮김·해설

문학판

서문

이 책은 오래전부터 계획하여 만들어진 것이 아니라 1년 전 어느 날 문득 떠오른, 시에 대한 에세이를 쓰고 싶다는 생각에서 비롯된 것이다. 그때 염두에 두었던 시는 보들레르의 「풍경」, 엘뤼아르의 「여기에 살기 위해서」, 프레베르의 「내 사랑, 너를 위해」였다. 그 에세이들을 쓰면서였는지, 쓰고 난 다음이었는지는 확실치 않다. 어느 순간, '보들레르에서 프레베르까지'라는 제목으로 프랑스 현대시들을 번역하고, 작품마다 분석과 해설을 덧붙이고 싶은 욕구가 생겨난 것이다. 이 욕구에 따라 글을 쓰다 보니, 어느새 이만큼의 분량으로 책이 만들어지게 되었다.

바슐라르는 "상상력이란 자신이 인식하는 것, 알고 있는 것을 바꾸어가는 힘"이라고 말한 바 있다. 마찬가지로 시적 상상력은 우리의 생각과 인식을 바꾸어가는 힘이다. 그러나 시는 우리의 인식을 바꾸도록 하기 전에 우선 정신을 고양시키고, 다른 삶을 꿈꾸게 하고, 내면을 돌아보게 한다. 프랑스 현대시를 골라서 이 작업을 하는 동안 무엇보다 '다르게 생각하고, 제대로 보고' 또한 자기를 돌아보는 일이 얼마나 중요한지를 알 수 있었다. 새로운 시를 발견하고 '발견의 기쁨'을 누린 시간도 많았지만, 덤덤한 일상의 언어가 놀라운 시로 변모하거나 현실의 사소한 것들이 경이로운 세계로 전환되는 것을 체험하기도 했다. 또한 시가 꿈꾸는 사람의 감성적 언어가 아니라, 삶에 대한 깊은 성찰의 언어임을 확인할 수도 있었다.

힘들었지만 즐겁기도 했던 이 여정의 끝에서 떠오른 의문은, 이 어둡고 우울한 시대에 프랑스 현대시가 어떤 의미를 갖는가이다. 물론 이에 대한 적절한 대답이 쉽지는 않을 것이다. 그러나 분명한 것은 시적 상상력이 우리의 내면과 삶을 넉넉하고 풍부하게 만들 수 있다는 점이다. 그렇다면, 답답하고 지루한 삶에서 변화를 꿈꾸는 사람들에게 시는 희망이라고 해도 좋겠다. "인생은 얼마나 느린가 / 희망은 얼마나 격렬한가"라는 아폴리네르의 시구처럼, 어쩌면 희망은 경이로운 불빛으로 떠오를지도 모른다.

2020년 11월

차례

프랑스 현대시 II

프랑스 현대시 I

샤를 보들레르

Charles Baudelaire

1821-1867

구스타프 쿠르베가 그린 보들레르, 1848

알바트로스

흔히 뱃사람들은 장난 삼아
거대한 바닷새 알바트로스를 잡는다.
시름없는 항해의 동반자처럼
깊은 바다 위를 미끄러져 가는 배를 따라가는 새를.

갑판 위에 일단 잡아놓기만 하면,
이 창공의 왕자들은 서툴고 창피스러운 몸짓으로
가련하게도 거대한 흰 날개를
노처럼 양쪽으로 질질 끄는구나.

날개 달린 이 여행자, 얼마나 어색하고 나약한가!
전에는 그렇게 멋있던 그의 모습 얼마나 우습고 추한가!
어떤 사람은 파이프로 부리를 건드려 괴롭히고,
어떤 사람은 절뚝거리면서 불구자가 된 새를 흉내내는구나!

'시인'은 이 구름의 왕자와 같아서
폭풍 속을 넘나들며 사수射手를 비웃었건만,
지상에 유배되어 야유에 둘러싸이니
거인의 날개는 걷는 데 방해가 될 뿐.

L'Albatros

Souvent, pour s'amuser, les hommes d'équipage

Prennent des albatros, vastes oiseaux des mers,

Qui suivent, indolents compagnons de voyage,

Le navire glissant sur les gouffres amers.

A peine les ont-ils déposés sur les planches,

Que ces rois de l'azur, maladroits et honteux,

Laissent piteusement leurs grandes ailes blanches

Comme des avirons traîner à côté d'eux.

Ce voyageur ailé, comme il est gauche et veule!

Lui, naguère si beau, qu'il est comique et laid!

L'un agace son bec avec un brûle-gueule,

L'autre mime, en boitant, l'infirme qui volait!

Le Poète est semblable au prince des nuées

Qui hante la tempête et se rit de l'archer;

Exilé sur le sol au milieu des huées,

Ses ailes de géant l'empêchent de marcher.

알바트로스는 생존하는 동물 중에 날개가 가장 긴 동물이자, 날 수 있는 조류 중에서 제일 큰 새이다. 알바트로스의 펼친 날개 길이는 3미터가 넘는다고 한다. 보들레르의 가장 유명한 시 가운데 하나로 꼽을 수 있는 이 시는 시인을 알바트로스에 비유하고, 그 새를 잡아서 괴롭히는 뱃사람들을 천박한 대중으로 표현한다. 이런 점에서 뱃사람들과 알바트로스를 대립시켜보면 다음과 같은 도식으로 정리될 수 있을 것이다.

뱃사람들	알바트로스
"흔히 뱃사람들은 장난 삼아 알바트로스를 잡는다."	"거대한 바닷새, 알바트로스는 시름없는 항해의 동반자처럼 깊은 바다 위를 미끄러져 간다."
산문적인 범속함 또는 대중의 저속함	시적인 고귀함 또는 시인의 존엄성

여기서 알바트로스가 "시름없는 항해의 동반자"로 표현되는 점에 주목할 필요가 있다. 동반자로 번역한 compagnon의 본래 의미는 빵pain을 함께 나누어 먹는 사람이란 뜻으로서 공동체적인 일체감의 관계를 상징하는 것이기 때문이다. 다시

말해서, 알바트로스는 인간이 아닌 동물이면서도 동반자처럼 인간에 대한 신뢰감을 갖고 배를 따라 날아가던 새이다. 그렇게 무심하게 날아가는 새를 뱃사람들이 "장난 삼아" 잡아서 괴롭혔다면, 그들에 대한 새의 배반감이 어느 정도일지 짐작해볼 수 있다.

또한 두 번째 연에서 '갑판planches'이란 명사와 '잡아놓다déposer'라는 동사도 유념해야 할 부분이다. 여기서 planches를 갑판이라고 번역한 것은 의역이다. 본래 이 단어는 판자나 널빤지를 뜻하는 것이고 복수로 쓰였을 때는 연극무대를 의미한다. 연극무대를 나타내는 다른 단어로는 plateau가 있다. 이두 단어의 차이는 전자가 코미디 같은 대중적인 무대를 가리킨다면, 후자는 고급한 예술로서의 연극과 관련해서 사용되는 단어라는 점이다. 그러므로 우리는 뱃사람들이 고귀하고 존엄한 존재를 대중의 무대 위에 올려놓고 웃음거리로 삼는다는 의미를 읽을 수 있다. 또한 '잡아놓다déposer'는 '퇴위시키다'라는 정치적 의미를 갖기도 한다. 'déposer un roi'는 '왕을 폐위시키다'이다. 다시 말해서 대중들은 '창공의 왕자들'을 폐위시켜, 군주의 절대적 권위를 무법적으로 무너뜨리면서, 시인의 정신적 권위와 존엄성을 희화시키는 것이다.

세 번째 연을 중심으로 알바트로스에 대한 표현을 시인의 관점과 뱃사람의 관점으로 나누어보면 다음과 같다.

알바트로스

시인의 관점	뱃사람의 관점
"날개 달린 여행자" voyageur ailé "그렇게 멋있던" si beau "날아다니던" qui volait	"어색하고 나약한" gauche et veule "우습고 추한" comique et laid "절뚝거리는" boitant
"전에는" naguère 과거	"지금은" maintenant 현재
고귀한 존재가 연민을 불러일으키는 대상으로 변함	대중의 웃음을 자아내는 조롱의 대상으로 변함

보들레르에 의하면, 시인은 대중들의 이해를 받지 못하고 오히려 조롱의 대상이 되는 알바트로스와 같은 존재이다. 시인의 이러한 인식은 그의 산문시 「후광의 상실」에서도 확인된다. 그는 이 산문시에서 후광으로 상징되는 시인의 권위와 역할이 마치 "머리에서 미끄러져 포장도로의 진흙탕 속에 떨어진 것처럼" 그린다. 시인으로서의 자존심이 없고 명예만 누리려는 평범한 시인이라면, 땅에 떨어진 후광을 집어 들어 다시 머리에 쓰려고 할 것이다. 그러나 보들레르는 땅에 떨어진 후광을 기꺼이 포기한다. 그는 통찰력이 뛰어난 '현대성'의 시인이자 영광의 후광에 연연해하지 않는 시인이기 때문이다. 보들레르는 뱃사람들에 의해서 붙잡힌 알바트로스가 '시인'의 상

황임을 인식하고, 더 이상 '창공을 날던' 시인의 영광을 그리워하기는커녕, 냉철한 현실인식을 바탕으로 새로운 시 쓰기를 개척한다. 이것이 바로 보들레르의 위대성이라고 할 수 있다.

상응

자연은 하나의 신전, 살아 있는 그 기둥들에서
때때로 어렴풋한 말소리 새어 나오고,
인간이 그곳 상징의 숲을 지나가면,
숲은 친숙한 눈길로 그를 지켜본다.

어둠처럼, 빛처럼, 광활하고,
어둡고 깊은 일체감 속에서
저 멀리 긴 메아리 뒤섞여 퍼지듯이
향기와 색채와 소리가 어울려 퍼진다.

어린애 살결처럼 싱싱하고
오보에처럼 부드럽고, 초원처럼 푸른 향기가 있고
풍성하고 의기양양한 썩은 향기도 있다.

용연향, 사향, 안식향, 훈향처럼
무한히 퍼져나가면서
정신과 관능의 열정을 노래하는 그 향기들.

Correspondances

La Nature est un temple où de vivants piliers
Laissent parfois sortir de confuses paroles;
L'homme y passe à travers des forêts de symboles
Qui l'observent avec des regards familiers.

Comme de longs échos qui de loin se confondent
Dans une ténébreuse et profonde unité,
Vaste comme la nuit et comme la clarté,
Les parfums, les couleurs et les sons se répondent.

Il est des parfums frais comme des chairs d'enfants,
Doux comme les hautbois, verts comme les prairies,
— Et d'autres, corrompus, riches et triomphants,

Ayant l'expansion des choses infinies,
Comme l'ambre, le musc, le benjoin et l'encens,
Qui chantent les transports de l'esprit et des sens.

앙리 모리에의『시학과 수사학 사전Dictionnaire de poétique et de Rhétorique』에 의하면, '상응correspondances'은 "현실 세계의 만물이 정신세계의 법칙과 관련되어 있을 뿐 아니라, 숭고한 세계의 본질과 교류한다는 철학적이고 종교적인 원칙의 표현"이다. 또한 '공감각synestésie'은 상이한 감각들의 교류와 유사성 혹은 일치성이 존재하는 현상이다. 보들레르의「상응」은 이러한 원칙을 시적으로 형상화한 시이자, 상징주의 시학의 기본원리를 반영한 것이라고 할 수 있다. 잘 알려져 있듯이, 19세기 후반의 프랑스 시를 지배한 상징주의는 당시 시인들의 시적 이상이었다. 감각과 관념 혹은 이데아 사이에 존재하는 '상응관계'를 발견하려는 상징주의는 가시적인 세계와 비가시적 세계의 일체에 대한 추구를 이상으로 삼았다. 상징은 이러한 '보이지 않는 실재la réalité invisible'를 판독하는 수단이므로, 상징주의 시인은 대상을 '묘사'하지 않고, '암시'해야 했다. 상징주의 시학은 대상과 대상에 대한 느낌을 사실적으로 표현하지 않고 모호하게 암시하는 것이기 때문이다.

이 시에서 시인은 "자연은 하나의 신전"이라고 정의하듯이 말한다. 여기서 자연은 낭만주의 시인들이 찬미하는 외적 풍경의 자연이 아니라, 상징의 숲을 뜻하는 자연이다. '신전'이라는 종교적인 건축물의 형태로 표현된 자연은 식물의 세계가 아니라 무기질 혹은 광물질의 세계를 연상시킨다. 또한 '신전'의 기둥은 생명이 없는 사물이 아니라, '살아 있는' 존재이다. 그 '기둥들에서' 새어 나오는 '어렴풋한 말소리'가 '상징'의 언어인 것이다.

그러므로 '자연 → 신전 → 살아 있는 기둥 → 상징의 숲'으로 신전의 이미지가 변형됨을 알 수 있다. 또한 "인간이 상징의 숲을 지나가면", "숲은 친숙한 눈길로 그를 지켜본다"에서, 인간은 상징의 언어를 판독하는 시인과 같은 존재이므로, 숲의 "친숙한 눈길"은 그러한 시인의 끊임없는 시도를 여러 번 보았다는 의미로 해석된다. 결국 첫 번째 4행시의 주제는, 인간이 살고 있는 세계가 보이지 않는 본질의 세계를 반영한다는 것이며, 현실의 세계는 그 세계로 들어가는 허상의 세계라는 것이다.

두 번째 4행시는 공감각의 주제를 보여준다. 시인은 상이한 감각들의 상응관계를 감각적으로 표현하기 위해, '어둠처럼', '빛처럼', '어린애 살결처럼', '오보에처럼', '초원처럼', "용연향, 사향, 안식향, 훈향처럼" 등 '처럼'이란 직유를 모두 여섯 번이나 사용한다. 또한 "광활하고, 어둡고, 깊은"이라는 상이한 시각적 어휘를 통해서 시각의 수평성과 수직성을 조화롭게 연결 짓는 한편, 빛과 어둠이 대립되지 않고 뒤섞이는 느낌의 형용사 '어두운-ténébreuse'을 통해서 사물의 경계를 지워버리는 효과를 노린다.

세 번째 연과 네 번째 연은 상이한 향기들의 존재를 묘사한다. 여기서 '향기들'은 '소리들'과 교류하거나 '색채들'과 교감하고, 그것들과의 일체성을 나타내기도 한다. 그러므로 '푸른' 향기도 있고, '썩은' 향기도 있으며, 순수하고 정신적인 것도 있고, 악의 느낌을 풍기는 육체적인 것도 있다. 이처럼 대립적인 의미의 향기들이 상응과 교감의 의미로 연결되면서 이것들이 연상시키는 순수와 타락, 순진과 죄악의 모든 대립은 소멸되는 상태가 암시된다. 특히 "정신과 관능의 열정을 노래하는 향기들"은 에로티시즘과 악마주의를 포함하여, 악에 노출된 인간의 절망과 우울한 삶의 권태를 나타낸 『악의 꽃』의 주제를 떠올리게 한다.

결론적으로 말하면, 보들레르는 이 시에서 상응관계를 추구하고 해석하는 일이 시인의 역할이라고 정의한다. 보이는 현실과 보이지 않는 본질의 세계 사이의 상응관계는 수직적인 것도 있고, 수평적인 것도 있다. 시인은 그 모든 상응관계를 포착해서, 그것을 독자에게 제시하는 역할을 수행하는 사람이다. 그는 이 세계의 상형문자를 자기의 시선으로 해석해서 독자로 하여금, 세계의 비밀을 이해시켜야 한다. 『악의 꽃』의 입문시라고 할 수 있는 이 시는 결국 우리가 살고 있는 세계가 본질이 아니고, 허상이라는 것, 시인은 이 세계의 세속적 가치에 함몰되어서 살지 않고, 이상과 본질적 가치를 추구하고 살아야 하는 존재임을 일깨워준다.

풍경

순결한 마음으로 나의 목가를 짓기 위해
나는 점성가처럼 하늘 가까이 누워
종루 옆에서 꿈꾸며 귀 기울여 듣고 싶다,
바람에 실려오는 장엄한 성가를.
두 손으로 턱을 괴고, 높은 곳 나의 다락방에서
나는 바라보리라, 노래하고 떠들어대는 작업장을,
굴뚝을, 종탑을, 저 도시의 돛대들을,
그리고 영원을 꿈꾸게 하는 저 광활한 하늘을.

안개 사이로 창공에 별이 뜨고
창가에 불이 켜지고, 흐르는 매연이 하늘로 솟아오르고,
달빛이 희미한 매혹을
뿜어대는 풍경은 얼마나 감미로운가,
나는 바라보리라, 봄과 여름과 가을을,
그리고 단조롭게 눈 내리는 겨울이 오면
사방에 덧문을 닫고 커튼을 내리고
어둠 속에서 꿈의 궁전을 세우리라.
그리고 꿈꾸리라, 푸르스름한 지평선을,
정원을, 대리석 석상들 속에서 눈물 흘리는 분수를,

입맞춤을, 아침 저녁 재잘대며 우는 새들을,

목가에 담긴 더할 나위 없이 순진한 노래를.

'폭동의 함성'이 아무리 내 유리창에 몰아쳐도

책상에서 내 이마를 들게 하지는 못하리라

내 의지로 '봄'을 일깨우고

내 가슴속에서 태양을 이끌어내고

내 뜨거운 생각들로 아늑한 분위기를

일궈내는 황홀경에 빠져 있을 테니까.

Paysage

Je veux, pour composer chastement mes églogues,

Coucher auprès du ciel, comme les astrologues,

Et, voisin des clochers écouter en rêvant

Leurs hymnes solennels emportés par le vent.

Les deux mains au menton, du haut de ma mansarde,

Je verrai l'atelier qui chante et qui bavarde;

Les tuyaux, les clochers, ces mâts de la cité,

Et les grands ciels qui font rêver d'éternité.

Il est doux, à travers les brumes, de voir naître

L'étoile dans l'azur, la lampe à la fenêtre

Les fleuves de charbon monter au firmament

Et la lune verser son pâle enchantement.

Je verrai les printemps, les étés, les automnes;

Et quand viendra l'hiver aux neiges monotones,

Je fermerai partout portières et volets

Pour bâtir dans la nuit mes féeriques palais.

Alors je rêverai des horizons bleuâtres,

Des jardins, des jets d'eau pleurant dans les albâtres,

Des baisers, des oiseaux chantant soir et matin,

Et tout ce que l'Idylle a de plus enfantin.

L'Émeute, tempêtant vainement à ma vitre,

Ne fera pas lever mon front de mon pupitre;

Car je serai plongé dans cette volupté

D'évoquer le Printemps avec ma volonté,

De tirer un soleil de mon coeur, et de faire

De mes pensers brûlants une tiède atmosphère.

파리에서 유학생으로 지낼 때, 한동안 책상 위 벽면에 이 시를 붙여놓고, 눈길이 갈 때마다 시의 몇 구절을 읽은 적이 있다. 그 시절, 책상 옆에 놓인 책장 상단쯤에는, 파리의 오래된 아파트 다락방과 지붕들이 '돛대들처럼' 보이는, 우편엽서에 실린 아파트 지붕의 사진이 액자에 담겨 있었을 것이다. 그런 이유 때문인지 모르겠지만, 이 시를 읽으면, 그때의 책상과 책장과 함께 우편엽서의 다락방 풍경이 떠오른다. 어떤 때는 사진의 풍경이 너무나 생생해, 내가 마치 파리의 한 다락방에서 가난한 유학생으로 힘겹게 지냈던 것 같은 착각이 들기도 한다.

　　나는 그때 왜 이 시를 벽에 붙여둘 만큼 좋아했던 것일까? 몇 가지 이유가 있었을 것이다. 그중에서 한두 가지만 말한다면, 첫째는 '우연의 일치'라고 할 수 있다. 파리에 간 지 얼마 지나지 않아서, 한 친구로부터 간단히 안부를 묻는 우편엽서를 받게 되었는데, 그 엽서의 사진이 바로 이것이었다. 오른쪽에는 다락방의 창이 보이고, 왼쪽에는 아파트의 지붕들이 길게 이어진 사진 속 풍경은 고풍스러우면서 정겹고 친근한 느낌이 들었다. 그런 후, 학교 도서관에서 우연히 보들레르의 이 시를 읽게 되었다. 이 시를 읽으면서 자연스럽게 우편엽서의 사진을 연상하게 되는 것은 당연했다.

두 번째 이유는 이 시 후반부에 나타난 시인의 결연한 의지에 공감했기 때문이다. 시의 화자는 "단조롭게 눈 내리는 겨울이 오면 / 사방에 덧문을 닫고 커튼을 내리고 / 어둠 속에서 꿈의 궁전을 세우"겠다는 의지와 함께, "'폭동의 함성'이 아무리 내 유리창에 몰아쳐도" "내 의지로 '봄'을 일깨우고", "내 가슴속에서 태양을 이끌어내"겠다고 말한다. 나는 이 구절을 읽으면서 엘뤼아르의 「여기에 살기 위해서」의, "겨울의 어둠 속으로 들어가기 위해서 불을 만들었다"는 구절을 떠올렸다. 제한된 시간 안에 논문을 써야 한다는 강박증 때문이었을까? 나에게는 "불을 만들었다"는 반항의 열정보다 "내 가슴속에서 태양을 이끌어내겠다"는 결의가 훨씬 더 공감의 울림을 주었다.

　　잘 알려져 있듯이, 보들레르는 프랑스의 시를 세계적인 차원으로 올려놓은 시인이다. 『프랑스 문학사』를 쓴 티보데는, 낭만주의 시인인 비니와 보들레르의 차이를 『구약성서』와 『신약성서』에 비유할 만큼, 보들레르가 현대시의 선구자임을 말한 바 있다. 그는 동시대의 낭만주의 시인들과는 다르게, 자연의 아름다움을 찬미하지 않았고, 도시의 어둡고 황량한 세계와 도시인의 우울한 내면을 시적 주제로 삼았다. 그렇다고 해서 그가 산업화와 물질주의의 지배, 정신의 평등주의를 긍정적으로 수용한 것은 아니다. 그는 도시화의 모든 현상들을 부정적으로 보면서도, 낭만주의 시인들처럼 자연의 풍경 속에서 위안을 찾지 않았으며, '지옥' 같은 도시의 일상적 현실과 군중의 출현에 주목하면서 "일시적인 것, 순간적인 것, 우연적인 것"을 시적 상상력으로 변용시켰다.

이런 점에서 보들레르는 도시의 온갖 더럽고 보기 흉한 것들에 대해 아름답고 매혹적인 이미지로 변화시키는 '그로테스크' 미학을 이용하고, '꽃의 향기'와 같은 자연적인 요소를, 도시의 아스팔트나 거리의 오물과 결합시키는 '모순어법 oxymoron'을 구사한다. "순결한 마음으로 나의 목가를 짓기 위해"라는 「풍경」의 첫 구절도 그러한 표현 방법의 하나일 수 있다. 본래 '목가'는 평화롭고 소박한 전원생활을 노래하는 것이다. 그런데 시인은 "매연이 흘러서 하늘로 솟아오르는" 도시의 삭막한 풍경을 바라보면서 "목가를 짓는다"고 말한다. 또한 도시의 번잡하고 혼란스러운 요소들이 도시인의 내면에 모순되고, 굴절된 형태로 나타나듯이, 시인의 '꿈의 궁전'에는 '푸르스름한 지평선', '정원', '분수', '입맞춤', '새들'처럼 물질적인 것과 비물질적인 것, 인간적인 것과 자연적인 것들이 부조리한 논리로 연결되어 있는 것이다.

이 시를 여러 번 읽으면서, 내가 각별히 주목하게 된 것은 '창'의 이미지이다. 이 시에서 '창'은 두 번 나타난다. 한 번은 "안개 사이로 창공에 별이 뜨고", "창가에 불이 켜진다"는 구절에서이고, 두 번째는 "'폭동의 함성'이 아무리 내 유리창에 몰아쳐도"라는 구절에서이다. 두 번째의 시구를 다시 정리해보면, 시인은 죽음의 '겨울'과 '폭동의 함성'이라는 사회적 혼란을 견디기 위해서 '꿈의 궁전'을 만든다는 것이다. 물론 이 '꿈의 궁전'의 창에도 불이 켜질 것이다. 불 켜진 창이 있는 '꿈의 궁전'에서 시인은 단순히 겨울을 견디며 지내지 않고, "'봄'을 일깨우는" 창조적인 작업을 시도한다. 이러한 시 창작의 열정과 꿈의 의지에서 '창'이 어떤 의미를 갖는 것인지 이해하려면, 보들레르의 산문시 「창들Les fenêtres」을 참고할 필요가 있다.

　「창들」이란 산문시는 이렇게 전개된다. "열린 창문을 통해 밖에서 바라보는 사람은 닫힌 창문을 바라보는 사람이 발견하는 풍부한 사실들을 결코 발견할 수 없다. 촛불에 의해 밝혀진 창문만큼, 깊고, 신비롭고, 풍요롭고, 어둡고, 동시에 빛나는 대상은 없다. 햇빛 아래에서 보는 것은 유리창 뒤에서 일어나는 일보다 덜 흥미롭다. 어두운 창이거나 반짝이는 창이거나 그 창의 구멍 속에서 인생이 숨쉬고, 인생이 꿈꾸고, 인생이 괴로워한다." 시인은 우선 '열린 창문'과 '닫힌 창문'을 구분한다. '열린 창문'으로 보이는 것은 '햇빛 아래에서 보는 풍경'과 마찬가지로 상상을 불러일으키지 않는다. 그러나 '닫힌 창문'과 어두운 창, 또는 불빛으로 '반짝이는 창'은 창문 너머로 보이는 대상을 꿈꾸게 한다는 점에서 보는 사람을 상상의 세계로 인도하는 역할을 한다. 인용된 구절의 뒷부분에 언급된 것처럼, 시인은 어두운 거리를 걷다가 어떤 집의 '불 켜진 창' 너머로 '주름살투성이의 노파'를 바라보면서, 노파의 삶을 꿈꾸고 상상한다. 이것은 노파의 삶을 상상하면서 이야기로 꾸며본다는 것이 아니라, 시인이 노파와 동일시하면서, 그녀의 삶을 살아보는 체험을 하는 것이다. 이 산문시는, 창 너머로 보이는 노파의 모습을 상상해보는 것은 노파의 현실을 사실적으로 인식하는 것과 다르다고 폄하하는 사람에 대해서 이렇게 말하는 것으로 끝난다. "내 밖에 있는 현실이 무슨 상관인가? 만일 그 현실이 나의 삶을 도와주고, 내가 존재하고, 내가 어떤 사람인지를 의식하게끔 도와주기만 한다면?" 이런 점에서 보들레르는 현실의 사실성보다 현실을 넘어서 꿈꾸고, 사실을 변형시키는 상상력을 중요시한 시인임을 보여준다.

다시 보들레르의 「풍경」으로 돌아가자면, 이 시의 화자는 다락방에서 도시의 풍경을 바라보면서 '폭동의 함성'으로 표현되는 1848년의 역사적 현실을 넘어서는 꿈꾸기를 시도한다. 그의 꿈꾸기는 현실을 외면하는 도피가 아니라, 현실을 극복하는 예술가의 초월적이고 창조적인 의지의 작업이다. 그렇다면 시와 예술의 본질적 의미와 존재 이유를 보들레르의 산문시에 기대어 이렇게 말할 수 있지 않을까? 시와 예술이 현실을 반영하지 않는다고 해서 그것이 무슨 상관인가? 시와 예술이 "나의 삶을 도와주고, 내가 존재하고, 내가 어떤 사람인지를 의식하게끔 도와줄 수 있다면".

우울

내겐 천년을 산 것보다 더 많은 추억이 있다.

계산서들, 시詩와 연애편지, 소송서류, 연애시,
영수증에 돌돌 말린 무거운 머리카락들이
가득 찬 서랍 달린 장롱도
내 우울한 머릿속만큼 비밀을 숨기진 못하리.
그건 피라미드, 공동묘지보다 더 많은
시체를 간직하고 있는 거대한 지하묘소이지.
— 나는 달빛마저 싫어하는 공동묘지.
여기엔 내가 무척 사랑하던 죽은 이들의 몸 위로
구더기들이 회한처럼 달라붙어 우글거린다.
나는 또한 시든 장미꽃 가득한 오래된 규방,
여기엔 유행 지난 온갖 물건들이 널려 있고,
탄식하는 파스텔 그림들과 빛바랜 부쉐의 그림들만
마개 빠진 향수병 냄새를 풍기고 있다.

많은 눈이 내리던 겨울날의 무거운 눈송이 아래
침울한 무관심의 결과인 권태가
불멸의 형태로 늘어날 때,

절뚝이며 가는 세월의 길이에 비길 것이 어디 있으랴.

— 오 살아 있는 물질이여! 이제 너는

안개 낀 사하라 한복판에서 졸고 있는

막연한 공포에 휩싸인 화강암일 뿐

무심한 세상 사람들에게 외면당하고 지도에서도 잊혀

거친 울분으로 저무는 석양빛 아래에서만

노래하는 스핑크스일 뿐이지.

Spleen

J'ai plus de souvenirs que si j'avais mille ans.

Un gros meuble à tiroirs encombré de bilans,
De vers, de billets doux, de procès, de romances,
Avec de lourds cheveux roulés dans des quittances,
Cache moins de secrets que mon triste cerveau.
C'est une pyramide, un immense caveau,
Qui contient plus de morts que la fosse commune.
— Je suis un cimetière abhorré de la lune,
Où comme des remords se traînent de longs vers
Qui s'acharnent toujours sur mes morts les plus chers.
Je suis un vieux boudoir plein de roses fanées,
Où gît tout un fouillis de modes surannées,
Où les pastels plaintifs et les pâles Boucher,
Seuls, respirent l'odeur d'un flacon débouché.

Rien n'égale en longueur les boiteuses journées,
Quand sous les lourds flocons des neigeuses années
L'ennui, fruit de la morne incuriosité,

Prend les proportions de l'immortalité.

— Désormais tu n'es plus, ô matière vivante!

Qu'un granit entouré d'une vague épouvante,

Assoupi dans le fond d'un Saharah brumeux;

Un vieux sphinx ignoré du monde insoucieux,

Oublié sur la carte, et dont l'humeur farouche

Ne chante qu'aux rayons du soleil qui se couche.

❖

　『라루스Larousse』 동의어 사전에 의하면, chagrin(슬픔)은 원인이 분명한 정신적 고통이나 괴로움을 의미하는 단어로서, 가령 사랑하는 사람과의 이별이거나 소중한 존재를 잃었을 때 겪는 감정을 나타낸다. 또한 tristesse(슬픔, 우울)는 chagrin보다 더 크고, 깊은 감정으로서 개인이 감당하기 어려운 불행이나 비극적 사건을 체험한 후에 겪는 지속적인 슬픈 감정의 상태이다. 이렇게 원인이 분명한 슬픈 감정과 달리 mélancolie(우울)는 원인이 분명하지 않은 막연한 슬픔이거나 침울한 마음의 지속을 가리킨다. tristesse와 mélancolie는 모두 영혼의 지속적인 감정을 의미하는 것이다. 또한 chagrin이 사람과 관련해 한정된 범위로 사용된다면, tristesse와 mélancolie는 사람뿐 아니라 어떤 노래나 풍경과 관련되어서 쓰이기도 한다. spleen은 본래 mélancolie와 거의 같은 의미의 영어로서, 18세기부터 프랑스 사회에 유입되어 문학적 언어로 많이 사용되었다.

　『악의 꽃』에는 spleen이란 제목의 시가 4편이나 수록되어 있다. 또한 산문시집은 『파리의 우울Le spleen de Paris』이기도 하다. 보들레르는 왜 이처럼 mélancolie보다 spleen이란 단어와 주제에 집착한 것일까? 분명한 것은 보들레르가 낭만주의 시인들이 mélancolie를 선호했던 것과는 다른 방식으로, 도시인의 우울을 spleen으로 표현하고 싶어했다는 점이다. spleen이란 제목의 시들이 대체로 음울한 도시의 풍경과 시인의 권태로운 마음을 일치시켜 표현한 것으로 본다면, 그가 왜 spleen을 애호했는지 짐작할 수 있다.

독일의 비평가 벤야민은 '보들레르의 몇 가지 주제에 관하여'라는 글에서, 낭만적 서정시를 쓸 수 없는 시대적 상황에서 보들레르가 어떤 독자를 의식하고 글을 썼는지를 이렇게 설명한다.

보들레르는 서정시를 읽는 것에 어려움을 느끼는 독자들을 염두에 두었다. 『악의 꽃』의 서시는 이러한 독자들을 대상으로 한다. 이제 독자들은 의지력이나 집중력을 갖는 일에 관심이 없다. 그들은 감각적인 향락을 더 좋아한다. 그들에게는 관심과 감수성을 말살시키는 우울spleen이 친숙하게 느껴지는 것이다.

벤야민의 말처럼, 보들레르는 도시화 시대의 독자들이 "관심과 감수성을 말살시키는 우울spleen에 공감한다고 보았다. 『악의 꽃』의 서시, 「독자에게」에서 알 수 있듯이, 그는 자신의 동류인 독자를 대중이 아니라, 권태와 우울을 아는 '소수의 선택받은 존재'라고 생각한 것이다.

우울한 현실적 자아를 상상적 자아와의 관계에서 표현한 이 시는 크게 두 주제로 나누어볼 수 있다. 전반부는 화자의 우울한 머릿속의 추억을 온갖 서류와 편지, 잡동사니 물건들이 가득 찬 '서랍 달린 장롱', "시든 장미꽃 가득한 오래된 규방", '피라미드', '지하묘소'에 비유한 14행까지이고, 후반부는 15행부터 24행까지 '살아 있는 물질', '우울한 영혼', 스핑크스의 화강암으로 묘사한 '권태'의 주제와 관련된다. 여기서 주목해야 할 구절은 "회한이 구더기들처럼 우글거린다"가 아니라 "구더기들이 회한처럼 우글거린다"는 표현이다. 이처럼 특이한 비유법을 도식화해서 정리하면 다음과 같다.

$$\frac{묘지}{머리} = \frac{구더기}{회한} \quad \Rightarrow \quad \frac{묘지}{머리} = \frac{회한}{구더기}$$

그러므로 이러한 역설적 비유법은 회한의 견딜 수 없는 고통을 반어적 상상력으로 강렬히 표현하는 효과를 거둔다. 1부가 시인의 '머릿속'을 추억의 '지하묘소'로 그린 것이라면, 2부는 '우울spleen'의 극단화가 '머릿속'을 마치 천년 동안 오랜 시간에 걸쳐 화석화한 것처럼 묘사했다고 할 수 있다.

서정적인 구조와 연극적인 구조가 결합된 느낌을 주는 이 시는 "나는 ~ 이다", "그건 ~ 이다", "너는 ~ 이다"로 전개된다.

시인은 이러한 시적 구성을 통해 도시인의 우울과 실존적 상황을 연극적으로 심화시켜 표현했다고 할 수 있다.

지나가는 한 여인에게

시끄러운 거리가 내 주위에서 아우성치고 있었다.
키가 크고 날씬한 상복 차림의 한 여인이
우아한 고통의 표정으로 지나갔다. 맵시 있는 손길로
가장자리에 꽃무늬 장식이 있는 치맛자락 들어 올린 그녀는

조각상 같은 다리의 날렵하고 고상한 모습이었다.
나는 들이마셨다. 실성한 사람처럼 몸을 떨면서
그녀의 눈 속에 태풍이 싹트는 납빛 하늘을,
매혹의 감미로움과 죽음의 쾌락을.

한줄기 빛, 그 후의 어둠이여! — 그 눈빛이 순식간에
나를 다시 태어나게 만들고 사라진 아름다운 여인이여,
그대를 영원히 다시 만나지 못할 것인가?

이곳에서 아주 먼 어느 다른 곳이라면! 너무 늦은 것일까? 그런 일은 결코 없겠지만!
그대 사라진 곳 내가 모르고, 내가 가는 곳 그대 모르기 때문이겠지.
오, 내가 사랑했을지 모르는 그대여, 오, 그걸 알고 있었을 그대여!

A une passante

La rue assourdissante autour de moi hurlait.

Longue, mince, en grand deuil, douleur majestueuse,

Une femme passa, d'une main fastueuse

Soulevant, balançant le feston et l'ourlet;

Agile et noble, avec sa jambe de statue.

Moi, je buvais, crispé comme un extravagant,

Dans son oeil, ciel livide où germe l'ouragan,

La douceur qui fascine et le plaisir qui tue.

Un éclair... puis la nuit! —Fugitive beauté

Dont le regard m'a fait soudainement renaître,

Ne te verrai-je plus que dans l'éternité?

Ailleurs, bien loin d'ici! trop tard! jamais peut-être!

Car j'ignore où tu fuis, tu ne sais où je vais,

O toi que j'eusse aimée, ô toi qui le savais!

보들레르의 시에서 '대도시와 군중'은 중요한 주제들 중 하나이다. 그는 대도시의 새로운 풍경과 도시 하층민들의 삶에 깊은 관심을 갖고 있는 까닭에, "도시의 삶에는 시적이고 놀라운 소재가 풍부하다"고 말한다. 그러나 그의 시에서 도시의 현상과 군중의 출현에 대한 직접적 묘사를 발견하기는 어렵다. 도시의 풍경은 단편적이거나 간접적으로 표현되어 있고, 군중에 대한 시각은 대체로 내면화되어 있기 때문이다.

벤야민은 「보들레르의 몇 가지 주제들에 관해서」를 통해, 보들레르가 파리의 거주민들과 도시를 직접적으로 묘사하지는 않았지만, "한 대상을 다른 대상의 형태로 환기시키는" 표현 방법을 구사했다는 점에 주목한다. 다시 말해서 보들레르는 군중의 한 사람을 통해 도시를 말하고, 도시의 한 풍경을 통해 거주민의 특징적인 삶을 표현한다는 것이다. 그는 이런 관점에서 「지나가는 한 여인에게」를 인용하고, "이 시에는 군중을 나타내는 표현이나 낱말은 하나도 보이지 않지만, 이 시 전체의 흐름은 군중의 존재에 근거를 두고 있다"[1]고 분석한다. 그의 분석에 따르면, 화자가 상복 차림의 여인을 보고 자신의 매혹된 감정을 그린 이 시는, 대도시의 군중들 사이에서 가능한 우연적 만남의 사건을 주제로 한다. 그런데 이 감정은 지속적이 아니라, 순간적인 것이다. 이러한 시선의 마주침에서 중요한 것은 매혹의 대상과의 우연한 만남이라기보다, 다시는 만날 수 없다는 아쉬움이다. 벤야민의 이러한 견해는 대도시에서 발생하는 우연적 만남에 대한 흥미로운 해석이긴 하지만, 이 시에서 화자가 왜 "상복 차림의 여인"을 보고 "실성한 사람처럼 몸을 떨게" 되었는지를 설명하지는 못한다. 또한 독자는 벤야민의 해석만으로 그녀의 눈 속에서 우울과 슬픔이 "태풍이 싹트는 납빛 하늘을" 본다거나, "매혹의 감미로움과 죽음의 쾌락" 같은 모순된 감정이 어떤 연유에서인지를 알 수 없다.

이런 점을 고려할 때, 보들레르가 상복 차림의 여인과 상중의 미망인들에 대한 특별한 관심을 갖는 까닭은 그의 어린 시절 큰 사건이었던 어머니의 재혼과 관련시켜 해석하는 제롬 텔로의 견해[2]가 적절해 보인다. 그의 해석을 뒷받침하는 논리는 사르트르의 보들레르에 대한 비평에서도 찾을 수 있다.

아버지가 죽었을 때, 6살이었던 보들레르는 늘 어머니를 숭배하면서 지냈다. 그녀의 관심과 염려에 휩싸여 그는 자신이 한 인간으로서 존재한다는 것을 알지 못했다. 그러나 그는 일종의 원초적이고 신비적인 참여로 어머니의 몸과 마음에 결합되어 있다는 일체감을 가졌다. 그는 어머니와의 상호적인 부드럽고 따뜻한 사랑에 빠져서 지냈다. 거기에는 오직 하나의 가정, 하나의 가족, 하나의 근친상간적 부부만이 존재할 뿐이었다. 훗날 그는 이렇게 쓴다. "나는 언제나 어머니의 품에서 살아 있었고, 어머니는 오직 나의 것이었다. 어머니는 우상인 동시에 동지였다"[3]

이렇게 어머니를 숭배하고 사랑하면서, 일체감을 갖고 지냈던 어린 보들레르에게 평생 지울 수 없는 상처를 준 사건은 아버지가 죽은 후, 1년 정도밖에 지나지 않은 시점에서 어머니가 재혼한 것이다. 사르트르는 이것을 보들레르 같은 섬세하고 예민한 영혼에 균열이 생기게 한 충격적 사건으로 설명한다. 보들레르가 나중에 "나 같은 아이를 둔 어머니는 재혼을 하지 말아야 한다"고 말한 것은 어머니의 재혼이 자기에게 얼마나 큰 충격적 사건이었는지를 보여준다.

그러므로 상복 차림의 여인에게 매혹된 보들레르의 영혼속에는 복잡한 양가 감정이 담겨 있다. 논리적으로 설명하기 어려운 사랑과 미움, 삶과 죽음, 희망의 빛과 절망의 어둠이 공존해 있는 것이다.

1) W. Benjamin, Poésie et Révolution, éditions Denoël (1971), p.242
2) J. Thélot, Baudelaire, Violence et poésie, Gallimard (1993), p.489
3) J. P. Sartre, Baudelaire, Gallimard (1947), pp.18~19

이국 향기

어느 가을날 더운 저녁 두 눈 감은 채
그대의 따뜻한 젖가슴 냄새 맡으면
한결같은 태양의 불길로 눈부신
행복한 해안이 눈앞에 펼쳐지네.

진귀한 나무들과 맛있는 과일들을
자연이 제공하는 게으른 섬나라,
날씬한 체격의 활기찬 남자들과
순진한 눈빛이 놀라운 여자들.

그대 체취에 이끌려 매혹적인 고장에 가면,
거센 파도에 시달려 아직도 지쳐 있는
돛과 돛대로 가득 찬 항구 떠오르고,

초록색 타마린 향기는
대기 속을 감돌며 콧속을 부풀게 하고
내 마음속엔 수부들의 노래 함께 들려오네.

Parfum exotique

Quand, les deux yeux fermés, en un soir chaud d'automne,

Je respire l'odeur de ton sein chaleureux,

Je vois se dérouler des rivages heureux

Qu'éblouissent les feux d'un soleil monotone;

Une île paresseuse où la nature donne

Des arbres singuliers et des fruits savoureux;

Des hommes dont le corps est mince et vigoureux,

Et des femmes dont l'œil par sa franchise étonne.

Guidé par ton odeur vers de charmants climats,

Je vois un port rempli de voiles et de mâts

Encore tout fatigués par la vague marine,

Pendant que le parfum des verts tamariniers,

Qui circule dans l'air et m'enfle la narine,

Se mêle dans mon âme au chant des mariniers.

이 시는 「머리카락La chevelure」과 함께 여인의 체취를 통해 상상세계로의 여행을 떠난다는 주제의 작품들 중 하나이다. 보들레르가 감각 중에서 특히 후각에 가장 예민했다는 것은 잘 알려진 사실이다. 「머리카락」의 화자가 여인의 머리카락 냄새를 맡고 황홀한 도취에 빠지는 모습을 보여준다면, 「이국 향기」는 여인의 따뜻한 젖가슴 냄새를 시작으로 "행복한 해안이 펼쳐지는" 상상의 세계를 그린다. 시인에게 여자의 '머리카락'과 '젖가슴'은 신비롭고 풍부한 상상력을 전개하는 출발점이자 매개체이다.

　　소네트(4행시 2연과 3행시 2연으로 구성된 정형시) 형식의 이 시는 형태적으로 안정감과 균형성을 보여준다. 첫 행의 "어느 가을날 더운 저녁 두 눈 감은 채"는 화자의 시선이 외부의 풍경으로 열려 있지 않고, 내면의 몽상으로 펼쳐진다는 것을 의미한다. 몽상을 촉발하는 것은 "그대의 따뜻한 젖가슴 냄새"이다. 여인의 "따뜻한 젖가슴"은 시인뿐 아니라 누구에게도 어머니의 품안에서 행복했던 유년의 기억을 떠오르게 할 수 있다. 또한 첫 번째 연의 "젖가슴 냄새"는 네 번째 연에서 황홀한 도취의 상태를 뜻하는 "초록색 타마린 향기"로 변화한다.

두 번째 연에서 알 수 있듯이, 몽상 속에서 나타나는 풍경은 "한결같은 태양의 불길로 눈부신 행복한 해안"과 "진귀한 나무들과 맛있는 과일들을 자연이 제공하는 게으른 섬나라"이다. 이 낙원의 세계는 「전생La vie antérieure」의 "바다의 태양이 수많은 불빛으로 물들이는 곳"이자 "창공과 파도와 찬란한 빛"이 있는 유토피아의 세계를 연상시킨다. 보들레르가 꿈꾸는 낙원은 대체로 '찬란한 빛splendeur'이 있거나, 「여행으로의 초대」에서처럼 '따뜻한 빛une chaude lumière'이 있는 곳이다. 또한 '게으른 섬나라'에서 알 수 있듯이 그곳은 근면과 절약의 부르주아적 가치관이 지배하는 세계도 아니고, 에덴 동산처럼 금지된 과일이 있는 낙원도 아니다. 죄를 짓지 않고, 죄의식도 느끼지 않는 세계에서 인간은 어머니-자연과 조화롭게 공존하며 살 수 있는 것이다.

프랑스어에서 바다la mer와 어머니la mère는 같은 음으로 표기된다. 그러므로 여인의 젖가슴이 어머니와 바다를 연상케 하는 것은 당연하다. 항구는 어머니의 젖가슴에 대한 은유이다. 이러한 은유와 관련시켜서 배들이 정박해 있는 항구가 떠남의 설렘과 도착의 휴식을 동시에 암시하는 항해의 출발점이자 도착점이라는 것을 생각할 필요가 있다.

전생

난 오랫동안 거대한 주랑 아래 살았지.
그곳은 바다의 태양이 수많은 불길로 물들이고,
저녁이면 우뚝 솟은 장엄한 기둥들로
현무암 동굴처럼 보이던 곳이었지.

물결은 하늘의 형상들을 굴리며
장엄하고 신비롭게 융합을 했지.
풍성한 음악의 전능한 화음과
내 눈에 비친 석양의 노을빛을.

거기가 바로 내가 살던 곳, 고요한 쾌락 속에서
창공과 파도와 찬란한 빛 속에서
온갖 향기가 몸에 밴 발가벗은 노예들에 둘러싸여서

그들은 종려나무 잎으로 내 이마를 식혀주었고,
그들의 유일한 임무는 내 마음 괴롭히는
고통스러운 비밀을 깊숙이 살펴보는 일이었지.

La vie antérieure

J'ai longtemps habité sous de vastes portiques

Que les soleils marins teignaient de mille feux,

Et que leurs grands piliers, droits et majestueux,

Rendaient pareils, le soir, aux grottes basaltiques.

Les houles, en roulant les images des cieux,

Mêlaient d'une façon solennelle et mystique

Les tout-puissants accords de leur riche musique

Aux couleurs du couchant reflété par mes yeux.

C'est là que j'ai vécu dans les voluptés calmes,

Au milieu de l'azur, des vagues, des splendeurs

Et des esclaves nus, tout imprégnés d'odeurs,

Qui me rafraîchissaient le front avec des palmes,

Et dont l'unique soin était d'approfondir

Le secret douloureux qui me faisait languir.

❖

　'우울과 이상'의 주제 아래 수록된 이 시는, 우울의 상태에서 이상을 추구하는 시인이 이국적 낙원의 풍경을 그린 것이다. 이 낙원의 세계는 경계가 없고, 무한의 공간으로 열려 있다. 「상응」에서 "자연은 하나의 신전"이고, "살아 있는 기둥들"이라고 묘사된 것처럼, 「전생」에서는 "거대한 주랑 아래", "장엄한 기둥들"의 형태가 나타난다. 복수로 표현된 "거대한 주랑들", "장엄한 기둥들", "바다의 태양들", "물결들"은 "풍성한 음악의 전능한 화음"과 결합되어 모든 것이 풍요로운 세계와 음악적인 분위기의 평화로운 낭만적 풍경을 연상시킨다.

　이 세계는 문명 이전의 세계, 죄와 벌이 없는 낙원이자 유로피아이다. 보들레르가 꿈꾸는 세계가 대체로 그렇듯이, 이 세계는 찬란한 빛과 잔잔한 물결이 평화롭게 보이는 곳이다. "물결들"의 소리는 석양의 붉은색과 황금빛의 조화를 이루면서, 세 번째 연에서처럼 "온갖 향기가 몸에 밴 발가벗은 노예들"과 연결되어 청각과 후각의 요소들이 혼합된 신비로운 분위기를 만들어낸다. 종려나무가 있고, 발가벗은 사람들이 있는 원시적이고 이국적인 풍경은 고갱의 그림들을 연상케 한다.

　네 번째 연에서 "그들의 유일한 임무는 내 마음 괴롭히는 고통스러운 비밀을 깊숙이 살펴보는 일"이라는 것은 어떤 의미일까? 시인은 왜 이마를 식혀야 했을까? 이 물음과 관련시켜서 우선 시인의 '이마'는 단순히 '땀이 흐르는 이마'가 아니라, 시인의 상념과 내면적 고통의 환유라는 점에 주목할 필요가 있다. 다시 말해서 '이마'는 보통 사람들과 다른 삶을 사는 시인의 고통을 의미한다. 노예들의 임무는 시인을 괴롭히는 병의 원인을 규명하고 시인을 치유하는 일이다. 그렇다면 "시인을 괴롭히는 병"이란 무엇일까? 그것은 「알바트로스」에서 뱃사람들에게 붙잡힌 새의 운명과 같은 것일 수도 있고, 육지 위에 살 수밖에 없는 바다 동물처럼 유배된 삶을 살아야 하는 시인의 근원적 불행을 의미하는 것일 수 있다.

시인은 '벌거벗은 노예들'과 같은 원시인의 단순함과 순진성을 잃어버리고 살 수밖에 없다. 그는 아무리 행복한 세계에 살더라도 불행한 운명을 감수해야 한다. 시인은 운명적으로 행복한 삶을 살지 못하고 행복의 의미가 무엇인지를 질문하는 사람이기 때문이다. 이러한 질문을 계속하는 한, 시인은 치유될 수 없는 병을 감당하고 사는 존재일 것이다.

아름다움

오, 인간이여! 나는 돌의 꿈처럼 아름답고,
누구나 상처받기 마련인 내 젖가슴은
물질처럼 말없는 영원한 사랑의
영감을 시인에게 불러일으키지.

나는 불가사의의 스핑크스처럼 창공에 군림하고,
흰 눈 같은 마음을 백조의 흰빛과 결합하지.
선線의 질서를 어지럽히는 움직임을
싫어하며, 한 번도 울지 않고, 한 번도 웃은 적이 없지.

시인들은 위풍당당한 최상의 기념비 조각에서
빌려온 듯한 나의 고고한 몸가짐을 앞에 두고
엄정한 탐구로 그들의 일생을 바치겠지.

이렇게 나의 착한 애인들을 매혹할 수 있도록
나는 만물을 더욱 아름답게 만드는 거울을 갖고 있지.
그건 바로 나의 눈, 영원한 빛을 지닌 커다란 눈이지!

La beauté

Je suis belle, ô mortels! comme un rêve de pierre,

Et mon sein, où chacun s'est meurtri tour à tour,

Est fait pour inspirer au poète un amour

Eternel et muet ainsi que la matière.

Je trône dans l'azur comme un sphinx incompris;

J'unis un coeur de neige à la blancheur des cygnes;

Je hais le mouvement qui déplace les lignes,

Et jamais je ne pleure et jamais je ne ris.

Les poètes, devant mes grandes attitudes,

Que j'ai l'air d'emprunter aux plus fiers monuments,

Consumeront leurs jours en d'austères études;

Car j'ai, pour fasciner ces dociles amants,

De purs miroirs qui font toutes choses plus belles:

Mes yeux, mes larges yeux aux clartés éternelles!

이 시의 화자는 아름다운 여자일 수도 있고, 뛰어난 조각가
의 여인상일 수도 있다. 이 두 가능성 중에서 조각가의 여인상
을 화자로 보는 관점은 "나는 돌의 꿈처럼 아름답다"는 구절
과 "내 젖가슴은 물질처럼 말없는 영원한 사랑의 영감을 시인
에게 불러일으킨다"는 구절에 근거한 것이다. 그러나 이 관점
은 세 번째 연의 "기념비 조각에서 빌려온 듯한 나의 고고한
몸가짐"이란 표현 때문에 반론에 부딪칠 수 있다. 조각 작품이
라면, "기념비 조각에서 빌려온 듯한 나의 고고한 몸가짐"이
란 표현은 적합하지 않기 때문이다. 그러나 화자를 아름다운
여자라고 보는 첫 번째 해석도 의문을 불러일으키는 것은 마
찬가지이다. 여자가 완벽한 미모를 갖추어서 자신의 '젖가슴'
이 "누구나 상처받기 마련"이고, "물질처럼 말없는 영원한 사
랑의 영감을 시인에게 불러일으킨다"는 자신감을 드러낸다
하더라도, 마지막 연에서처럼 그녀가 "나는 만물을 더욱 아름
답게 만드는 거울을 갖고 있는데, 그건 바로 나의 눈, 영원한
빛을 지닌 커다란 눈"이라는 신비롭고 초월적인 눈을 갖는다
고 말하기는 어렵기 때문이다. 이렇게 본다면, 제3의 화자, 즉
아름다운 여자로 의인화된 자연을 상정해볼 수 있다. 이것은
보들레르가 다른 시에서 자연의 감동적인 아름다움을 만족스

럽게 표현하지 못하는 시인의 절망감을 토로한 것에 근거를 둔 해석이다. 그의 산문시 「예술가의 고해기도」는 이렇게 전개된다.

"가을날 해질 무렵은 얼마나 가슴에 사무치는가! 아! 그 사무침은 통증이 느껴질 정도라네. (……) 왜냐하면 무한에 대한 느낌만큼 강렬하고 날카로운 것도 없기 때문이지. (……) 이제 깊은 하늘은 나를 아연실색게 하고, 그 투명한 빛은 나를 괴롭히지. 바다의 무감각, 그 풍경은 변함없이 나를 화나게 만들지. ……아! 이렇게 영원히 괴로워해야만 하는가, 아니면 영원히 아름다움을 멀리해야 하는가? 자연이여, 냉혹한 마술사여, 항상 승리를 거두는 경쟁자여, 나를 놓아주오! 내 욕망과 자부심을 시험하지 말라! 아름다움의 탐구는 예술가가 두려움으로 소리를 지르고 결국은 패배하고 마는 결투일 뿐이지."

시인이 '아름다운 탐구'에 있어서 자연과 경쟁의식을 갖는다면, 자연과의 싸움은 그의 패배로 끝날 뿐이다. 이러한 패배는 운문시 「아름다움」의 세 번째 연에서 "시인들은 (……) 나의 고고한 몸가짐을 앞에 두고 엄정한 탐구로 그들의 일생을 바치겠지."를 관련시켜 생각해볼 수 있다. 왜냐하면 "돌의 꿈처럼" 아름답고 당당한 모습을 완벽하게 그리기 위해서 시인이 아무리 "일생을 바치는" 노력을 하더라도, 그의 창조적인 작업은 자연의 위대한 창조에 못 미치기 때문이다.

보들레르는 「상응」에서 "자연은 하나의 신전"이라고 표현했다. 자연이 "하나의 신전"이라면, 이 시에서처럼 "돌의 꿈처럼 아름답다"는 것과 "물질처럼 말없는 영원한 사랑의 영감을 시인에게 불러일으킨다"는 것에서 우리는 단순하면서도 견고한 어떤 자연의 진실을 떠올릴 수 있다. 또한 "불가사의의 스핑크스처럼 창공에 군림한다"는 것, "나의 고고한 몸가짐", 그리고 끝으로 "만물을 더욱 아름답게 만드는 거울"의 눈, "영원한 빛을 지닌 커다란 눈"은 모두 위대한 자연과 관련되는 덕목으로 해석해볼 수 있다. 자연의 '눈'이 무엇인지는 독자의 해석에 따라서 다르겠지만, 진실을 꿰뚫어 보는 자연의 통찰력 같은 것으로 이해된다. 시인을 포함하여 모든 인간은 결코 자연의 신비로움을 깊이 있게 본질적으로 이해할 수 없다. 그는 초월자의 위대한 정신성과 창조성 앞에서 오직 경탄하거나 감동할 뿐이다.

명상

오 나의 '고통'이여, 얌전히 좀 더 조용히 있어다오.
너는 '저녁'이 오기를 원했지, 그 저녁이 이제 내려오고 있네.
어슴푸레한 대기는 도시를 에워싸면서
어떤 사람에겐 평화를, 어떤 사람에겐 근심을 가져다주지.

수많은 천박한 인간 군상들이
저 무자비한 사형집행인, '쾌락'의 채찍 아래
비천한 축제 속에서 후회를 모으고 다니는 동안
내 '고통'이여, 나를 도와주고, 이쪽으로 오라.

그들로부터 멀리 떠나거라. 보아라 지나간 '세월'이
낡은 옷을 입고 하늘의 발코니 위에서 몸을 굽히는 것을,
웃음 짓는 '회한'이 꿈속에서 솟아오르는 것을,

음흉한 태양이 아치형의 다리 아래 잠들어 있는 것을,
그리고 '동방국'에 질질 끌리는 긴 수의같이,
들어라, 그대여, 들어라 감미로운 '밤'이 걸어오는 소리를.

Recueillement

Sois sage, ô ma Douleur, et tiens-toi plus tranquille.

Tu réclamais le Soir; il descend; le voici:

Une atmosphère obscure enveloppe la ville,

Aux uns portant la paix, aux autres le souci.

Pendant que des mortels la multitude vile,

Sous le fouet du Plaisir, ce bourreau sans merci,

Va cueillir des remords dans la fête servile,

Ma Douleur, donne-moi la main; viens par ici,

Loin d'eux. Vois se pencher les défuntes Années,

Sur les balcons du ciel, en robes surannées;

Surgir du fond des eaux le Regret souriant;

Le soleil moribond s'endormir sous une arche,

Et, comme un long linceul traînant à l'Orient,

Entends, ma chère, entends la douce Nuit qui marche.

　보들레르의 삶은 고통의 연속이었다고 할 수 있다. 그러나 그는 자신의 의식 속에서 떠나지 않는 고통을 거부하기보다, 오히려 친구나 연인처럼 생각하고 고통을 의인화하여 그에게 자기의 속내 이야기를 털어놓듯이 말한다. 이런 관점에서 보자면, 고통은 증오의 대상이 아니다. 오히려 이 시의 첫 행에서부터 시인은 자신의 '고통'이 떠나기를 기원하기보다 "오 나의 '고통'이여, 얌전히 좀 더 조용히 있어다오"라고 고통을 달래듯이 말한다. 그는 자신의 '고통'이 '저녁'을 좋아한다고 믿는다. '저녁'의 어두운 분위기 속에서 영혼은 더 이상 불안하게 동요하지 않을 수 있기 때문일까? 보들레르는 「현대생활의 화가」에서 이렇게 하루가 저무는 일몰의 시간을 묘사한 바 있다.

　자 이제 밤이 왔다. 하늘의 커튼들이 내려오고 도시들이 불 밝히는, 기묘하고 모호한 시간이다. 일몰의 보랏빛에 가스등이 점점이 박힌다. 신사든 파렴치한이든, 정신이 똑바르든 미쳤든, 사람들은 다 "마침내 하루가 마감되었군!" 하고 중얼거린다. 현명한 자와 행실이 나쁜 자가 모두 쾌락을 떠올리고는 각자 자신이 정한 곳으로 망각의 잔을 마시러 달려간다.

이처럼 대도시의 저녁은 현명한 사람이건 행실이 나쁜 사람이건, 누구에게나 온갖 쾌락에 탐닉할 수 있는 유혹의 시간이 된다. 두 번째 연에서 알 수 있듯이, 대중들은 저 무자비한 사형집행인, '쾌락'의 채찍을 의식하지 못하고, 의식하게 되더라도 그것을 잠재우려 할 뿐이다. '비천한 축제'의 시간이 지나면, 후회des remords만 남는다는 것을 그들은 모르는 것이다. 시인은 사람들이 쾌락을 추구하는 모습에 대해 "후회를 모은다cueillir des remords"라고 표현한다. 여기서 '모은다cueillir'는 동사는 '수집한다'라거나 '사서 모은다'와 같은 의미이다. 그러므로 덧없는 쾌락을 추구하는 일은 어리석게 후회할 일만 쌓아놓을 뿐이라는 것이다. 물론 시인도 후회와 비슷한 감정을 갖지만, 그는 자신의 감정을 대중의 후회와 구별짓기 위해 회한le Regret이라는 말을 사용하면서 "웃음 짓는 '회한'이 물속에서 솟아오른다"고 표현한다. 여기서 시인의 이러한 엘리트주의를 비판적으로 생각할 필요는 없다. 인간은 누구나 지난날의 행복을 그리워하거나, 자신의 과오를 뉘우치기 마련이다. 과오가 없는 인간이 어디 있겠으며, 후회하지 않는 인생이 어떻게 가능할 것인가. 후회건 회한이건 간에, 중요한 것은 덧없는 쾌락에 빠져서 자신의 과오를 무조건 잊어버리지 않는 태도일 것이다. 인간은 대체로 무리 속에 휩쓸리거나 쾌락에 빠져서 자기의 고통을 잊으려 한다. 그러나 시인은 고독한 명상 속에서 고통에 대한 명상에 젖거나 고통의 위로를 받으려 한다. 그것이 그에게는 고통을 견디는 한 방법일 것이다.

한 가지 덧붙일 말이 있다면, 세 번째 연의 '지나간 세월les défuntes Années'로 번역한 부분에서 '지나간'이라고 번역한 형용사는 '죽은', '사망한'이 정확한 번역이라는 것이다. 보들레르는 과거의 시간을 되살릴 필요 없는 죽은 시간으로 생각한 시인일지 모른다.

불운

그렇게 무거운 짐을 들어 올리려면
시지프여, 너는 용기가 필요하겠지!
우리가 아무리 일에 몰두하여 지낸다 해도
'예술'은 길고 '시간'은 짧은 것.

유명한 묘지에서 멀리 떨어진
외딴 무덤을 향해
내 마음은 희미한 소리의 북처럼
장송곡 울리며 가네.

수많은 보석들이 잠들어 있겠지,
어둠과 망각 속에 파묻혀
곡괭이와 굴착기로부터 먼 곳에서,

수많은 꽃들이 마지못해
비밀처럼 감미로운 향기 흘려보내겠지
그 깊은 적막 속에서.

Le guignon

Pour soulever un poids si lourd,
Sisyphe, il faudrait ton courage!
Bien qu'on ait du coeur à l'ouvrage,
L'Art est long et le Temps est court.

Loin des sépultures célèbres,
Vers un cimetière isolé,
Mon coeur, comme un tambour voilé,
Va battant des marches funèbres.

— Maint joyau dort enseveli
Dans les ténèbres et l'oubli,
Bien loin des pioches et des sondes;

Mainte fleur épanche à regret
Son parfum doux comme un secret
Dans les solitudes profondes.

시지프는 신들로부터 바위를 산꼭대기까지 끊임없이 굴려 올리는 형벌을 받은 사람이다. 시인은 무용하고 희망 없는 노동을 반복하는 시지프를 돈호법으로 부르면서, 그의 고통과 예술가의 작업을 동일한 것처럼 관련시킨다. 예술가는 '산꼭대기'에 있는 이상을 추구하면서도 현실로 돌아오는 삶을 반복하는 사람이기 때문이다. 이상을 추구하는 시인은 그러므로 빈번히 우울과 좌절감에 사로잡힌다. 또한 그는 유한한 삶을 사는 인간이므로, 머지않아 자기에게 닥쳐올 죽음을 생각한다.

이 시에서 흥미로운 것은 죽음에 대한 시인의 상념이 '외딴 무덤을 향해' 전개된다는 점이다. 그 무덤은 살아 있는 사람들이 많이 찾는 '유명한 묘지'가 아니다. 그러나 그 이름 없는 사람들의 무덤에 "수많은 보석들이 잠들어" 있고, "수많은 꽃들이" "감미로운 향기 흘려보낸다"는 구절의 표현법은 죽음에 대한 시인의 명상이 보편적이고 본질적인 것임을 보여준다. 다시 말해 "수많은 꽃들이 마지못해 비밀처럼 감미로운 향기 흘려보낸다"는 것은 세속적 영광과는 상관없이 외딴 묘지의 죽음에 의미와 가치를 부여하려는 시인의 관심이 보편적이면서 인간적임을 보여준다. 이 시에서 우리는 인생에서 행운과 불운의 차이가 무엇이고, 삶과 죽음의 경계가 무엇인지를 생각해볼 수 있다.

여행으로의 초대

내 사랑, 그대여,
그곳에서 우리 함께 사는
즐거움 생각해봐요.
그대를 닮은 그 나라에서
한가롭게 사랑하고
사랑하다 죽는 것을!
하늘은 흐리고
태양은 젖어 있어
내 마음에 너무나 신비로운
매력으로 떠오르는 그곳은
눈물 통해 반짝이는
그대의 알 수 없는 눈을 닮았지요.

거기엔 모든 것이 질서와 아름다움
사치와 고요 그리고 쾌락일 뿐.

세월의 윤기로
반들거리는 가구들이
우리의 방을 장식하고

진귀한 꽃들이

향긋한 냄새 풍기며

용연향의 은은한 향기와 뒤섞여

호화로운 천장

깊은 거울들은

동양의 빛을 자아내고

모든 것은

부드러운 모국어로

영혼에게 은밀히 속삭이지요.

거기엔 모든 것이 질서와 아름다움,

사치와 고요 그리고 쾌락일 뿐.

보세요, 저 운하 위에

방랑자 기질의

배들이 잠자는 것을

그들이 세상의 끝에서 온 것은

그대의 사소한 욕망을

충족시켜주기 위해서예요.

─ 저무는 태양이

빛과 금빛으로

들판을, 운하를,
도시를 물들이면
세상은 잠이 들지요
따뜻한 빛 속에서.

거기엔 모든 것이 질서와 아름다움,
사치와 고요 그리고 쾌락일 뿐.

여행으로의 초대(산문시)

오랜 여자친구와 함께 가고 싶은 나라는 '도취의 나라'라고 불리는 아름다운 곳입니다. 북유럽의 안개 속에 적셔 있어, 서양의 동양이라거나 유럽의 중국이라고 부를 만한 특이한 나라입니다. 정열적이고 변덕스러운 상상력이 자유롭게 펼쳐질 수 있어서 끈기 있고 고집스러운 연구의 결과로 그 나라는 교묘하고 섬세한 식물재배로 유명한 나라가 되었지요.

모든 것이 아름답고, 풍요롭고, 조용하고, 반듯한, 진정한 도취의 나라, 사치가 질서 있게 보이는 즐거움이 있는 곳, 삶이 풍성하고 숨쉬기가 편한 곳, 무질서와 소란, 뜻밖의 사건이 전혀 일어나지 않는 곳, 행복이 고요와 결합된 곳, 음식 자체가 시적이면서 푸짐하고 동시에 입맛을 당기는 곳, 모든 것이 내가 가장 사랑하는 당신을 닮은 곳.

당신은 알지요? 차가운 고통 속에서 우리를 사로잡는 이 열병을? 미지의 나라에 대한 이 그리움을? 이 고통스러운 호기심을? 그대를 닮은 나라, 모든 것이 아름답고, 풍요롭고, 조용하고, 반듯한 곳, 상상력으로 서양의 중국을 만들어서 장식한 곳, 행복이 고요와 결합된 곳, 그곳이 바로 살아야 할 곳이고, 그곳이 바로 죽어야 할 곳이라는 것을.

그래요. 그곳은 가서, 숨쉬고, 꿈꾸고, 시간을 무한의 감각으로 늘일 수 있는 곳이지요. 「무도회의 초대」를 작곡한 음악가가 있지요. 그러면 사랑하는 여인에게, 선택된 여인에게 바칠 '여행으로의 초대'를 작곡할 수 있는 음악가는 누구일까요?

그래요. 그런 분위기에서 살면 좋겠지요. 그곳에선 시간이 느리게 가면서 많은 상념을 갖게 하고, 시계들도 더욱 깊고 의미 있는 장엄한 소리를 내며 행복을 울려 퍼지게 하지요.

반들거리는 가구의 나무판들과 황금빛의 어둡고 풍성한 가죽들 위에는, 행복하고 편안하고 깊이 있는 그림들이 마치 화가들의 영혼처럼 조용히 살아 있지요. 식당과 거실을 그토록 풍성하게 물들이며 저무는 햇빛은 아름다운 커튼 그리고 여러 부분으로 나누어져서 납으로 세공된 높은 창을 거쳐 새어듭니다. 가구들은 큼직하고, 신기하고 기묘한 모양으로 비밀과 자물쇠로 무장을 하고 있어서 마치 세련된 영혼의 모습을 보여 줍니다. 그곳에선 거울, 금속, 커튼, 금은세공품, 도자기들이 보는 사람의 눈에 소리 없는 신비로운 교향악을 연주합니다. 그리고 그 모든 물건들에서, 그 모든 구석에서, 서랍의 작은 틈에서, 커튼의 주름에서 야릇한 향기, 아파트의 영혼과 같은 수마트라의 향수가 새어 나옵니다.

나는 그곳을 진정한 '도취의 나라'라고 말했지요. 모든 것이 풍요롭고, 정결한 곳, 착한 양심처럼, 조화롭게 구성된 부엌 세간처럼, 찬란한 금은세공품처럼, 다채로운 보석들처럼 빛나는 곳! 그곳에는 세계 전체에 공헌을 할 만큼 부지런한 사람의 집 안에 모아둔 모든 물건처럼, 온갖 실물들이 넘쳐납니다. 예술과 자연의 관계가 그렇듯이, 그 나라는 다른 어떤 나라보다 우월하고, 독특한 나라입니다. 그곳에서 자연은 꿈으로 변형되어 개조되고, 미화되고, 새롭게 만들어집니다.

원예의 연금술사들이 연구하고 또 연구하여 끊임없이 행복의 한계를 넓혀가기를! 야심찬 계획의 난제를 해결해주는 사람에겐 엄청난 화폐를 지원하기를! 나야 고작 '검은 튤립'과 '푸른 달리아'를 발견했을 뿐! 다시 찾은 튤립이여, 비교할 수 없는 꽃이여, 상징의 꽃 달리아여, 그토록 조용하고 몽상적인 아름다운 그 나라에 살면서 꽃을 피울 수 있지 않을까요?

그곳에서 당신은 아날로지의 세계에 둘러싸여 지낼 수 있지 않을까요? 신비주의자들이 말하듯이, 당신만이 고유한 '상응 관계' 속에서 자신을 비춰볼 수 있지 않을까요?

꿈들이여! 여하간 꿈들이여! 예민한 영원일수록 꿈의 실현 가능성은 더욱 멀어지는 법이라오. 사람은 저마다 자기 속에서 끊임없이 분비되고 새롭게 생성되는 적당량의 자연적 아편을 갖고 있는데, 태어나서 죽을 때까지 우리는 과연 얼마나 진정한 즐거움으로 완벽하고 결정적인 행동으로 그 많은 시간을 채울 수 있을까요? 나의 마음으로 그린 이 그림, 우리가 당신을 닮은 이 그림 속에서 우리가 언제 함께 지내며 살 수 있을까요?

그 보물들, 그 가구들, 그 사치, 그 질서, 그 향기들, 그 경이로운 꽃들, 그건 바로 당신이지요. 그 넓은 강들과 그 조용한 운하들도 당신이지요. 그 운하를 따라 부富를 가득 싣고, 일꾼들의 단조로운 노랫소리가 올라오는 거대한 선박들은 바로 당신의 가슴에서 잠들다가 흘러나오는 나의 상념들이지요. 당신은 아름다운 영혼의 투명한 빛 속에서 천상의 깊은 세계를 명상하면서 무한의 바다를 향해 조용히 나의 상념을 이끌어가겠지요. 그리고 높은 파도에 지쳐 있으면서도 동방의 생산물을 가득 싣고 고향의 항구로 돌아오는 선박들 또한 무한으로부터 그대를 향해 돌아오는 나의 풍요로운 상념이지요.

L'invitation au voyage

Mon enfant, ma sœur,

Songe à la douceur

D'aller là-bas vivre ensemble!

Aimer à loisir,

Aimer et mourir

Au pays qui te ressemble!

Les soleils mouillés

De ces ciels brouillés

Pour mon esprit ont les charmes

Si mystérieux

De tes traîtres yeux,

Brillant à travers leurs larmes.

Là, tout n'est qu'ordre et beauté,

Luxe, calme et volupté.

Des meubles luisants,

Polis par les ans,

Décoreraient notre chambre;

Les plus rares fleurs

Mêlant leurs odeurs

Aux vagues senteurs de l'ambre,

Les riches plafonds,

Les miroirs profonds,

La splendeur orientale,

Tout y parlerait

À l'âme en secret

Sa douce langue natale.

Là, tout n'est qu'ordre et beauté,

Luxe, calme et volupté.

Vois sur ces canaux

Dormir ces vaisseaux

Dont l'humeur est vagabonde;

C'est pour assouvir

Ton moindre désir

Qu'ils viennent du bout du monde.

— Les soleils couchants

Revêtent les champs,

Les canaux, la ville entière,

D'hyacinthe et d'or;

Le monde s'endort

Dans une chaude lumière.

Là, tout n'est qu'ordre et beauté,

Luxe, calme et volupté.

L'invitation au voyage

Il est un pays superbe, un pays de Cocagne, dit-on, que je rêve de visiter avec une vieille amie. Pays singulier, noyé dans les brumes de notre Nord, et qu'on pourrait appeler l'Orient de l'Occident, la Chine de l'Europe, tant la chaude et capricieuse fantaisie s'y est donné carrière, tant elle l'a patiemment et opiniâtrement illustré de ses savantes et délicates végétations.

Un vrai pays de Cocagne, où tout est beau, riche, tranquille, honnête; où le luxe a plaisir à se mirer dans l'ordre; où la vie est grasse et douce à respirer; d'où le désordre, la turbulence et l'imprévu sont exclus; où le bonheur est marié au silence; où la cuisine elle-même est poétique, grasse et excitante à la fois; où tout vous ressemble, mon cher ange.

Tu connais cette maladie fiévreuse qui s'empare de nous dans les froides misères, cette nostalgie du pays qu'on ignore, cette angoisse de la curiosité? Il est une contrée qui te ressemble, où tout est beau, riche, tranquille et honnête, où la fantaisie a bâti et décoré une Chine occidentale, où la vie est douce à respirer, où le bonheur est marié au silence. C'est là qu'il faut aller vivre, c'est là qu'il faut aller mourir!

Oui, c'est là qu'il faut aller respirer, rêver et allonger les heures par l'infini des sensations. Un musicien a écrit l'Invitation à la valse; quel est celui qui composera l'Invitation au voyage, qu'on puisse offrir à la femme aimée, à la sœur d'élection?

Oui, c'est dans cette atmosphère qu'il ferait bon vivre, — là-bas, où les heures plus lentes contiennent plus de pensées, où les horloges sonnent le bonheur avec une plus profonde et plus significative solennité.

Sur des panneaux luisants, ou sur des cuirs dorés et d'une richesse sombre, vivent discrètement des peintures béates, calmes et profondes, comme les âmes des artistes qui les créèrent. Les soleils couchants, qui colorent si richement la salle à manger ou le salon, sont tamisés par de belles étoffes ou par ces hautes fenêtres ouvragées que le plomb divise en nombreux compartiments. Les meubles sont vastes, curieux, bizarres, armés de serrures et de secrets comme des âmes raffinées. Les miroirs, les métaux, les étoffes, l'orfèvrerie et la faïence y jouent pour les yeux une symphonie muette et mystérieuse; et de toutes choses, de tous les coins, des fissures des tiroirs et des plis des étoffes s'échappe un parfum singulier, un revenez-y de Sumatra, qui est comme l'âme de l'appartement.

Un vrai pays de Cocagne, te dis-je, où tout est riche, propre et luisant, comme une belle conscience, comme une magnifique batterie de cuisine, comme une splendide orfèvrerie, comme une bijouterie bariolée! Les trésors du monde y affluent, comme dans la maison d'un homme laborieux et qui a bien mérité du monde entier. Pays singulier, supérieur aux autres, comme l'Art l'est à la Nature, où celle-ci est réformée par le rêve, où elle est corrigée, embellie, refondue.

Qu'ils cherchent, qu'ils cherchent encore, qu'ils reculent sans cesse les limites de leur bonheur, ces alchimistes de l'horticulture! Qu'ils proposent des prix de soixante et de cent mille florins pour qui résoudra leurs ambitieux problèmes! Moi, j'ai trouvé ma tulipe noire et mon dahlia bleu!

Fleur incomparable, tulipe retrouvée, allégorique dahlia, c'est là, n'est-ce pas, dans ce beau pays si calme et si rêveur, qu'il faudrait aller vivre et fleurir? Ne serais-tu pas encadrée dans ton analogie, et ne pourrais-tu pas te mirer, pour parler comme les mystiques, dans ta propre correspondance?

Des rêves! toujours des rêves! et plus l'âme est ambitieuse et délicate, plus les rêves l'éloignent du possible. Chaque homme porte en lui sa dose d'opium naturel, incessamment sécrétée et renouvelée, et, de la naissance à la mort, combien comptons-nous d'heures remplies par la jouissance positive, par l'action réussie et décidée? Vivrons-nous jamais, passerons-nous jamais dans ce tableau qu'a peint mon esprit, ce tableau qui te ressemble?

Ces trésors, ces meubles, ce luxe, cet ordre, ces parfums, ces fleurs miraculeuses, c'est toi. C'est encore toi, ces grands fleuves et ces canaux tranquilles. Ces énormes navires qu'ils charrient, tout chargés de richesses, et d'où montent les chants monotones de la manœuvre, ce sont mes pensées qui dorment ou qui roulent sur ton sein. Tu les conduis doucement vers la mer qui est l'Infini, tout en réfléchissant les profondeurs du ciel dans la limpidité de ta belle âme; — et quand, fatigués par la houle et gorgés des produits de l'Orient, ils rentrent au port natal, ce sont encore mes pensées enrichies qui reviennent de l'infini vers toi.

보들레르의 시에서 '여행'은 중요한 주제들 중 하나이다. "아주 어렸을 때부터 느꼈던 외로움, 가족과 학교 친구들이 있었음에도 불구하고 영원히 고독할 운명의 느낌"(「내 마음을 모두 열어 보이고」)을 가졌던 시인은 습관처럼 늘 여행을 꿈꾸었다. 그는 물과 대리석과 빛의 도시인 리스본에 가고 싶어하기도 했고, 「여행으로의 초대」의 배경이 되는 네덜란드를 동경하기도 했으며, 자바나 발트해, 심지어 북극까지도 가고 싶다는 생각을 말하기도 했다. 『악의 꽃』에 실린 「여행Le voyage」이란 시의 화자는 "지도와 판화를 사랑하는 아이에겐 세계가 그의 거대한 식욕l'appétit"과 같은 것이므로 세계의 어느 곳이든지 떠나고 싶은 욕구를 토로한다. 그러나 동시에 시인은 곧 "유한한 바다 위에 무한한 우리 마음"이라는 표현을 통해, 무한히 꿈꾸는 마음이 있는 한, 유한한 세계에서의 여행은 결코 충족될 수 없다는 생각과 "진정한 여행자들은 오직 떠나기 위해 떠나는 사람들"이라는 여행의 한계를 나타낸다. 이것은 그의 여행관이 일반인들의 그것과 같지 않다는 것을 보여준다. 그러나 여행의 한계에도 불구하고, 현실에 만족하지 못하는 사람들은 끊임없이 여행을 꿈꾼다. 마찬가지로 보들레르가 「여행으로의 초대」를 운문시와 산문시로 두 편이나 쓴 것은 그만큼 여행에 대한 열망이 컸기 때문이 아닐까?

보들레르는 운문시 「여행으로의 초대」를 쓴 다음, 같은 제목으로 2년 후에 산문시를 쓴다. 제목이 같고, 주제가 비슷한 두 작품을 읽는 독자들의 반응은 어떠했을까? 운문시의 매혹적인 리듬과 압축된 시적 표현을 선호함으로써 산문시를 폄하하는 사람도 있었고, 산문시의 장르를 새롭게 개척한 시인의 의도를 긍정적으로 평가하고 산문시의 자유로운 형식을 좋아하는 사람도 있었다. 보들레르는 왜 산문시를 쓴 것일까? 그는 산문시집 『파리의 우울』 서문에서 '시적 산문'을 써야 하는 이유를 이렇게 밝힌다.

우리들 중 누가 한창 야심만만한 시절, 이 같은 꿈을 꾸어보지 않은 사람이 있겠습니까? 리듬과 각운이 없으면서도 충분히 음악적이고, 영혼의 서정적 움직임과 상념의 물결과 의식의 경련에 걸맞을 만큼 충분히 유연하면서 동시에 거친 어떤 시적 산문에 대한 기적의 꿈을.

산문시의 문을 연 보들레르는 이렇게 대도시의 현대생활에서 겪는 다양한 정신적 체험을 운문시가 아닌 산문시로 표현하려는 의도를 "영혼의 서정적 움직임과 상념의 물결과 의식의 경련"에 걸맞은 형식의 시도라고 밝힌다. 도시의 다양한 현상과 도시인의 우울에 대한 '시적 산문'의 필요성을 존중해야 한다면, 우리는 운문시의 서정성과 산문시의 서정성을 같은 기준에서 보지 않고, 다른 기준에서 이해해야 할 것이다. 그렇다면 같은 주제의 운문시와 산문시는 어떻게 다른 것일까?

우선 운문시의 화자는 "내 사랑, 그대여"라고 우리가 번역한 돈호법의 청자에게 "그대를 닮은 나라"에 함께 여행하기를 권유한다. "내 사랑, 그대여"는 직역을 하자면, "나의 아이, 나의 누이여"인데, 우리는 이렇게 번역하지 않았다. "내 사랑, 그대여"는 "나의 사랑스러운 아이 같고, 누이 같은 사람"의 뜻을 함축한 표현이기 때문이다. 또한 이것은 가족처럼 일체감을 가질 수 있는 대상을 나타낸다고 볼 수도 있다. 화자는 사랑하는 사람을 이렇게 부르면서 함께 여행을 떠나자고 권유한다. 그러나 그는 가고 싶은 여행지를 구체적으로 제시하지 않고, 은유적으로 묘사할 뿐이다. 그가 가고 싶은 여행지가 현실에서는 존재하지 않고, 상상 속에서 존재하는 장소이기 때문일까? 화자는 그곳을 "그대를 닮은 그 나라"로 말한다. '그대'와 '그 나라'는 거울의 관계에 있기 때문이다. 이 거울의 관계는 이 시의 중심에서 묘사되는 방의 가구들과 매혹적인 물건들 중에 '깊숙한 거울'이 있다는 것과 무관하지 않다. 또한 '깊숙한 거울'은 화자가 거울의 표면에서 자기 모습을 비춰보는 단계에 머물지 않고, 거울 속으로 깊숙이 들어가고 싶은 욕구를 반영한 것으로 볼 수도 있다. 그러므로 화자는 사랑하는 여인과의 '깊숙한' 일체감의 욕망을 드러낸다. 이러한 일체감은 '태양'과 '그대의 눈'의 은유적 일치를 통해서 이렇게 표현될 수 있는 것이다.

> 하늘은 흐리고
>
> 태양은 젖어 있어
>
> 내 마음에 너무나 신비로운
>
> 매력으로 떠오르는 그곳은
>
> 눈물 통해 반짝이는
>
> 그대의 알 수 없는 눈을 닮았지요.

위의 인용구에서 태양과 그대의 눈은 동그랗고 빛나는 형태라는 점에서 은유적으로 일치한다. "태양은 젖어 있어" "내 마음에 너무나 신비로운 매력으로 떠오르는 그곳"이 "그대의 알 수 없는 눈을 닮았다"는 것은 '태양'과 '눈'의 일치가 '내 마음'이라는 주체의 욕망에 의해서 이루어졌음을 보여준다. 이것은 여행지가 우선하고, 주체의 욕망이 나중에 생긴 것이 아니라, 주체의 꿈이 먼저이고, 꿈의 대상은 현실의 장소가 아니라는 것을 알려주는 근거이다. 그러므로 "모든 것이 질서와 아름다움, 사치와 고요 그리고 쾌락일 뿐"이라는 시구는 그곳이 그 여자를 닮은 나라가 아니라 그 여자와 닮은 곳이기를 내가 원하는 곳이라는 뜻이다. 그곳은 지상에서 존재하지 않는 유토피아의 세계이다. 또한 그곳은 모든 차이와 이질성이 존재하지 않는 통일성의 원초적 세계이다. 같은 논리에서 "모든 것은 부드러운 모국어로 영혼에게 은밀히 속삭인다"는 것은 인간의 잃어버린 낙원의 세계를 연상케 한다. "저 운하 위에 방랑자 기질의 배들이 잠자는 것"은 '배들'과 같은 인간의 영혼이 오랜 고난의 방황을 끝내고, 이제 모국어의 세계, 원초적 고향으로 돌아왔을 때 느낄 수 있는 평안함을 나타내는 것으로 볼 수 있다.

산문시는 운문시와는 다르게 '여행으로의 초대'를 명령형으로 서술하지 않는다. 화자는 자신이 말하는 자리에 없는 3인칭 독자를 대상으로 서술한다. 또한 "그대를 닮은 그 나라에서", "우리 함께 사는 즐거움 생각해"보기를 바란다고 말하는 운문시와는 다르게, 산문시의 화자는 "오랜 여자친구와 가고 싶은 나라"를, 'un pays de cocagne'라는 가상의 지명으로 명명하면서, 운문시의 서술방법과는 다르게 구체적으로 그 나라를 묘사한다. 이것은 은유적으로 연결된 운문의 제약과는 다르게 전개될 수 있는 산문의 자유로운 서술 형식 때문으로 보인다. 또한 운문시에서 "거기엔 모든 것이 질서와 아름다움", "사치와 고요 그리고 쾌락일 뿐" 대신, 여행하고 싶은 곳에 대한 다음과 같은 산문적 묘사가 가능하다는 것을 알 수 있다.

모든 것이 아름답고, 풍요롭고, 조용하고, 반듯한 진정한 '도
취의 나라', 사치가 질서 있게 보이는 즐거움이 있는 곳, 삶이
풍성하고 숨쉬기가 편한 곳, 무질서와 소란, 뜻밖의 사건이 전
혀 일어나지 않는 곳, 행복이 고요와 결합된 곳, 음식 자체가
시적이면서 푸짐하고 동시에 입맛을 당기는 곳, 모든 것이 내
가 가장 사랑하는 당신을 닮은 곳.

이 인용문에서 알 수 있듯이, 산문시의 화자는 그곳이 조용
하고 평화롭다는 것을 묘사하기 위해, '조용한' 곳이라거나 '무
질서와 소란, 뜻밖의 사건이 전혀 일어나지 않는 곳', '행복이
고요와 결합된 곳'이라는 비슷하면서도 상이한 의미의 표현들
을 열거하는 것이다. 또한 운문시에서는 불가능한 것처럼 보
일 수 있는 "음식 자체가 시적이면서 푸짐하고 동시에 입맛을
당기는 곳"이라는 표현을 덧붙이기도 한다. 그 당시 '시적'이라
는 말은 '서정적'이라는 말과 비슷한 의미로 사용되었다는 점
을 고려할 때, 이러한 표현은 매우 창의적이고 과감한 시도였
을 것으로 보인다. 보들레르는 '시적'이라는 형용사가 상상력
을 자극한다는 의미와 같은 뜻으로 이러한 표현을 사용했을
것이다. 시인은 산문시를 통해 여행하고 싶은 곳을 이처럼 특
이하고 다양하게 묘사한 후, "모든 것이 내가 가장 사랑하는 당
신을 닮은 곳"이라고 단순화하여 말한다. 이러한 산문시의 서

술방법은 운문시에서 장소의 묘사 없이 시작부터 "그대를 닮은 그 나라"에서 함께 살자고 권유하는 운문시와 다른 까닭을 짐작게 한다.

우리는 흔히 산문시가 운문시에서 충분히 표현되지 않은 요소들을 덧붙여 산문적으로 서술한 형태라고 생각하기 쉽다. 그러나 산문시는 산문시 특유의 표현 형태로 서술된 것이지, 운문시의 시적 긴장을 잃어버리고 장황한 묘사들을 형식의 제약없이 보충한 것은 아니다. 다시 말해서 산문시는 산문시의 문법으로 씌어진 것이지, 단순히 시적 산문은 아니라는 것이다. 가령 운문시에서 "그곳에서 우리 함께 사는 즐거움"이라거나 "그대를 닮은 그 나라에서 한가롭게 사랑하고" "사랑하다 죽는 것을"이, 산문시에서 "그곳이 바로 살아야 할 곳이고, 그곳이 바로 죽어야 할 곳"으로 변형된다면, 운문시에서는 '살다', '사랑하다', '죽다'가 사랑을 중심으로 연결되지만, 산문시에서는 그 장소가 사랑의 주제가 없어도 '살아야 할 곳', "죽어야 할 곳"으로 자유롭게 분리되거나 병치되어 나타난다는 점을 주목할 수 있다. 다시 말해 산문시의 자유로운 호흡에서 '그곳'은 사랑이 있어도 갈 수 있고 사랑 없이도 갈 수 있는 곳이라는 의미로 이해되기 때문에, 그만큼 표현과 해석의 자유로움을 확장시킨 느낌을 준다는 것이다.

이러한 차이는 '시계' 혹은 '시간'의 주제를 생각해보더라도 분명히 알 수 있다. 운문시에서는 시간이 어떻게 흐르는지가 분명하지 않지만, 산문시에서는 "시간이 느리게 가면서 많은 상념을 갖게 하고, 시계들도 더욱 깊이 있고 의미 있는 장엄한 소리를 내며 행복을 울려 퍼지게 한다"로 자유롭게 서술되어 있는 것이다. 「시계Horloge」라는 운문시에서 화자는 첫 행부터 "시계! 불길하고 무섭고 냉정한 신神", "그 손가락이 우리를 위협하며 말한다"고 시계에 대한 압축된 두려움을 표현한다. 그러나 두려움과 고통을 주는 시계는 산문시 「여행으로의 초대」에서 "행복을 울려 퍼지게 하는" 축복의 존재로 그려진다. 운문시에는 이러한 묘사가 없는데, 산문시에서 이러한 구절이 나온다면, 그 이유는 무엇일까? 그것은 운문시의 제약 때문에 수용될 수 없는 것이 산문시에서는 자유롭게 전개될 수 있기 때문이 아닐까? 보들레르는 산문시집 서문에서 "모든 것이 머리이자 동시에 꼬리"이고 반대로 "모든 것이 꼬리이자 머리"인 형태, "우리가 원하는 곳 어디서나 중단할 수 있는" 자유로운 상념의 전개가 가능한 작품을 산문시라고 말했다. 시간 혹은 시계의 주제는 이처럼 자유로운 전개의 산물로 해석될 수 있다. 우리는 시인의 말처럼, 산문시의 "풍요로운 상념"에 동참하면서 "시간이 느리게 가는" 생각의 여행을 즐길 수도 있고, 우리의 독서를 "우리가 원하는 곳 어디서나 중단할 수도" 있다. 산문시에 대한 우리의 해석 역시 마찬가지이다.

취하세요

"항상 취해 있어야 합니다. 문제의 핵심은 그것입니다. 그것만이 유일한 문제입니다. 당신의 어깨를 짓누르고 당신을 땅으로 구부러뜨리는 끔찍한 '시간'의 무게를 느끼지 않기 위해서, 당신은 끊임없이 취해 있어야 합니다.

그러면 무엇으로 취하느냐고요? 술이건 시詩건, 미덕이건, 당신 마음대로 하세요. 그러나 어쨌든 취하세요.

그리고 때때로 어느 궁전의 계단 위에서, 어느 도랑의 푸른 풀 위에서, 당신이 있는 방의 침울한 고독 속에서, 취기가 약해지거나 사라져 깨어나게 되면, 바람에게, 파도에게, 별에게, 새에게, 괘종시계에게, 달아나는 모든 것에게 신음하는 모든 것에게, 굴러가는 모든 것에게, 노래하는 모든 것에게, 말하는 모든 것에게 몇시냐고 물어보세요. 그러면 바람이건, 파도이건, 별이건, 새이건, 괘종시계이건 모두가 당신에게 이렇게 대답하겠지요. "지금은 취해 있어야 할 시간이지요! '시간'의 괴롭힘을 당하는 노예가 되지 않으려면 취하세요, 끊임없이 취하세요! 술이건, 시이건, 미덕이건, 당신 마음대로 하세요.""

Enivrez-vous

Il faut être toujours ivre. Tout est là: c'est l'unique question. Pour ne pas sentir l'horrible fardeau du Temps qui brise vos épaules et vous penche vers la terre, il faut vous enivrer sans trêve.

Mais de quoi? De vin, de poésie, ou de vertu, à votre guise. Mais enivrez-vous.

Et si quelquefois, sur les marches d'un palais, sur l'herbe verte d'un fossé, dans la solitude morne de votre chambre, vous vous réveillez, l'ivresse déjà diminuée ou disparue, demandez au vent, à la vague, à l'étoile, à l'oiseau, à l'horloge, à tout ce qui fuit, à tout ce qui gémit, à tout ce qui roule, à tout ce qui chante, à tout ce qui parle, demandez quelle heure il est; et le vent, la vague, l'étoile, l'oiseau, l'horloge, vous répondront: "Il est l'heure de s'enivrer! Pour n'être pas les esclaves martyrisés du Temps, enivrez-vous; enivrez-vous sans cesse! De vin, de poésie ou de vertu, à votre guise."

보들레르의 시에서 '취함l'ivresse'의 주제가 갖는 중요성은 새삼스럽게 강조할 필요가 없을 정도이다. 시인은 권태로운 현실세계를 탈출하기 위해 이 시의 첫 구절부터 "항상 취해 있어야 한다"는 것을 마치 명심해야 할 격언처럼 말한다. 시인은 그것이 중요한 문제인 까닭을 "당신의 어깨를 짓누르고, 당신을 땅으로 구부러뜨리는 끔찍한 '시간'의 무게를 느끼지 않기 위해서"라고 시적인 표현을 논리적으로 설명하듯이 말한다. 여기서 "당신을 땅으로 구부러뜨린다"는 것은 나이가 들어서 인간의 허리가 구부러진 모양을 연상시킨다. 이것은 인간의 삶이 시간의 한계 속에 속박되어 있음을 의미한다. 시인은 이러한 한계를 벗어나기 위한 '취함'의 방법으로 '술'과 '시'와 '미덕'을 예로 들었을지 모른다. 이것들은 모두 자기중심적인 편협한 세계와 자아의 좁은 한계를 넘어서서 타인과 사물에 대한 편견을 배제하기 위한 상징적 표현 방법으로 이해된다.

보들레르는 「현대생활의 화가」라는 산문에서 이렇게 말한다. "어린아이는 늘 취해 있다. 이제는, 다만 어린아이가 형태와 색채를 흡수해가는 바로 그 기쁨만이 우리가 '영감'이라고 부르는 것을 닮았다." 이런 점에서 시인이 "취해 있어야 한다"는 것은 어린아이의 상상력과 같은 영감을 얻기 위해서라고 말할 수 있을지 모른다. 보들레르는 이 산문에서 '군중과 결합 épouser la foule'할 수 있는 산책자의 상상력을 언급하는데, 어떤 의미에서 산책자 시인의 상상력과 어린아이의 '취한 영혼l'âme ivre'은 일치하는 것이 아닐까? 산책자 시인은 군중 속에 있으면서, 군중에 취해 군중과 상상적으로 결합하고, 군중의 내면을 꿈꾸고, 즐거워할 수 있기 때문이다.

"완벽한 산책자, 정열적인 관찰자에게 무리지은 것, 물결치는 것, 움직이는 것, 사라지는 것, 무한한 것 속에 거처를 정하는 것은 굉장한 기쁨이다." 산책자는 독립적이고, 열정적이고, 편견 없는 사람이다. 그는 자기 자신 밖에서 자기 자신이 아닌 것을 끊임없이 열망하는 사람이다. 간단히 말해서 그는 군중 속에서 즐거움을 누릴 줄 아는 사람이다. 그렇기 때문에 그는 군중 속에서 지루해하는 사람을 경멸한다. 군중 속에서 지루해하지 않기 위해서라도 우리의 영혼은 늘 취해 있어야 할 것이다.

누구에게나 괴물이 있는 법

넓은 잿빛 하늘 아래로, 길도 없고, 잔디도 없고, 엉겅퀴 한 포기나 쐐기풀도 없는 먼지투성이의 광활한 평원에서 등을 구부린 모습으로 걷고 있는 한 무리의 사람들을 만났다.

그들은 모두 등 위에 거대한 괴물을 걸머지고 있었다. 그 괴물은 밀가루부대나 석탄부대 혹은 로마 보병의 장비처럼 무거워 보였다.

그러나 괴물은 축 늘어진 모습이 아니었다. 오히려 괴물은 탄력 있고 강인한 근육으로 사람을 감싸 안고 짓누르듯이 붙어 있었다. 괴물은 자기의 가슴으로 뒤에서 사람을 껴안듯이 거대한 두 발톱으로 달라붙어 있었다. 그의 엄청난 머리는 마치 상대편 적에게 공포심을 주기 위해 머리에 쓴, 옛날 무사들의 무서운 투구처럼 사람의 머리 위쪽에 솟아 있는 듯했다.

나는 이들 중 한 사람에게 물어보았다. 그런 모습을 하고 어디로 가는 길이냐고 물은 것이다. 그는 내가 묻는 말에 자신도 어디로 가는지 모른다고 대답했다. 자기만 모르는 것이 아니라, 다른 사람들도 모른다는 것이다. 그러나 분명한 것은 그들은 어디론가 가고 있었고, 걸어가야 한다는 거역할 수 없는 욕구 때문에 그들은 떠밀려가듯이 가고 있었다는 점이다.

그런데 이상하게도 이 여행자들 중 그 누구도 등에 붙어서 자신의 목에 매달려 있는 이 사나운 짐승에 대해 화를 내는 것 같지 않았다. 그들은 그 짐승을 자기 자신의 일부로 생각하는 것처럼 보였다. 그들의 피곤하고 진지한 얼굴에는 전혀 절망의 표정이 없었다. 우울한 하늘 아래 우울한 하늘 같은 황량한 땅의 먼지 속에 발을 빠뜨리듯이 걸으면서 그들은 마치 영원히 기다릴 수밖에 없는 숙명의 인간처럼 천천히 나아갔다.

그리고 그 행렬은 내 옆을 지나면서, 호기심을 담은 인간의 시선에서 보이지 않는 지구의 둥근 표면 끝 지점에 이르러 지평선의 대기 속으로 빠져들듯이 사라졌다.

그래서 얼마 동안 나는 이 불가사의한 일을 이해해보려고 애를 썼다. 그러나 곧 억제할 수 없는 무관심이 나를 엄습해와서 '괴물'이 그들을 짓누르던 것보다 더 무겁게 '무관심'의 무게에 짓눌렸다.

Chacun sa chimère

Sous un grand ciel gris, dans une grande plaine poudreuse, sans chemins, sans gazon, sans un chardon, sans une ortie, je rencontrai plusieurs hommes qui marchaient courbés.

Chacun d'eux portait sur son dos une énorme Chimère, aussi lourde qu'un sac de farine ou de charbon, ou le fourniment d'un fantassin romain.

Mais la monstrueuse bête n'était pas un poids inerte; au contraire, elle enveloppait et opprimait l'homme de ses muscles élastiques et puissants; elle s'agrafait avec ses deux vastes griffes à la poitrine de sa monture; et sa tête fabuleuse surmontait le front de l'homme, comme un de ces casques horribles par lesquels les anciens guerriers espéraient ajouter à la terreur de l'ennemi.

Je questionnai l'un de ces hommes, et je lui demandai où ils allaient ainsi. Il me répondit qu'il n'en savait rien, ni lui, ni les autres; mais qu'évidemment ils allaient quelque part, puisqu'ils étaient poussés par un invincible besoin de marcher.

Chose curieuse à noter: aucun de ces voyageurs n'avait l'air irrité contre la bête féroce suspendue à son cou et collée à son dos; on eût dit qu'il la considérait comme faisant partie de lui-même. *Tous ces visages fatigués et sérieux ne témoignaient d'aucun désespoir; sous la coupole spleenétique du ciel, les pieds plongés dans la poussière d'un sol aussi désolé que ce ciel, ils cheminaient avec la physionomie résignée de ceux qui sont condamnés à espérer toujours.*

Et le cortége passa à côté de moi et s'enfonça dans l'atmosphère de l'horizon, à l'endroit où la surface arrondie de la planète se dérobe à la curiosité du regard humain.

Et pendant quelques instants je m'obstinai à vouloir comprendre ce mystère; mais bientôt l'irrésistible Indifférence s'abattit sur moi, et j'en fus plus lourdement accablé qu'ils ne l'étaient eux-mêmes par leurs écrasantes Chimères.

이 시에서 '괴물'로 번역한 chimère는 그리스 신화에 나오는 괴물로서 사자의 머리, 양의 몸, 용의 꼬리를 가진 상상의 동물이다. 이 동물은 보들레르적 의미의 알레고리로 사용되어, 인간 조건의 비극적 운명을 나타내는 존재로 표현된다. 첫 문장에서 묘사된 "길도 없고, 잔디도 없고, 엉겅퀴 한 포기나 쐐기풀도 없는" 삭막한 세계는 비인간적 도시의 삶을 상징한다고 볼 수 있다. 삭막한 세계의 풍경은 그의 다른 산문시 「이 세상 밖이라면 어느 곳에나」에서의 '병원'을 연상시킨다. "인생은 병원과 같다. 이곳에서 환자들은 저마다 침대를 바꾸어 다른 자리에 가고 싶은 욕망을 갖는다. 어떤 환자는 난로 앞에 누워서 병을 견디고 싶어하고 어떤 환자는 창가에 누워 있으면 병이 나을 것이라고 생각한다." 시인이 세계를 병원에 비유하고, 자기는 환자들 중의 한 사람임을 말했던 것처럼, 병원에 사는 환자나 사막 같은 세계에 사는 인간은 누구나 불행하다. 이런 점에서 시인은 인간의 삶이 괴물을 짊어지고 살아가는 인간의 숙명임을 말하고 싶었을지 모른다.

　　「누구에게나 괴물이 있는 법」의 다른 사람들은 괴물을 짊어지고 걸어가면서 자기에게 괴물이 붙어 있다는 것을 모르는 반면, 시인이 자기의 괴물은 '무관심'이라는 것을 안다는 것은 중요한 차이로 보인다. 또한 시인은 인간의 불행한 운명과 삶의 부조리에 대한 '무관심'이 '억제할 수 없는' 것이라고 말하고, 다른 사람들이 어디론가 걸어가야 한다는 것을 '거역할 수 없는' 욕구 때문이라고 하는 것도 중요시할 대목이다. 우리가 잘 알고 있듯이 보들레르의 무관심은 '권태'와 '무기력'과 같은 의미를 갖는다. 그의 무관심은 다른 사람들의 '괴물'과 등가적이다. 그러나 시인의 '무관심'을 이해하기 위해서는 그가 보통 사람들이 추구하는 물질적인 부와 사회적 지위, 다시 말해서 부르주아의 속물적 가치관과 다른 세계관을 갖는 존재라는 점이 전제되어야 한다.

앞에서 말했듯이, 사막처럼 삭막하고 황량한 세계는 19세기 산업화사회의 도시화와 미래에 대한 상징적 표현일 수 있다. 시인이 이 세계를 무질서와 무분별로 이루어진 음울한 카오스의 상태로 묘사하는 것은 그만큼 세속적 삶에 대한 시인의 권태를 반영하는 것으로 이해된다. 이처럼 하늘과 땅의 구별이 없는 혼돈의 세계에서, 시인에게 의미 있는 일은 오직 꿈을 꾸는 일, 다시 말해서 시를 쓰는 일밖에 없을 것이다. 세속적인 삶에 대한 무관심을 유지하고, 시간의 무게를 잊기 위해 시인은 유일하게 가치 있는 일로서 '꿈꾸는 일'을 선택한 사람이다. 시인은 '꿈꾸는 일'을 할수록, 세속의 삶과 세상을 더욱 혐오하게 되지만, 꿈이 유일한 삶의 방식이라는 생각에는 변함이 없다. 끝으로 잊지 말아야 할 것은 시인의 '키메라'가 몽상을 뜻하는 chimère라는 점이다.

늙은 광대

어디서나 휴가 중인 사람들이 쏟아져 나와 붐비면서 즐겁게 놀고 있었다. 이때는 광대들, 곡예사들, 동물 조련사들, 유랑 행상인들이 그해의 불경기를 만회하기 위해 오랫동안 기다려 온 성대한 축제의 시기였다.

이런 나날에 사람들은 일도 아픔도 모두 잊어버리는 듯, 어린애처럼 된다. 아이들에게는 휴가일이어서 학교의 지긋지긋함을 24시간 뒤로 미루어놓은 셈이고, 어른들에게는 인생의 적대적 세력들과 맺은 휴전조약이자, 일반적인 긴장과 투쟁의 중단이기도 하다.

사교계 인사도, 정신 노동에 종사하는 사람도 이 같은 대중적 축제의 영향에서 벗어나기는 쉽지 않다. 그들은 이처럼 무사태평한 분위기에 휩쓸려 본의 아니게 자기들의 휴가비를 탕진해버리기도 한다. 진짜 파리 시민인 나로서도 이 성대한 시기에 모든 천막 상점들을 빠짐없이 구경하며 지나게 된다.

사실 이 천막 상점들은 서로 무서운 경쟁을 벌이면서 빽빽 소리치고, 고함치고, 으르렁거리며 고함을 치곤 했다. 외치는 소리, 금관악기의 폭발음, 불꽃이 터지는 소리들이 뒤섞여 있었다. 어릿광대들과 조크리스 같은 희극적 인물들은 바람과 비와 햇볕에 그을린 메마른 얼굴에 경련을 일으키는 표정을

지었다. 그들은 스스로 과장된 연기에 자신만만한 코미디언들의 뻔뻔스러운 표정으로 몰리에르의 희극처럼 경직되고 무거운 희극적 재담과 농담을 쏟아내곤 했다. 역사カ±들은 머리도 없는 오랑우탄처럼 자신들의 거대한 팔다리에 의기양양해하면서 이날을 위해, 전날 밤에 세탁한 수영복 차림으로 위풍당당하게 거들먹거린다. 요정이나 공주처럼 예쁜 무희들은 스커트 자락을 불꽃으로 가득 차게 만드는 초롱불 아래에서 깡충깡충 뛰면서 재주넘기를 하곤 했다.

모든 것이 빛, 먼지, 고함, 기쁨, 소란뿐이었다. 어떤 사람들은 돈을 쓰고, 어떤 사람들은 돈을 버는데, 즐거워하는 것은 모두 마찬가지였다. 아이들은 몇 개의 막대기 사탕을 얻어먹으려고 어머니 스커트에 매달리거나, 현란한 묘기를 부리는 마술사를 좀 더 잘 보려고 아버지 어깨에 올라타고 있다. 어디서나 축제의 향내 같은 튀김 냄새가 모든 향기를 압도하며 감돌고 있었다.

끝자리에서, 줄지어 늘어선 천막 상점들의 맨 끄트머리에서 마치 자신이 이 모든 호화판에서 유배된 사람이 되어 부끄럽다는 듯한 불쌍한 광대가 눈에 띄었다. 그는 구부정하고, 노쇠하고, 늙어빠진 인간 폐물의 모습으로 그의 초라한 천막의 말뚝에 기대어 있었다. 그 초라한 집은 미개한 야만인의 집보다 더 비참한 모양이었고, 연기가 나면서 녹아내리는 두 개의 촛

불들이 그 집의 궁핍한 내부를 환하게 비추었다.

어디서나 즐거움, 돈벌이, 방탕이 있었고, 어디서나 다음 날을 위해 빵이 필요하다는 믿음이 있었고, 어디서나 열광적인 생명력의 폭발이 있었다. 여기에서 절대적 빈곤, 설상가상으로 희극적인 누더기를 걸친 괴상한 옷차림의 초라함은 그 궁핍함으로 인해 예술보다 훨씬 더 두드러지게 주위와 대조를 이루었다. 비참한 광대는 웃지도 않는다! 그는 울지도 않았고, 춤을 추지도 않았고, 몸짓을 하지도 않았고, 소리치지도 않았다. 노래를 부르지도 않았고, 즐거움이나 비통함을 나타내지도 않았고, 애원하지도 않았다. 그는 만사를 포기하고 단념한 모습이었다. 그의 운명은 끝난 것이었다.

그러나 그는 혐오스러울 정도의 가난한 집에서 몇 걸음 안 되는 거리에 멈춰 있는 군중과 빛의 움직이는 물결을 향해 얼마나 깊이 있고 잊을 수 없는 시선을 보내고 있는가! 나는 정신 장애자의 무서운 손아귀가 내 목을 조르는 것 같은 느낌이 들었고, 나의 시선은 눈에서 떨어지려 하지 않는 반항의 눈물로 흐릿해지는 것 같았다.

어떻게 해야 할까? 이 불행한 사람에게 악취 풍기는 어둠 속에서, 너덜너덜한 커튼 뒤에서, 어떤 신기한 재주나 경이로운 묘기를 보여달라고 요청하는 일이 무슨 소용이 있겠는가? 실제로 그럴 엄두가 나지도 않았다. 고백하건대, 나의 이러한 소심중이 독자를 웃게 만들지라도 그만큼 그에게 모욕을 줄까봐 두려웠다. 결국 그 앞을 그대로 지나가면서 그의 가설 무대 위에 약간의 돈을 놓아두고, 그가 나의 의도를 알아차리기를 기대하면서 알 수 없는 소란으로 몰려다니는 엄청난 군중의 물결에 휩쓸려 그로부터 멀어져갔다.

그리고 돌아오는 길에 그 광경이 머리를 떠나지 않아, 거기서 느낀 나의 갑작스러운 고통을 분석해보다가 이런 생각을 했다. 방금 내가 본 사람은 과거에 인기를 누렸다가 자기의 시대가 지난 후에도 살아 있는 늙은 문인이었다는 것을. 친구도 없고, 가족도 없고, 자식도 없이 자신의 궁핍한 생활과 대중의 배반으로 타락한 늙은 시인이었다는 것을, 잊기 잘 하는 대중이 이제는 더 이상 그의 천막으로 들어가 구경하고 싶지 않다는 것을.

Le vieux saltimbanque

Partout s'étalait, se répandait, s'ébaudissait le peuple en vacances. C'était une de ces solennités sur lesquelles, pendant un long temps, comptent les saltimbanques, les faiseurs de tours, les montreurs d'animaux et les boutiquiers ambulants, pour compenser les mauvais temps de l'année.

En ces jours-là il me semble que le peuple oublie tout, la douleur et le travail; il devient pareil aux enfants. Pour les petits c'est un jour de congé, c'est l'horreur de l'école renvoyée à vingt-quatre heures. Pour les grands c'est un armistice conclu avec les puissances malfaisantes de la vie, un répit dans la contention et la lutte universelles.

L'homme du monde lui-même et l'homme occupé de travaux spirituels échappent difficilement à l'influence de ce jubilé populaire. Ils absorbent, sans le vouloir, leur part de cette atmosphère d'insouciance. Pour moi, je ne manque jamais, en vrai Parisien, de passer la revue de toutes les baraques qui se pavanent à ces époques solennelles.

Elles se faisaient, en vérité, une concurrence formidable: elles piaillaient, beuglaient, hurlaient. C'était un mélange de cris,

de détonations de cuivre et d'explosions de fusées. Les queues-
rouges et les Jocrisses convulsaient les traits de leurs visages
basanés, racornis par le vent, la pluie et le soleil; ils lançaient,
avec l'aplomb des comédiens sûrs de leurs effets, des bons
mots et des plaisanteries d'un comique solide et lourd comme
celui de Molière. Les Hercules, fiers de l'énormité de leurs
membres, sans front et sans crâne, comme les orang-outangs,
se prélassaient majestueusement sous les maillots lavés la veille
pour la circonstance. Les danseuses, belles comme des fées ou des
princesses, sautaient et cabriolaient sous le feu des lanternes qui
remplissaient leurs jupes d'étincelles.

Tout n'était que lumière, poussière, cris, joie, tumulte; les
uns dépensaient, les autres gagnaient, les uns et les autres
également joyeux. Les enfants se suspendaient aux jupons de
leurs mères pour obtenir quelque bâton de sucre, ou montaient
sur les épaules de leurs pères pour mieux voir un escamoteur
éblouissant comme un dieu. Et partout circulait, dominant tous
les parfums, une odeur de friture qui était comme l'encens de
cette fête.

Au bout, à l'extrême bout de la rangée de baraques, comme
si, honteux, il s'était exilé lui-même de toutes ces splendeurs, je

vis un pauvre saltimbanque, voûté, caduc, décrépit, une ruine d'homme, adossé contre un des poteaux de sa cahute; une cahute plus misérable que celle du sauvage le plus abruti, et dont deux bouts de chandelles, coulants et fumants, éclairaient trop bien encore la détresse.

Partout la joie, le gain, la débauche; partout la certitude du pain pour les lendemains; partout l'explosion frénétique de la vitalité. Ici la misère absolue, la misère affublée, pour comble d'horreur, de haillons comiques, où la nécessité, bien plus que l'art, avait introduit le contraste. Il ne riait pas, le misérable! Il ne pleurait pas, il ne dansait pas, il ne gesticulait pas, il ne criait pas; il ne chantait aucune chanson, ni gaie ni lamentable, il n'implorait pas. Il était muet et immobile. Il avait renoncé, il avait abdiqué. Sa destinée était faite.

Mais quel regard profond, inoubliable, il promenait sur la foule et les lumières, dont le flot mouvant s'arrêtait à quelques pas de sa répulsive misère! Je sentis ma gorge serrée par la main terrible de l'hystérie, et il me sembla que mes regards étaient offusqués par ces larmes rebelles qui ne veulent pas tomber.

Que faire? À quoi bon demander à l'infortuné quelle curiosité, quelle merveille il avait à montrer dans ces ténèbres puantes, derrière son rideau déchiqueté? En vérité, je n'osais;

et, dût la raison de ma timidité vous faire rire, j'avouerai que

je craignais de l'humilier. Enfin, je venais de me résoudre à

déposer en passant quelque argent sur une de ses planches,

espérant qu'il devinerait mon intention, quand un grand reflux

de peuple, causé par je ne sais quel trouble, m'entraîna loin de

lui.

Et, m'en retournant, obsédé par cette vision, je cherchai à

analyser ma soudaine douleur, et je me dis: Je viens de voir

l'image du vieil homme de lettres qui a survécu à la génération

dont il fut le brillant amuseur; du vieux poëte sans amis, sans

famille, sans enfants, dégradé par sa misère et par l'ingratitude

publique, et dans la baraque de qui le monde oublieux ne veut

plus entrer!

벤야민은 「보들레르의 몇 가지 주제에 관해서」라는 글에서, 19세기 문학과 군중의 주체가 갖는 중요한 의미를 분석하고 위고의 『레 미제라블』이 군중을 책 표제에서 최초로 언급한 책이라고 언급한다. 여기서 군중은 당연히 대도시의 군중이다. 헤겔이 파리를 처음 방문했을 때 대한 그 느낌을 말했다는 것처럼, 군중은 "모두들 똑같은 옷을 입고 얼굴 표정도 거의 비슷한 모습을 하고 있는" 사람들로서 무수히 떼를 지어 몰려다닌다. 이러한 군중 때문에 그 당시 파리 사람들에게 길을 걷는다는 것은 군중 속을 걸어다니는 것과 같았다고 한다. 벤야민은 보들레르와 군중과의 관계를 설명하면서 "군중은 그의 외부에 있는 어떤 존재가 아니라 (……) 이미 내면화되어 그의 일부가 되어 있기 때문에 그의 작품에서 군중에 대한 묘사를 찾아내기란 매우 어려운 문제"라고 말한다. 그러므로 보들레르의 시에서 군중의 이미지는 양면성을 갖는다고 할 수 있다.

보들레르가 비록 대도시 군중이 끌어당기는 힘에 굴복하여 그들과 함께 거리 산책자의 한 사람이 되었지만, 그러한 군중의 비인간적인 속성에 대한 느낌은 그를 떠나지 않았다. 그는 자신을 그들의 공범자로 만들면서 동시에 또한 그들로부터 자신을 격리시키고 있다.

　벤야민의 말처럼, 보들레르는 익명의 군중과 동일시하다가 어느 순간 그들에게 경멸의 시선을 던지면서 그들을 무가치한 존재로 만들어버리기도 한다. 그에게 대상이 어떤 사람들인가도 문제이지만, 그들이 어떤 행태를 보이는가에 따라서 그의 입장이 달라질 수 있기 때문이다.

　「늙은 광대」는 축제일에 집밖으로 "쏟아져 나와 붐비는" 이러한 군중의 양상을 보여주는 시이자, 시인과 군중과의 관계를 생각하게 하는 시이다. 이 시의 첫 문단에서 서술된 것처럼 시인의 시선으로 포착된 사람들은 휴가 중에 "즐겁게 노는" 군중과 "그해의 불경기를 만회하기 위해" 천막을 쳐서 장사하려는 '유랑 행상인들'이다. 광대 역시 유랑 행상인의 하나로 분류될 수 있다. 두 번째 문단의 아이들이거나 세 번째 문단의 '사교계 인사', '정신 노동에 종사하는 사람'은 모두 군중을 구성하는 요소들이다. 여기서 시인은 군중 속에 있지만, 군중과 동화되어 "즐겁게 놀지"는 못하는 고독한 개인이다. 그는 모든 천막 상점들을 구경하면서 지나가는 관찰자이자 산책자일 뿐이다. 그의 시선 앞에서 유랑행상인들이나 천막 상점의 주인들은 "서로 무서운 경쟁을 벌이면서" 고함을 치거나 고객을 많이 모으려고 희극적 재담과 농담을 쏟아낸다.

모든 것이 빛, 먼지, 고함, 기쁨, 소란뿐이었다. 어떤 사람들은 돈을 쓰고, 어떤 사람들은 돈을 버는데, 즐거워하는 것은 모두 마찬가지였다.

이 구절은 '돈'이 모든 가치의 중심이 된 평등사회의 압축된 풍경을 보여준다. 이 사회에서 "모든 것이 빛, 먼지, 고함, 기쁨, 소란뿐"인 축제는 카니발적 축제가 아니라, 카오스의 가짜 축제일 뿐이다. 이 세계에서 시인의 위치는 어떤 것일까? 그는 "돈을 쓰는" 사람도 아니고 "돈을 버는" 사람도 아니다. 그가 "돈을 버는" 사람이 되려면, 「개와 향수병」에서 꼬리를 흔들며 다가오는 개에게 하듯이, "품위 있는 향수가 아니라" 오물을 제공해야 할지 모른다. 또는 "스커트 자락을 불꽃으로 가득 차게 만드는 초롱불 아래에서 깡충깡충 뛰면서 재주넘기를 하는" 예쁜 무희들처럼 대중에게 아첨하는 시를 써야 할 것이다. 그러나 보들레르는 대중을 위한 시를 쓰지 않았다.

산책자 시인은 "천막 상점들의 맨 끄트머리에서" '불쌍한 광대'를 바라본다. "미개한 야만인의 집보다 더 비참한" 집에서 "구부정하고, 노쇠하고, 늙어빠진 인간 폐물의 모습"을 한 늙은 광대는 초라한 천막의 말뚝에 기대어 있다. 이 장면에서 주의해야 할 단어는 "이 모든 호화판에서 유배된 사람이 되었다"는 구절의 '유배된 자l'éxilé'라는 말이다. 이것은 「알바트로스」의 마지막 연, "시인은 이 구름의 왕자와 같아서 / 폭풍 속을 넘나들며 사수를 비웃었건만 / 지상에 유배되어 야유에 둘러싸이니 / 거인의 날개는 걷는 데 방해가 될 뿐"이라는 시구에서 시인을 지상에 '유배된 자'로 표현한 구절을 연상시키기 때문이다. 군중으로부터 외면당한 '불쌍한 광대'는 "울지도 않았고, 춤을 추지도 않았고, 몸짓을 하지도 않았고, 애원하지도 않았다"로 묘사된다. 인간 폐물이나 다름없는 그는 자신의 "운명이 끝난 것"임을 아는 것이다. 어떤 의미에서 이러한 그의 모습은 예수 그리스도를 닮았다.

여기서 시인은 '늙은 광대'를 자기의 운명과 동일시한다. 그러나 그의 동일시는 단순하지가 않다. 동일시하는 순간 그는 "정신 장애자의 무서운 손아귀가 내 목을 조르는 것 같은 느낌"과 "나의 시선은 눈에서 떨어지려 하지 않는 반항의 눈물로 흐릿해지는 것" 같은 충격과 슬픔에 사로잡히기 때문이다. 이것은 시인이 동일시하기에는 '늙은 광대'의 모습이 너무나 비참해 보여서일까? 시인은 결국 이 '늙은 광대'에게 어떤 '신기한 재주나 경이로운 묘기를 보여달라고 요청하는 일'이 쓸데없는 일이라고 생각하고 그의 가설무대 앞에 약간의 돈을 놓아두고, "군중의 물결에 휩쓸려 그로부터 멀어져"간다.

이 시의 마지막 문단에서 화자는 '늙은 광대'의 모습을 통해 "자기의 시대가 지난 후에도 살아 있는 늙은 문인", "자신의 궁핍한 생활과 대중의 배반으로 타락한 늙은 시인을 연상한다. 이것은 시인과 시대적 상황의 관계를 통찰한다는 점에서 이 시의 결론과 같은 것이다.

나쁜 유리장수

순전히 명상에 잠겨 있기를 좋아하고 행동에 옮기는 일에는 완전히 부적절한 사람들이 있는데, 이들이 때로는 불가사의하고 알 수 없는 충동에 사로잡혀, 자신들로서는 불가능하다고 생각할 만큼 빠르게 행동하는 경우가 있다.

가령 수위로부터 어떤 슬픈 소식을 접하게 될까봐 겁이 나서 집에 들어가지도 못하고 문 앞에서 한 시간이나 배회하는 사람이라거나, 편지를 뜯어보지도 못하고 보름 동안이나 그대로 놓아두는 사람, 혹은 1년 전부터 처리해야 할 일을 반년이 지나도록 내버려두는 사람, 이런 사람들이 때로는 활의 화살처럼 억제할 수 없는 힘에 이끌려 갑자기 행동에 뛰어드는 것이다. 모든 것을 다 안다고 자부하는 모랄리스트나 의사라고 하더라도, 이처럼 게으르고 쾌락적인 영혼에게 어디서 그렇게 광기에 가까운 에너지가 갑자기 나타나는지, 가장 간단하고도 가장 필요한 일들을 수행하지 못하는 사람들이 어느 순간에 가장 불합리하고 때로는 가장 위험하기도 한 행동을 감행하는데 이처럼 엄청난 용기를 갖게 되는지를 설명하지는 못한다.

나의 한 친구는 세상에서 가장 무해한 몽상가라고 할 수 있는 사람인데, 한 번 숲에 불을 지른 적이 있다. 그의 말에 의하면, 사람들이 일반적으로 단언하듯이, 불이 그렇게 쉽게 붙는지를 알기 위해서였다는 것이다. 열 번이나 계속 그의 실험은 실패하고 말았지만, 열한 번째에 드디어 그의 실험은 대성공을 거두었다.

또 한 친구는 화약통 옆에서 여송연에 불을 붙여보겠다고 했는데, 그의 시도는 보기 위해서라거나, 알기 위해서이고, 운명을 시험해보기 위해서라는 것, 또는 스스로 힘을 증명해 보여야 한다거나 도박꾼의 흉내를 내기 위해서 또는 불안의 심리적 쾌감을 경험하기 위해서, 쓸데없이 일시적 기분 때문이거나 심심풀이로 그런 짓을 한다는 것이다.

그것은 권태와 몽상에서 솟구쳐 오르는 일종의 에너지인데, 그런 에너지가 그렇게 갑자기 나타나는 사람들은, 앞에서 말했듯이, 대체로 가장 게으르고 가장 몽상적인 사람들이다.

또 다른 소심한 친구는 사람들의 시선 앞에서조차 눈을 내리깔고, 카페에 들어가거나 극장의 매표소 앞을 지나가기 위해, 가련한 모든 의지를 총동원해야 할 정도라는데, 그 이유는 그 안의 검표원들이 그에게 희랍신화의 영웅들 미노스, 에아크 또는 라다망트처럼 위엄 있는 모습으로 보였기 때문이다. 그런 사람이 갑자기 자기 옆을 지나가는 어느 노인의 목을 끌어안고 깜짝 놀란 군중 앞에서 열광적으로 포옹하는 행동을 저지르는 것이다.

왜 그런 것일까? 왜냐하면…… 왜냐하면 그 노인의 표정이 어찌할 수 없을 정도로 마음에 들었기 때문일까? 그럴지도 모른다. 그러나 그 자신도 그 이유를 모른다고 보는 것이 더 합당한 생각이다.

나 역시 그런 발작과 충동의 희생자가 된 적이 여러 번 있었다. 그런 일을 겪으면 교활한 악마들이 슬그머니 우리의 내면 속에 끼어들어 우리가 모르는 사이에 자기들의 터무니없는 의지를 관철시키는 것이라고 생각할 수밖에 없다.

어느 날 아침 나는 침울하고, 쓸쓸하고, 무료함에 지친 상태로 잠자리에서 일어나, 무언가 굉장한 일, 눈부신 행동을 해야 한다는 생각이 들었다. 그래서 창을 열었는데, 슬픈 일이 벌어졌다.

(여러분들이 주목해야 할 것은 어떤 사람들의 경우, 이런 행동이 남을 골탕 먹이려는 어떤 작업이나 술책의 결과가 아니라, 우발적인 영감의 결과이므로, 그것이 아무리 강렬한 욕망에 의해서 이루어진 일이라 해도, 우리로 하여금 어쩔 수 없이 수많은 위험스럽거나 부적절한 행동들을 하게끔 부추기는 충동적 기분과 같은 것으로서 의사들이 히스테리라고 부르거나, 의사들보다 좀 더 사려 깊게 생각하는 사람들이 악마적이라고 말한다는 것이다.)

길에서 제일 먼저 보게 된 사람은 파리의 무겁고 더러운 대기를 가로질러 나에게까지 들려올 만큼 평화를 깨뜨리고 찢어지는 목소리로 외치는 유리장수였다. 그런데 내가 왜 그 불쌍한 사람에게 포악하고도 갑작스러운 증오심에 사로잡히게 되었는지는 말할 수 없다.

"여기요!" 나는 그에게 올라오라고 소리쳤다. 그러나 내 방이 7층에 있고 층계가 매우 좁아서, 그 사람이 올라오는 데 무척 힘이 들고, 깨지기 쉬운 상품의 모서리가 여러 군데 부딪쳐 손상될 것을 생각하면서 어떤 쾌감을 느끼기도 했다.

드디어 그가 나타났다. 나는 그의 모든 창유리를 세밀히 살펴본 후에 이렇게 말했다. "뭐라고요? 장밋빛 유리, 붉은색 유리, 푸른색 유리, 마법의 창유리, 천국의 창유리 같은 색깔 있는 유리가 없다고요? 당신 참 뻔뻔스러운 사람이네. 어떻게 감히 가난한 동네를 돌아다니면서 인생을 아름답게 보여주는 창유리도 갖고 있지 않다니." 그러고는 그를 층계 쪽으로 힘껏 떠밀자, 그는 투덜거리며 비틀거렸다.

나는 발코니로 다가가서 작은 화분 하나를 들고 그가 다시 문 앞에 나타나자 그의 등짐 지게 뒷부분을 향해 나의 병기를 수직으로 떨어뜨렸다. 그 충격으로 그는 넘어졌고 등에 지고 있던 초라한 행상의 물건들이 모두 깨져버리면서, 벼락을 맞아 무너지는 수정궁의 폭발음 소리를 냈다.

그런 후 나는, 광기에 취해서 미친 사람처럼 그에게 외쳤다. "인생을 아름답게 해야지! 인생을 아름답게 해야지!"

이처럼 신경질적 행동에 위험이 따르지 않는 것은 아니어서

때로는 값비싼 대가를 치를 수도 있다. 그러나 한순간에 무한한 쾌락을 얻는 사람의 입장에서 영원한 천벌이 내린들 무슨 상관이랴?

Le mauvais vitrier

Il y a des natures purement contemplatives et tout à fait impropres à l'action, qui cependant, sous une impulsion mystérieuse et inconnue, agissent quelquefois avec une rapidité dont elles se seraient crues elles-mêmes incapables.

Tel qui, craignant de trouver chez son concierge une nouvelle chagrinante, rôde lâchement une heure devant sa porte sans oser rentrer, tel qui garde quinze jours une lettre sans la décacheter, ou ne se résigne qu'au bout de six mois à opérer une démarche nécessaire depuis un an, se sentent quelquefois brusquement précipités vers l'action par une force irrésistible, comme la flèche d'un arc. Le moraliste et le médecin, qui prétendent tout savoir, ne peuvent pas expliquer d'où vient si subitement une si folle énergie à ces âmes paresseuses et voluptueuses, et comment, incapables d'accomplir les choses les plus simples et les plus nécessaires, elles trouvent à une certaine minute un courage de luxe pour exécuter les actes les plus absurdes et souvent même les plus dangereux.

Un de mes amis, le plus inoffensif rêveur qui ait existé, a mis une fois le feu à une forêt pour voir, disait-il, si le feu prenait avec autant de facilité qu'on l'affirme généralement. Dix fois

de suite, l'expérience manqua; mais, à la onzième, elle réussit

beaucoup trop bien.

Un autre allumera un cigare à côté d'un tonneau de

poudre, pour voir, pour savoir, pour tenter la destinée, pour

se contraindre lui-même à faire preuve d'énergie, pour faire le

joueur, pour connaître les plaisirs de l'anxiété, pour rien, par

caprice, par désœuvrement.

C'est une espèce d'énergie qui jaillit de l'ennui et de la

rêverie; et ceux en qui elle se manifeste si inopinément sont, en

général, comme je l'ai dit, les plus indolents et les plus rêveurs

des êtres.

Un autre, timide à ce point qu'il baisse les yeux même devant

les regards des hommes, à ce point qu'il lui faut rassembler toute

sa pauvre volonté pour entrer dans un café ou passer devant le

bureau d'un théâtre, où les contrôleurs lui paraissent investis

de la majesté de Minos, d'Éaque et de Rhadamante, sautera

brusquement au cou d'un vieillard qui passe à côté de lui et

l'embrassera avec enthousiasme devant la foule étonnée.

Pourquoi? Parce que... parce que cette physionomie lui était

irrésistiblement sympathique? Peut-être; mais il est plus légitime de supposer que lui-même il ne sait pas pourquoi.

J'ai été plus d'une fois victime de ces crises et de ces élans, qui nous autorisent à croire que des Démons malicieux se glissent en nous et nous font accomplir, à notre insu, leurs plus absurdes volontés.

Un matin je m'étais levé maussade, triste, fatigué d'oisiveté, et poussé, me semblait-il, à faire quelque chose de grand, une action d'éclat; et j'ouvris la fenêtre, hélas!

(Observez, je vous prie, que l'esprit de mystification qui, chez quelques personnes, n'est pas le résultat d'un travail ou d'une combinaison, mais d'une inspiration fortuite, participe beaucoup, ne fût-ce que par l'ardeur du désir, de cette humeur, hystérique selon les médecins, satanique selon ceux qui pensent un peu mieux que les médecins, qui nous pousse sans résistance vers une foule d'actions dangereuses ou inconvenantes.)

La première personne que j'aperçus dans la rue, ce fut un vitrier dont le cri perçant, discordant, monta jusqu'à moi à travers la lourde et sale atmosphère parisienne. Il me serait d'ailleurs impossible de dire pourquoi je fus pris à l'égard de ce pauvre homme d'une haine aussi soudaine que despotique.

« — Hé! hé! » et je lui criai de monter. Cependant je

réfléchissais, non sans quelque gaieté, que, la chambre étant au sixième étage et l'escalier fort étroit, l'homme devait éprouver quelque peine à opérer son ascension et accrocher en maint endroit les angles de sa fragile marchandise.

Enfin il parut: j'examinai curieusement toutes ses vitres, et je lui dis: « Comment? vous n'avez pas de verres de couleur? des verres roses, rouges, bleus, des vitres magiques, des vitres de paradis? Impudent que vous êtes! vous osez vous promener dans des quartiers pauvres, et vous n'avez pas même de vitres qui fassent voir la vie en beau! » Et je le poussai vivement vers l'escalier, où il trébucha en grognant.

Je m'approchai du balcon et je me saisis d'un petit pot de fleurs, et quand l'homme reparut au débouché de la porte, je laissai tomber perpendiculairement mon engin de guerre sur le rebord postérieur de ses crochets; et le choc le renversant, il acheva de briser sous son dos toute sa pauvre fortune ambulatoire qui rendit le bruit éclatant d'un palais de cristal crevé par la foudre.

Et, ivre de ma folie, le lui criai furieusement: « La vie en beau! la vie en beau! »

Ces plaisanteries nerveuses ne sont pas sans péril, et on

peut souvent les payer cher. Mais qu'importe l'éternité de la
damnation à qui a trouvé dans une seconde l'infini de la
jouissance?

❖

보들레르 연구자인 앙리 르메트르가 이 시의 각주에서 설명한 바에 의하면, 이 시는 "그 원인을 설명할 수 없는 지극히 충동적인 도착증perversité의 행동을 보여주는 보들레르적인 시"이다. 물론 서두에서 실례로 들고 있는 몽상적인 기질의 친구들처럼, 보들레르가 광기의 충동을 종종 경험했다고 하더라도, 그러한 충동이 실제적 행동으로 나타난 것은 아니다. 이시의 에피소드는 어디까지나 우화일 뿐이다.

불쌍한 유리장수에 대한 화자의 도착증적 폭력에 대해서는 두 가지 해석이 가능하다. 하나는 색채의 낙원에 대한 보들레르의 초자연주의적 예술 성향이 그만큼 강렬하다는 것이다. 그는 산문시 「이중의 방」에서 이러한 예술성향을 드러내는, "몽상의 세계와 같은 방, 참으로 정신적인 방, 고즈넉한 분위기가 장밋빛과 푸른빛으로 가볍게 물들어 있는 방"을 묘사한 바 있다. 다시 말해서 그가 꿈꾸는 방은 단순히 조용하고 아늑한 방이 아니라, "장밋빛과 푸른빛이 물들어 있는" 색깔 있는 방인 것이다. 이처럼 시인이 색깔 있는 방을 선호하듯이, 색깔 있는 유리를 좋아하는 것은 도시의 '더러움'과 무거움에 짓눌려 극도의 우울한 상태로 지낼 수밖에 없는 상태에 대한 반발심일 수 있다. 그러므로 색유리가 없는 유리장수에 대한 그의 증오감이 전혀 이해할 수 없는 감정은 아닐지 모른다. 실제로 보들레르는 「화장 예찬」이란 산문에서 "자기 자신을 신비롭고 초자연적으로 보이도록 애쓰는 것이 여자로서 정당한 일"이듯이, 예술가는 자연을 모방하지 않고, 자연을 마술적이고 인공적으로 변화시켜야 한다고 주장한 바 있다. "누가 감히 자연의 모방이라는 헛된 역할을 예술에 부여하는가?"라는 그의 말은 예술의 역할이 "자연의 모방"이 아니라 자연을 신비롭게 변형시키는 작업임을 역설한 것이다. 그러나 자연을 마술적이고 신비롭게 변형시켜야 한다는 예술관을 갖고 있다고 해서 불쌍한 유리장수에 대한 도착증적 폭력이 정당화되는 것은 아니다.

화자의 폭력에 대한 또 다른 해석은 시인과 유리장수를 동일한 자아의 분리된 존재로 이해하는 방법이다. 사르트르는 보들레르에 대한 비평서에서 시인의 '반성하는 의식'과 '반성되는 의식'의 갈등을 실존적 정신분석 비평의 방법으로 끈질기게 추적한 바 있다. 이러한 논리를 따르면, '반성하는 의식'은 '반성되는 의식'에 대해서 증오감을 가질 수 있는 것이다. 사람은 누구나 자신에게서 반성해야 할 점이나 극복해야 할 요소를 발견하고 그것을 제거하려는 과정에서 자기와 같은 타인에 대해 증오감에 사로잡혀 상징적인 의미로 폭력을 행사할 수 있을지 모른다. 이러한 해석의 관점에서 문제의 구절을 분석해보자.

화자는 "어느 날 아침, 침울하고, 쓸쓸하고, 무료함에 지친 상태로 잠자리에서 일어나", "무언가 굉장한 일, 눈부신 행동을 해야 한다는 생각이 들어서 창을 열었는데", "평화를 깨뜨리고 찢어지는 목소리로 외치는 유리장수"를 발견하고, 그에 대한 "포악하고도 갑작스러운 증오심"을 갖게 된다. 여기서 '포악한despotique'이란 형용사의 의미는 이중적이다. 하나는 이유를 알 수 없는 충동적인 증오심의 격렬하고 포악한 상태를 나타내는 것이고, 다른 하나는 자신의 동포를 지배하는 독재권력처럼, 독재자가 반역자에게 폭력을 행사한다는 의미에서 '독재적인'이란 뜻이다. 이런 관점에서 본다면, 시인은 자신의 분신 같은 존재에게 '색깔 있는 유리'가 없다는 것을 마치 독재자의 입장에서 본 반역 행위나 다름없다는 듯이 처벌한 것이다.

'색깔 있는 유리'가 없는 것은 현실을 초자연적으로 변화시키는 시, 또는 "어둠처럼, 빛처럼 광활하고," "어둡고 깊은 일체감 속에서", "향기와 색채의 소리가 어울려 퍼지는" '상응'의 시를 쓰지 못하는 것과 같다. 그러므로 시인이 추구하는 이상적 시를 쓰지 못할 때, 그는 정신적 위기에 빠진다. 시인은 그러한 자신을 죽이고 싶다. 이렇게 본다면, 유리장수의 쓰러짐은 시인의 상징적 죽음과 같다. 시인으로 살기 위해서 또는 시인으로 새롭게 태어나기 위해서, 과거의 '나'는 죽어야 한다. 이러한 절망과 새로운 각오가 유리장수에 대한 폭력 또는 죽어야 하는 '나'로 나타난 것이라고 해석할 수 있다.

요정들의 선물

24시간 이내에 태어난 모든 신생아들에게 선물을 나누어주는 요정들의 큰 모임이 열렸습니다.

운명을 관장하는 구태의연하고 변덕스러운 자매들과 기쁨과 고통을 주관하는 이상야릇한 어머니들, 그 모든 요정들은 매우 다양한 모습이었습니다. 어떤 요정들은 침울하고 시무룩한 표정이었고, 또 어떤 요정들은 경박하고 심술궂어 보였습니다. 변함없이 젊은 요정들도 있었고, 변함없이 늙은 요정들도 있었습니다.

요정들을 신뢰하는 모든 아버지들이 저마다 두 팔에 신생아를 안고 왔습니다.

재능, 능력, 행운, 완벽한 기회, 이 모든 선물들은 마치 시상식에서 단 위에 놓인 상품처럼 심판관 옆에 쌓여 있었습니다. 이 자리의 특별한 점은, 그 선물들이 노력에 대한 보상이 아니라, 정반대로 아직 살아보지도 않은 사람에게 은총을 부여하고, 그 은총은 인간의 운명을 결정하는 것이며, 또한 그의 행복뿐 아니라 불행의 원인이 될 수 있다는 것입니다.

불쌍한 요정들은 매우 분주했습니다. 왜냐하면 은총을 간청하러 온 사람들도 많았을 뿐 아니라, 인간과 신神 사이에 있는 중간 세계가 우리들 인간처럼 시간과 시간의 무한한 후손들, 하루, 시간, 분, 초의 무서운 법칙을 따르고 있었기 때문입니다.

사실, 요정들은 공판일의 장관들처럼, 또는 국경일에 사람들이 무상으로 저당물을 되찾을 수 있을 때의 전당포 직원들처럼 어리둥절한 모습이었습니다. 그들은 때때로 초라하게 시곗바늘을 바라보고 있기도 했는데, 그 초조한 모습은 마치 아침부터 법정에 앉아서 저녁식사, 가정, 자기의 소중하고 편안한 가정생활을 꿈꾸고 있는 재판관처럼 보이기도 했습니다. 만일 초자연적인 재판에서 서두르는 일이 있거나 우발사고가 발생한다고 해도, 그런 일은 가끔 인간의 재판에서도 마찬가지라고 생각하며 놀라지 말아야 합니다. 우리들 자신이 그 입장이라도 공정하지 못한 재판을 할 수 있기 때문입니다.

그래서 그날 요정들은 변덕스러운 몇 가지 큰 실수를 저지르게 되었는데, 변덕스러운 행동보다 신중한 행동이 그들의 변함없이 남다른 특징이라면, 그런 실수는 이상하다고 여겨질 수 있는 일이었습니다.

따라서 자석의 이끌림처럼 재산을 모으는 능력은 어떤 부유한 집안의 유일한 상속자에게 수여되었는데, 이 사람은 자비의 감정이 전혀 없으므로, 인생에서 가장 분명한 선행의 욕구를 전혀 갖고 있지 않다면, 나중에 그가 모은 수많은 재산으로 엄청난 고통을 겪게 될 것이 틀림없는 일이었습니다.

그리고 또 아름다움에 대한 사랑과 시적 능력은 직업이 석공인 가난한 사람의 아들에게 수여되었습니다. 그런데 이 사람은 아들의 그러한 능력을 도와줄 수도 없고, 생활비의 부담을 덜어줄 수도 없을 것입니다.

내가 잊고 말하지 않은 것이 있는데, 이 엄숙한 행사에서의 선물 수여가 한 번에 결정되는 것이어서, 어떤 선물도 받는 사람이 거부할 수 없다는 사실입니다.

모든 요정들은 지겨운 일이 끝났다고 생각하며 일어났습니다. 왜냐하면 이 모든 하찮은 인간들에게 던져줄 어떤 선물도 남아 있지 않았기 때문입니다. 그때 불쌍한 소상인으로 생각되는 어떤 사람이 일어나더니, 자기 자리에서 가장 가까이 있는 요정의 다채로운 색깔의 옷자락을 잡으면서 소리쳤습니다.

"저 좀 보세요! 부인! 우리는 받지 못했는데요! 우리 아이가 받지 못했단 말이에요! 내가 헛수고하려고 온 게 아니잖아요!"

요정은 당황할 수밖에 없었습니다. 왜냐하면 더 이상 아무 선물도 남아 있지 않았기 때문입니다. 그렇지만 그 순간 요정은 인간의 친구로서 종종 인간의 열정적 욕구에 맞추어 처신해야 한다는 생각이 들어, 보이지 않는 여신들, 말하자면 땅의 요정들, 불의 요정들, 공기의 요정들, 물의 요정들이 사는 초자연적 세계에서는 비록 드물게 실행되는 방법이긴 하지만, 잘 알려진 법칙을 떠올리게 되었습니다. 이 법칙은 더 이상 운명의 선물이 하나도 남아 있지 않을 경우, 추가로 예외적인 선물을 줄 수 있도록 요정들에게 허용된 방법이라고 말할 수 있습니다. 그렇지만 이 경우에도 요정은 그런 선물을 즉각적으로 만들어낼 수 있는 상상력을 갖고 있어야 합니다.

착한 요정은 자기의 신분에 어울리는 태연함을 보이며 이렇게 대답했습니다. "너의 아들에게도 주겠다…… 너의 아들에게 주는 선물은…… '남을 즐겁게 하는 재능'이다."

"그런데 남을 어떻게 즐겁게 해요? 남을 즐겁게 하다니요? 남을 왜 즐겁게 하는 거예요?"

작은 상점의 주인은 아마도 '철학의 논리'[1]까지는 이를 수 없는 지극히 상식적 논리로 끈질기게 물었습니다.

분노한 요정은 그에게 등을 돌리면서 "왜냐하면! 왜냐하면!"이라는 말로 반박했습니다. 그러고는 동료 요정들의 행렬에 합류하면서 그들을 향해 이렇게 말했습니다. "모든 것을 다 알려 하고, 자기 아들이 최고의 선물을 받게 되었는데도 논의할 수 없는 문제를 감히 묻고 논의하려는 이 건방진 프랑스인을 어떻게 해야 할까요?"

---

1) '철학의 논리'로 번역한 la logique de l'Absurde는 어떤 명제의 진실이나 허위를 알기 위한 논리학의 방법으로 '귀류법의 논리'라는 뜻이다.

Les dons des Fées

C'était grande assemblée des Fées, pour procéder à la répartition des dons parmi tous les nouveau-nés, arrivés à la vie depuis vingt-quatre heures.

Toutes ces antiques et capricieuses Sœurs du Destin, toutes ces Mères bizarres de la joie et de la douleur, étaient fort diverses: les unes avaient l'air sombre et rechigné, les autres, un air folâtre et malin; les unes, jeunes, qui avaient toujours été jeunes; les autres, vieilles, qui avaient toujours été vieilles.

Tous les pères qui ont foi dans les Fées étaient venus, chacun apportant son nouveau-né dans ses bras.

Les Dons, les Facultés, les bons Hasards, les Circonstances invincibles, étaient accumulés à côté du tribunal, comme les prix sur l'estrade, dans une distribution de prix. Ce qu'il y avait ici de particulier, c'est que les Dons n'étaient pas la récompense d'un effort, mais tout au contraire une grâce accordée à celui qui n'avait pas encore vécu, une grâce pouvant déterminer sa destinée et devenir aussi bien la source de son malheur que de son bonheur.

Les pauvres Fées étaient très affairées; car la foule des

solliciteurs était grande, et le monde intermédiaire, placé entre l'homme et Dieu, est soumis comme nous à la terrible loi du Temps et de son infinie postérité, les Jours, les Heures, les Minutes, les Secondes.

En vérité, elles étaient aussi ahuries que des ministres un jour d'audience, ou des employés du Mont-de-Piété quand une fête nationale autorise les dégagements gratuits. Je crois même qu'elles regardaient de temps à autre l'aiguille de l'horloge avec autant d'impatience que des juges humains qui, siégeant depuis le matin, ne peuvent s'empêcher de rêver au dîner, à la famille et à leurs chères pantoufles. Si, dans la justice surnaturelle, il y a un peu de précipitation et de hasard, ne nous étonnons pas qu'il en soit de même quelquefois dans la justice humaine. Nous serions nous-mêmes, en ce cas, des juges injustes.

Aussi furent commises ce jour-là quelques bourdes qu'on pourrait considérer comme bizarres, si la prudence, plutôt que le caprice, était le caractère distinctif, éternel des Fées.

Ainsi la puissance d'attirer magnétiquement la fortune fut adjugée à l'héritier unique d'une famille très riche, qui, n'étant doué d'aucun sens de charité, non plus que d'aucune convoitise pour les biens les plus visibles de la vie, devait se trouver plus *tard prodigieusement embarrassé de ses millions.*

Ainsi furent donnés l'amour du Beau et la Puissance poétique au fils d'un sombre gueux, carrier de son état, qui ne pouvait, en aucune façon, aider les facultés, ni soulager les besoins de sa déplorable progéniture.

J'ai oublié de vous dire que la distribution, en ces cas solennels, est sans appel, et qu'aucun don ne peut être refusé.

Toutes les Fées se levaient, croyant leur corvée accomplie; car il ne restait plus aucun cadeau, aucune largesse à jeter à tout ce fretin humain, quand un brave homme, un pauvre petit commerçant, je crois, se leva, et empoignant par sa robe de vapeurs multicolores la Fée qui était le plus à sa portée, s'écria:

« Eh! madame! vous nous oubliez! Il y a encore mon petit! Je ne veux pas être venu pour rien. »

La Fée pouvait être embarrassée; car il ne restait plus rien. Cependant elle se souvint à temps d'une loi bien connue, quoique rarement appliquée, dans le monde surnaturel, habité par ces déités impalpables, amies de l'homme, et souvent contraintes de s'adapter à ses passions, telles que les Fées, les Gnomes, les Salamandres, les Sylphides, les Sylphes, les Nixes, les Ondins et les Ondines, — je veux parler de la loi qui concède aux Fées, dans un cas semblable à celui-ci, c'est-à-dire le cas d'épuisement des lots, la faculté d'en donner encore un, supplémentaire et exceptionnel, pourvu toutefois qu'elle ait l'imagination suffisante pour le créer immédiatement.

Donc la bonne Fée répondit, avec un aplomb digne de son rang: « Je donne à ton fils... je lui donne... le Don de plaire! »

« Mais plaire comment? plaire...? plaire pourquoi? » demanda opiniâtrement le petit boutiquier, qui était sans doute un de ces raisonneurs si communs, incapable de s'élever jusqu'à la logique de l'Absurde.

« Parce que! parce que! » répliqua la Fée courroucée, en lui tournant le dos; et rejoignant le cortège de ses compagnes, elle leur disait: « Comment trouvez-vous ce petit Français vaniteux, qui veut tout comprendre, et qui ayant obtenu pour son fils le meilleur des lots, ose encore interroger et discuter l'indiscutable? »

이 우화적 산문시는 인간의 운명이 얼마나 우연적으로 결정될 수 있고, 개인의 운명과 삶의 조건은 얼마나 모순될 수 있는지를 생각하게 한다. 인간의 운명을 결정하는 요정들의 모임이 엄숙하지 않은 장터의 분위기로 묘사된다거나, 요정들이 시간에 쫓겨서 실수한다는 것은 우리의 운명이, 운명의 장난이란 말처럼, 우리의 성실한 의지와는 상관없이 이루어질 수 있다는 것을 보여준다.

이 산문시에서 요정들이 운명의 선물을 주었다는 이야기는 우선 두 가지 사례로만 제시된다. 하나는 부유한 집안의 아이에게 부자가 될 수 있는 능력을 주었다는 것이고, 다른 하나는, 가난한 석공의 아이에게 "아름다움에 대한 사랑과 시적 능력"을 부여했다는 것이다. 그런데 요정들의 실수로 선물을 받지 못한 아이의 아버지가 항의하자, 당황한 요정은 즉흥적으로 상상력을 발휘해서 "남을 즐겁게 하는 재능"을 만들어낸다. 이런 재능의 선물이 있다는 것을 모르는 사람들은 누구라도 이렇게 물었을지 모른다. "그런데 남을 어떻게 즐겁게 해요? 남을 즐겁게 하다니요? 남을 왜 즐겁게 하는 거예요?" 아이의 아버지는 어릿광대가 아니라면 이런 재능이 무슨 소용이 있는가에 의문을 품었을 것이다.

보들레르는 "남을 즐겁게 하는 재능"이 무엇이라고 생각했을까? 어쩌면 "남을 즐겁게 하는 재능"의 문제가 이 시의 핵심적 주제일지 모른다. 보들레르는 이 시에서 이러한 재능이 무엇인지를 말하지 않았지만, 자기가 즐거워서 하는 일이 아니라, 남을 즐겁게 하기 위해 자기를 속이는 모든 일은 결국 실속도 없고 무의미한 일이라고 생각하지 않았을까? 분명한 것은 그가 "남을 즐겁게 하는" 시를 쓰지 않았다는 점이다. 그의 우울하고 그로테스크한 시는 대중을 즐겁게 하기는커녕, 오히려 대중에게 불쾌감을 주었다. 아름다움을 추구하는 시인에게 "남을 즐겁게 하는 재능"은 부차적인 문제일 것이다. 시인에게 중요한 것은, 그의 댄디즘에서 알 수 있듯이, 아름다움에 대한 의지를 자신 속에서 발전시키고, 자신이 믿는 진실에 대한 열정을 끈질기게 추구하는 일이기 때문이다.

스테판 말라르메

Stéphane Mallarmé

1842-1898

마네가 그린 말라르메, 1876

출현

달은 슬펐다. 눈물에 젖은 천사들이
손가락에 활을 들고, 흐릿한 꽃들의 고요 속에서
꿈에 잠겨 잦아드는 비올라 소리로 하늘빛 화관 위에
미끄러지는 하얀 흐느낌을 이끌어냈다.
— 그날은 너와의 첫 입맞춤으로 축복받은 날이었지.
나의 몽상은 하염없이 자학하게 되면서도
교묘히 슬픔의 향기에 취할 줄 알았다.
후회와 환멸은 없어도 그 향기는
꿈이 꺾인 마음의 흔적이었다.
낡은 포석에 시선을 고정시킨 채 방황했을 때,
머리에 햇빛을 이고, 거리에서
저녁시간에 너는 활짝 웃으며 나타났다.
그 옛날 응석받이 아이였을 때 나의 행복했던
잠 위로 빛의 모자를 쓴 선녀가
슬며시 쥔 손으로 계속해서 향기로운 한 묶음의
하얀 별들을 눈처럼 뿌리고 지나가는 듯했다.

Apparition

La lune s'attristait. Des séraphins en pleurs

Rêvant, l'archet aux doigts, dans le calme des fleurs

Vaporeuses, tiraient de mourantes violes

De blancs sanglots glissant sur l'azur des corolles.

— C'était le jour béni de ton premier baiser.

Ma songerie aimant à me martyriser

S'enivrait savamment du parfum de tristesse

Que même sans regret et sans déboire laisse

La cueillaison d'un Rêve au cœur qui l'a cueilli.

J'errais donc, l'œil rivé sur le pavé vieilli,

Quand avec du soleil aux cheveux, dans la rue

Et dans le soir, tu m'es en riant apparue

Et j'ai cru voir la fée au chapeau de clarté

Qui jadis sur mes beaux sommeils d'enfant gâté

Passait, laissant toujours de ses mains mal fermées

Neiger de blancs bouquets d'étoiles parfumées.

❖

    이 시의 제목은 '출현'이나 '나타남'을 의미하는 'l'apparition' 이다. 이 시의 제목을 '출현'으로 번역한 것은 사랑하는 여인이 천사의 모습처럼 길에서 나타났다는 의미에서이다. 잘 알려 져 있듯이, 말라르메는 난해한 상징주의 시인이다. 그의 상징 주의 시학은 대상을 가능한 한 암시적이고 생략적으로 표현 하거나 정확한 내용을 부정확한 것과 혼합해서 모호한 것으 로 만드는 시적 방법이라고 할 수 있다. 말라르메는 이러한 방 법 외에도, 시의 완성도를 해칠 위험 때문에 서정성과 감상적 표현을 극도로 절제했다. 사랑을 주제로 한 이 시에서 일인칭 의 화자가 사랑의 감정을 토로하지 않고, 그것을 우회적으로 표현하는 것은 그런 이유에서이다.

    이 시는 네 단락으로 나누어서 읽을 수 있다. 첫째는, 화자 가 사랑하는 여인과 관련된 이야기를 말하기 전의 내면적 정 황을 그린 4행까지의 장면이고, 둘째는 그녀와 입맞춤을 했던 사건에 대한 암시이다. 셋째는 그녀에 대한 그리움으로 '낡은 포석'에 시선을 고정시킨 채 걷다가 문득 "활짝 웃으며 나타 난" 그녀를 마주친 장면이고, 넷째는 어머니의 품에서 지냈던 화자의 행복한 어린 시절을 떠올리는 장면이다. 잘 알려져 있 듯이, 말라르메의 어린 시절은 행복하지만은 않았다. 말라르메가 5살 때 어머니가 세상을 떠났고, 13살 때 다정하게 지냈던 누이가 죽었기 때문이다. 그러므로 어린 시절은 시인에게 기쁨과 슬픔을 동시에 연상시킨다. 이 시에서 사랑하는 여인과의 만남이 어린 시절의 기쁨과 동시에 막연한 슬픔을 동반한 것처럼 묘사되는 것은 그런 관점에서 이해될 수 있다.

이 시는 꿈과 현실, 과거와 현재가 혼합된 환상적인 분위기를 연출한다. 사랑을 주제로 한 시에서 시인이 '나'의 슬픔을 감정적으로 표현하는 대신 "나는 낡은 포석에 시선을 고정시킨 채 방황했다"로 표현하고, 그녀를 만났을 때 '나'의 기쁨은 "선녀가 하얀 별들을 눈처럼 뿌리고 지나가는 듯했다"로 서술한 것은 말라르메의 독특한 시적 표현 방법이다. 이러한 방법으로 '달'과 '천사들', '꿈'과 '햇빛', '선녀'와 '하얀 별들'의 밝고 빛나는 이미지들은 '슬픔' '눈물' '오열' '후회' '환멸' 등의 어둡고 우울한 내면과 조화롭게 뒤섞여서 사랑의 미묘하고 복합적인 감정을 드러낸다.

바다의 미풍

육체는 슬프다. 아! 나는 만 권의 책을 읽었건만.

떠나자! 저곳으로 떠나자! 나는 느끼노라

미지의 거품과 하늘 사이에서 새들이 취해 있음을.

그 어느 것도, 눈에 비치는 낡은 정원도

바다에 잠겨 있는 이 마음 붙잡지 못하리.

오 밤이여! 아픈 머리가 지켜주는

백지의 램프불 아래 메마른 흰빛도

제 아이를 젖먹이는 젊은 아내도,

나는 떠나리라! 돛대를 흔드는 기선이여

이국의 자연을 향해 닻을 올려라!

잔인한 희망으로 괴로운 권태는

아직도 손수건들의 마지막 이별을 믿고 있지

그리고 어쩌면 폭풍우를 맞이하여 돛대들이

바람으로 난파하게 되었을지 모르지

파손되어, 돛대도 없이, 비옥한 섬도 없이

그러나, 오 내 마음이여, 저 수부들의 노래를 들어라.

Brise marine

La chair est triste, hélas! et j'ai lu tous les livres.

Je veux aller là-bas où les oiseaux sont ivres

D'errer entre la mer inconnue et le cieux!

Rien, ni le vieux jardins reflétés par les yeux

Ne retiendra ce coeur qui dans la mer se trempe,

Ô nuits, ni la blancheur stérile sous la lampe

Du papier qu'un cerveau malade me défend,

Et ni la jeune femme allaitant son enfant.

Je partirai! Steamer balançant ta mâture,

Lève l'ancre vers une exotique nature,

Car un ennui, vaincu par les vides espoirs,

Croit encore à l'adieu suprême des mouchoirs,

Et serais-tu de ceux, steamer, dans les oranges,

Que le Destin charmant réserve à des naufrages

Perdus, sans mâts ni planche, à l'abri des îlots...

Mais, ô mon coeur, entends le chant des matelots!

❖

「바다의 미풍」은 말라르메가 23살 때 쓴 시이다. 세속적 행복에 가치를 두지 않았던 그는 대부분의 상징주의 시인들처럼, 이상의 세계의 세계를 동경하고, 보이지 않는 이데아의 세계를 추구한다. 언어의 자원을 통해서 사물의 본질을 탐구하는 시인은 현실의 어떤 세속적 가치나 물질적 유혹보다 시 쓰기의 모험을 중요시한다. 이러한 모험은 이 시에서 집요한 '떠남'의 의지로 나타난다. '떠남'의 열망은 "미지의 거품과 하늘 사이에서 새들이 취해 있는 것"이라거나 "바다에 잠겨 있는 이 마음 붙잡지 못한"다는 것으로 표현된다.

이 시의 1행에서 "육체는 슬프다"와 "만 권의 책을 읽었다"는 것은 육체의 감각적 쾌락에도 만족하지 못하고, 지식의 습득에서 구원을 찾지 못하는 시인의 현실에 대한 절망감을 반영한다. 그러므로 "육체는 슬프다"와 "만 권의 책을 읽었다"는 것의 인과관계는 없다고 말할 수 있다.

4행에서 8행까지의 구절들은 시인의 "떠남"을 방해할지 모르는 요소들을 나열하면서 세 번의 강한 부정(ni, ni, ni)을 통해, 시인의 의지가 그만큼 돌이킬 수 없다는 것을 부각시킨다. 그 요소들은 "눈에 비치는 낡은 정원", "백지의 램프불 아래 메마른 흰빛", "제 아이를 젖먹이는 젊은 아내"이다. 여기서 "눈에 비치는 낡은 정원"은 시인이 지향하는 하늘과 바다의 무한한 세계와 대립되는 일상의 유한한 현실세계를 의미한다. 또한 "백지의 램프불 아래 메마른 흰빛"은 시인의 시 창작에 따르는 고독과 고행의 작업을 암시하고, "제 아이를 젖먹이는 젊은 아내"는 이 시를 쓸 당시 태어난 지 한 돌이 되지 않은 아이가 있었던 그의 가족관계를 나타낸다. 6~7행에서 "아픈 머리가 지켜주는 백지의 램프불 아래 메마른 흰빛"에서 '지켜주는 défendre'이라는 동사는 백지의 순결성을 '보호한다'는 뜻과 동시에 함께 글쓰기의 고통을 의미하는 '아픈 머리'가 만족스러운 글쓰기를 금지하고 방해한다는 것으로 해석될 수 있다.

11행의 "잔인한 희망으로 괴로운 권태"에서 '잔인한 희망'은 글쓰기의 완성에 이르지 못하는 좌절과 실망을 나타내고, '괴로운 권태'는 보들레르의 '권태'처럼 현실적 삶에 대한 혐오감을 표현한다. 예전에 필자는 이 시에서 '떠남'의 항해와 시 쓰기의 모험을 일치되는 것으로 해석한 바 있다.

'떠남'의 열망은 '미지의 거품과 하늘 사이에서 새들이 취해 있는 것'이라거나 '바다에 잠겨 있는 이 마음 붙잡지 못한'다는 것으로 표현된다. 그리고 시 쓰기는 '백색이 지키는 빈 종이'와 '램프의 쓸쓸한 불빛'으로 암시된다. '떠남'의 항해와 시 쓰기의 모험은 일치되어 나타난다. 그러므로 폭풍우를 맞이한 배가 난파한다는 것은 '절대l'absolu'를 추구하는 시 쓰기가 좌절하였음을 의미한다. '절대'를 지향하는 정신의 모험은 결코 한두 번의 시도로 달성되는 것이 아니다. 그렇기 때문에 또는 그럼에도 불구하고 시인은 이러한 정신의 모험을 중단하지 않을 것이다. 마지막 행의 "그러나, 오 내 마음이여, 저 수부들의 노래를 들어라"는 구절은 시인의 새로운 도전을 환기시켜준다.

그러나 이 시를 다시 읽으면서 이러한 해석을 되풀이하기보다, '떠남'이란 이상의 세계를 목표로 시 쓰기의 모험을 감행한다는 것이 아니라, 자기가 속해 있는 현실을 벗어나고 글쓰기의 욕망도 버리고 싶다는 생각, 막연히 다른 세계를 동경하여 떠나고 싶은 순수한 여행의 의지라고 새롭게 해석해보았다.

창들

처량한 병원이 지겹고, 텅 빈 벽에 지루해진
커다란 십자가를 향해 커튼의 평범한
백색으로 피어오르는 역겨운 향이 지겨워서
빈사의 노인은 종종 늙은 등을 다시 일으켜,

간신히 몸을 움직여 이동한다, 자신의 썩은 몸을 덥히기보다
자갈 위에 떨어지는 햇빛을 보기 위해서
야윈 얼굴의 흰 털과 뼈를
맑고 고운 햇살이 뜨겁게 달군 창에 붙이려고.

푸른 하늘빛의 탐욕스럽고 열기 있는 그의 입은
젊은 시절 보물처럼 아끼던 사람의
지난날 순결한 피부를 갈망하던 것처럼
씁쓸한 긴 입맞춤으로 미지근한 유리창을 더럽힌다.

취해서 그는 산다, 성유聖油의 두려움도
탕약도, 시계와 괴로운 침대도
기침도 잊은 채. 저녁빛이 기와지붕 사이에서 피를 흘릴 때,
그의 눈은 빛이 가득한 지평선 쪽으로

바라본다, 백조처럼 아름다운 금빛 갤리선들이

주홍빛의 향기로운 강물 위에

추억이 실려 있는 넓은 무력감 속에서

황갈색의 빛줄기가 무성한 섬광을 흔들며 잠들어 있는 것을

그리하여 행복에 파묻혀 있는 경직된 영혼,

모든 욕망이 식욕과 같아서 어린 자식에게

젖을 먹이는 아내에게 갖다주려고 끈질기게

오물을 찾아다니는 그러한 인간이 역겨워서

나는 달아난다, 그리고 사람들이 삶에 등을

돌리고 다가가는 모든 격자 유리창들에 매달려,

축복을 받는다, 무한의 순결한 아침이 금빛으로

물들이고, 영원한 이슬로 씻긴 그 창유리에서.

나를 비춰보니, 나는 천사이구나! 그리고 나는 죽어서

— 창유리가 예술이건 신비로움이건 —

나의 꿈을 왕관으로 쓰고 다시 태어나고 싶다,

아름다움이 꽃으로 피어나는 전생의 하늘에서!

그러나 아아! 이 세상이 주인이구나, 이 강박적 생각이
때로는 이 안전한 피난처까지 찾아와
구역질나게 하고, 어리석음의 더러운 구토가
창공 앞에서 코를 막게 하는구나.

쓰라린 고통을 아는 나의 하느님이여!
괴물의 모욕을 받은 수정을 깨고
깃털 없는 나의 두 날개로 달아날 수 있는지요?
― 영원히 추락할 위험이 있더라도.

Les fenêtres

Las du triste hôpital et de l'encens fétide

Qui monte en la blancheur banale des rideaux

Vers le grand crucifix ennuyé du mur vide,

Le moribond, parfois, redresse son vieux dos,

Se traîne et va, moins pour chauffer sa pourriture

Que pour voir du soleil sur les pierres, coller

Les poils blancs et les os de sa maigre figure

Aux fenêtres qu'un beau rayon clair veut hâler,

Et sa bouche, fiévreuse et d'azur bleu vorace,

Telle, jeune, elle alla respirer son trésor,

Une peau virginale et de jadis! encrasse

D'un long baiser amer les tièdes carreaux d'or.

Ivre, il vit, oubliant l'horreur des saintes huiles,

Les tisanes, l'horloge et le lit infligé,

La toux. et quand le soir saigne parmi les tuiles,

Son œil, à l'horizon de lumière gorgé,

Voit des galères d'or, belles comme des cygnes,

Sur un fleuve de pourpre et de parfums dormir

En berçant l'éclair fauve et riche de leurs lignes

Dans un grand nonchaloir chargé de souvenir!

Ainsi, pris du dégoût de l'homme à l'âme dure

Vautré dans le bonheur, où ses seuls appétits

Mangent, et qui s'entête à chercher cette ordure

Pour l'offrir à la femme allaitant ses petits,

Je fuis et je m'accroche à toutes les croisées

D'où l'on tourne le dos à la vie, et, béni,

Dans leur verre, lavé d'éternelles rosées,

Que dore la main chaste de l'Infini

Je me mire et me vois ange! et je meurs, et j'aime

— Que la vitre soit l'art, soit la mysticité —

À renaître, portant mon rêve en diadème,

Au ciel antérieur où fleurit la Beauté!

Mais, hélas! Ici-bas est maître: sa hantise

Vient m'écœurer parfois jusqu'en cet abri sûr,

Et le vomissement impur de la Bêtise

Me force à me boucher le nez devant l'azur.

Est-il moyen, ô Moi qui connais l'amertume,

D'enfoncer le cristal par le monstre insulté,

Et de m'enfuir, avec mes deux ailes sans plume

— Au risque de tomber pendant l'éternité.

모두 10연으로 구성된 이 시는 1연에서 5연까지의 전반부와 6연에서 10연까지의 후반부로 나뉠 수 있다. '처량한 병원'에서 창을 향해 비틀거리며 걸어가는 빈사의 노인을 묘사한 전반부는 보들레르의 산문시 「이 세상 밖이라면 어디라도」에서 "삶이란, 환자들이 저마다 침대를 바꾸려는 욕망에 사로잡힌 병원"을 연상케 한다. 그러나 후반부는 『악의 꽃』에 실린 「성 베드로의 배반」을 떠오르게 한다. 보들레르는 성서로부터 영감을 얻어 쓴 이 운문시에서, 베드로가 배반하고 모독한 것은 그리스도가 아니라 꿈과 이상이며, 그리스도는 이 버림받은 꿈과 이상의 상징임을 시적 주제로 삼았다. 어느 시대이건 현실과 이상 또는 행동과 꿈이 일치하는 세계는 존재하지 않을 것이다. 문제는 양자간의 거리가 얼마나 절망적으로 먼 것인지 아닌지에 달려 있다. 보들레르는 이 거리가 절망적으로 느껴지는 현실에서, 역설적으로 이렇게 말한다. "확실히 말하건대, 나는 단연코 떠나리라, 행동이 꿈의 누이가 아닌 이 세상에 만족하면서." 그러나 말라르메는 「창들」에서 꿈과 행동, 이상과 현실의 불일치에 한탄하지 말고 아무리 절망적인 상황이라도 꿈과 이상을 추구해야 할 것을 강조한다.

    1863년의 어느 날 말라르메는 이 시를 준비하던 중, 친구인 앙리 카잘리스에게 보낸 한 편지에서 이렇게 말한다. "어느 현대시인(보들레르)은 행동이 꿈의 누이가 아니라고 한탄하기까지 하는 어리석은 말을 한다네…… 어쩌면 좋을지! 행동이 꿈의 누이가 아니라면, 꿈이 이렇게 더럽혀지고 비천하게 되었다면, 현세에 혐오감을 갖게 되어 꿈밖에 피난처가 없는 우리 같은 불행한 사람들은 도대체 어디서 구원을 받을 수 있을까. 그러니 앙리, 자네는 계속 이상을 추구하게. 현세의 행복은 더러운 것이라네. ― 그걸 주워 모으려면 손이 무감각해질 만큼 일을 해야겠지. "나는 행복하다"고 말하는 것은 "나는 비열하다"고 말하는 것이고, 더 나아가서는 "나는 바보다"라고 말하는 것이기도 하지. 왜냐하면 최상의 행복 위에서 이상의 하늘을 보거나, 의도적으로 눈을 감아서는 안 되기 때문이지. 나는 이런 생각으로 「창들」이라는 보잘 것 없는 시를 쓰게 되었는데, 곧 보내주겠네."

    카잘리스는 말라르메가 보낸 시를 읽고, 1873년 6월 14일의 편지에서 이렇게 답장을 쓴다.

    물론 대중이 탐닉하는 그런 행복을 경멸해야겠지. 그런 행복만큼 무겁지는 않은 일상의 빵을 추구하더라도. 그러나 다른 행복이란 어떤 것인가, 대중의 행복이 아닌 엘리트들의 행복이란 신성한 하늘이고 이상이 빛나는 세계이고, 하느님이 계시는 하늘이니, 당연히 그것을 추구하고, 천상의 세계에서 살도록 노력해야겠지. 대중들이 모여드는 거리나 연안, 부두를 멀리하게. 자네 말이 맞네. 세속의 행복이란 늘 네덜란드의 풍경과 같아서 아무리 예쁜 튤립이 있더라도 평범한 세계일 뿐이네. 그러나 진정한 예술가는 마치 태양이 꽃들을 유혹하듯이 자기를 부르는 풍경, 자기의 창에서 보이는 자바와 같은 섬을 더 좋아하겠지. 나는 자네의 이번 시를 읽고 감동했네. 처음에는 예전의 시들이 감동적이었지만, 나중에는「창들」이 더 감동적이었네. 나의 사랑하는 친구, 말라르메여, 정말로 이번 시는 자네의 '최고 걸작un chef d'oeuvre'이라고 할 수 있네.

카잘리스의 이 편지는 말라르메의 시에서「창들」이 어떤 의미를 갖는지를 충분히 설명해준다. 이 편지에서 우리의 주의를 끄는 것은 "진정한 예술가는 마치 태양이 꽃들을 유혹하듯이 자기를 부르는 풍경, 자기의 창에서 보이는 자바와 같은 섬을 더 좋아할 것"이라는 대목이다. 모든 예술가는 자기의 창이 있고, 그 창에서 자기를 부르는 것처럼 보이는 풍경을 좋아한다는 카잘리스의 말은 예술의 본질에 대한 단순하면서도 깊이 있는 성찰을 담고 있다.

폴 베를렌

Paul Verlaine

1844-1896

베를렌과 랭보

내 마음에 눈물 흐르네

— 도시에 조용히 비가 내린다 (A. 랭보에게)

도시에 비가 내리듯

내 마음에 눈물 흐른다

내 마음에 스며드는

이 우울감 어찌된 까닭일까?

오, 땅 위에 지붕 위에

조용한 빗소리여!

오 권태로운 한 마음에

들려오는 비의 노래여!

괴로운 이 마음에

이유 없이 눈물 흐른다.

뭐라고? 배신이 없었다고?……

이 슬픔은 이유가 없는 것.

이유를 모르는 것이

가장 나쁜 고통인데

사랑도 없고 미움도 없는

내 마음 너무나 괴로워라!

Il pleut doucement sur la ville *(à Arthur Rimbaud)*

Il pleure dans mon coeur

Comme il pleut sur la ville;

Quelle est cette langueur

Qui penetre mon coeur?

Ô bruit doux de la pluie

Par terre et sur les toits!

Pour mon coeur qui s'ennuie

Ô le chant de la pluie!

Il pleure sans raison

Dans ce coeur qui s'écoeure.

Quoi! Nulle trahison?...

Ce deuil est sans raison.

C'est bien la pire peine

De ne savoir pourquoi

Sans amour et sans haine

Mon coeur a tant de peine!

❖

  일찍이 시인으로서의 뛰어난 재능을 보이고, 파리 시청의 하급 공무원이었던 베를렌의 일생은 '저주받은 시인'이란 말 그대로 파란만장하다. 부드럽고 다정하면서도 격렬하고 난폭한 이중성을 갖고 있었던 그는 술에 취해 자신의 감정을 절제할 줄 모르는 상태가 되면 결혼 전에는 어머니에게, 결혼 후에는 아내에게 폭력을 행사하곤 했다. 전형적인 알코올 중독자처럼 술에 취해서 폭력적이 되고, 술에서 깨어나면, 자신의 행동을 뉘우치는 사람, 그런 사람이 바로 베를렌이었다.

  그의 비극적 일생의 결정적인 계기는 1871년 랭보와의 만남이었다. 그때는 파리 코뮌이 일어난 해였고, 그가 아름다운 사랑의 시들을 바쳐서 감동한 어린 마틸드와 결혼한 후 1년쯤 지나서였다. 그는 자기에게 몇 편의 시를 동봉해서 편지를 보낸 랭보의 시를 읽고 그의 천재적인 재능에 감동하여 '위대한 영혼chère grande âme'이라고 부르면서 하루라도 빨리 만나보고 싶은 마음을 표현한다. 얼마 후 파리에 올라온 랭보를 만난 다음부터 불륜관계를 맺은 사이처럼 됨으로써, 베를렌과 마틸드의 불화는 극심해진다. 그는 만삭이 된 아내에게 욕설을 퍼붓거나 죽이겠다고 위협하기도 한다.

  마틸드는 불안하고 폭력적인 남편에 대한 두려움 때문에

친정집으로 피신을 간다. 그다음 해 1872년 7월, 베를렌과 랭보는 벨기에의 브뤼셀에서 방랑 생활을 시작한다. 그때 그들의 행위를 기록한 경찰 조서에 의하면 두 연인은 공공연히 사랑의 행위를 했었다는 것이다. 그러나 그가 가정을 완전히 버린 것은 아니었다. 브뤼셀에서 그가 마틸드에게 보낸 편지에는 "나의 불쌍한 아내 마틸드여, 슬퍼하지 말아요, 울지 말아요, 나는 지금 악몽을 꾸고 있는 상태이므로, 언젠가는 돌아가겠소"라는 구절이 씌어 있다. 이 편지를 받자, 마틸드와 그녀의 어머니는 그의 마음을 돌려보려고 브뤼셀로 달려간다. 베를렌은 아내와 장모의 설득에 마음이 약해져서 그들과 파리로 돌아올 준비를 하다가 그다음 날 다시 마음을 바꾸고 랭보와 함께 떠나기로 결심한다.

그 후 1년쯤 두 사람은 브뤼셀과 런던에서 함께 생활하면서 몇 차례 헤어짐과 만남, 이별과 재결합을 반복한다. 랭보가 떠나려고 할 때는 베를렌이 만류하고, 베를렌이 둘의 관계를 청산하고 가정으로 돌아가겠다고 할 때는 랭보가 그를 붙잡는 식이었다. 갈등과 싸움이 빈번해지는 두 사람의 절망적인 관계는 결국 파국에 이른다. 그해 7월 10일, 베를렌은 아침 일찍 일어나 자살하고 싶은 생각으로 권총을 사러 간다. 그는 랭보에게 총을 보여주면서 "이건 나를 위해서, 너를 위해서, 모든 사람을 위해서 산 것"이라고 말한다. 그 무렵 그의 어머니가 달려와서 이제는 이 악몽의 생활을 청산할 때라고 말하며 아들을 설득한다. 결국 베를렌과 랭보는 '지옥에서의 한 철' 같은 생활을 끝내기로 한다. 그리고 세 사람이 브뤼셀 역에서 파리로 가는 기차를 타기 직전, 베를렌은 극심한 절망감에 빠져 랭보를 향해 두 발의 총을 쏜다. 그중 한 발의 총이 랭보의 손목에 가벼운 부상을 입힌다. 베를렌 모자는 랭보를 병원에서 치료받게 한 다음, 그날 저녁 그를 동반해서 다시 브뤼셀 역으로 간다.

그러나 절망에 사로잡힌 베를렌에게 불안한 증세가 다시 나타나자 랭보는 두려움을 느껴, 경찰에게 신변보호를 요청하고, 베를렌은 현장에서 체포된다. 초심에서 2년의 징역형을 선고받고 몽스 감옥에 수감된다. 「내 마음에 눈물 흐르네」는 베를렌이 체포되기 전 랭보와의 슬프고 절망적인 방랑 생활 중에 씌어진 시이다.

이 시에서 가장 중요한 단어는 '마음'이다. 이 '마음'은 1연에서 '내 마음'으로, 2연에서 '한 마음'으로 3연에서 '이 마음'으로, 4연에서는 다시 '내 마음'으로 돌아온다. 이 짧은 시에서 마음은 왜 이렇게 반복적으로 등장하는 것일까? 우선 짐작되는 것은 주체적이고 이성적으로 자기를 다스리지 못하는 사람에게 마음처럼 중요한 문제가 없다는 점이다. 앞에서 보았듯이, 베를렌은 가정에 충실해야 하는 가장이라는 것을 이성적으로 알면서도, 가정에 무책임한 비이성적 행동을 저지른다. 그의 이성적인 자아와 비이성적 자아와의 싸움에서 전자는 번번이 패배할 뿐이다. 그런 사람에게는 마음이 늘 후자의 편을 든다고 생각할 수 있다. 이런 점에서 자신이 다스리지 못하는 마음을 객관화시켜 보려는 시인의 노력이 위와 같은 시의 형태로 나타난 것이라고 볼 수 있지 않을까?

우선 원문에서 첫 행의 "내 마음에 눈물 흐른다"를 살펴보자. 본래, "울다, 눈물을 흘리다, 슬퍼하다"를 뜻하는 pleurer는 비인칭 동사가 아니다. 그런데 시인은 "비가 온다"는 뜻의 비인칭 동사 pleuvoir와 '울다'의 pleurer가 일치되도록 하기 위해 이것을 비인칭 동사처럼 만든 것이다. 그러므로 비 내리는 밖의 풍경과 눈물이 흐르는 내면의 풍경은, 거울의 관계처럼 일치함으로써 개인적인 감정을 비개성화시키는 효과를 거두게 된다. 1연에서 시인은 '내 마음에 스며드는 이 우울감'의 원인이 무엇인지를 알 수 없다고 말한다. 그 '내 마음'은 2연에서 '권태로운 한 마음'으로 변화한다. 다시 말해 권태로운 마음의 소유자라면, 누구나 빗소리를 노래처럼 들을 수 있고, 위안을 받을 수도 있다는 것이다. 그 '내 마음'은 3연에서 '괴로운 이 마음'으로 전환한다. 시인은 자신의 마음에 '이'나 '그'와 같은 지시형용사를 붙여서 외부의 사물처럼 대상화한다. 그렇게 함으로써 슬픔에 거리를 두고, 슬픔의 원인이 배신이라는 것을 잊고 싶은 것이다. 4연에서 '내 마음'으로 돌아온 것은, 아무리 마음을 비개성적으로 객관화시키거나, 아무리 슬픔과 고통을 잊으려 해도 분명한 것은 마음을 객관화시켜 통제할 수 없다는 것을 깨달았기 때문이다.

하늘은 지붕 위로……

하늘은 지붕 위로
저렇게 푸르고, 저렇게 고요한데!
종려나무는 지붕 위로
나뭇잎을 흔드는데!

보이는 하늘에선 종소리
은은하게 울려 퍼지고
보이는 나무 위엔 새 한 마리
자신의 슬픔 노래한다.

어쩌나, 어쩌나, 삶은 저기에
단순하고 평온하게 있는데.
저 평화로운 일상의 소음
도시에서 들려오는데.

— 여기 이렇게 있는 너,
하염없이 울기만 하는 너, 넌 뭘 했니?
말해보렴, 여기 이렇게 있는 너,
네 젊음으로 넌 뭘 했니?

Le ciel est, par-dessus le toit...

Le ciel est, par-dessus le toit,

Si bleu, si calme!

Un arbre, par-dessus le toit,

Berce sa palme.

La cloche, dans le ciel qu'on voit,

Doucement tinte.

Un oiseau sur l'arbre qu'on voit

Chante sa plainte.

Mon Dieu, mon Dieu, la vie est là,

Simple et tranquille.

Cette paisible rumeur-là

Vient de la ville.

— Qu'as-tu fait, ô toi que voilà

Pleurant sans cesse,

Dis, qu'as-tu fait, toi que voilà,

De ta jeunesse?

❖

　이 시는 몽스 감옥에 수감된 베를렌이 젊은 날의 과오를 뉘우치는 내면의 모습을 보여준다. 시인은 우선 감옥의 작은 창을 통해 지붕 위로 보이는 하늘과 가벼운 미풍으로 흔들리는 나뭇가지를 쳐다본다. 여기서 주목되는 것은 하늘과 나무에 대한 수식어가 매우 단순하다는 점이다. '하늘'은 '저렇게 푸르고, 저렇게 고요할' 뿐이며 나무에는 어떤 수식어도 없다. 또한 하늘 어디에선가 종소리가 울려 퍼지고, 나무 위에서 한 마리 새가 노래하는 소리를 듣는데, 그 소리 역시 간단히 슬픔 plainte 으로 표현된다. 슬픈 시인의 마음에 새의 노래는 슬픔의 소리로 들려온 것이다.

　1연과 2연이 시각적인 풍경과 청각적인 소리로 연결되어 있다면, 2연과 3연은 단절되어 있다. 1연과 2연의 평화로운 풍경을 노래한 것과는 달리 3연에서 시인은 마음의 평화를 깨는 듯이 두 번에 걸쳐 '어쩌나' '어쩌나'라고 비명을 지르는 표현을 반복하기 때문이다. 물론 이러한 표현은 감옥 안에서 유폐된 생활을 하는 자신의 모습과는 대립적으로 감옥 밖에서 진행되는 일상의 삶과 평화가 새삼스럽게 의식되었음을 나타낸다. 1연에서 "하늘이 저렇게 푸르고, 저렇게 고요한" 것처럼, 3연에서 "삶은 저기에 단순하고 평온한" 것으로 그야말로 단순하게 묘사된다.

　시인은 극심한 자괴감에 빠진다. 잃어버린 자유에 대한 회한, 무책임하고 방종한 생활에 대한 뉘우침, 순수했던 어린 시절과 행복했던 시절을 향한 그리움은 4연에서 자책감으로 표현된다.

　여기 이렇게 있는 너,

　하염없이 울기만 하는 너, 넌 뭘 했니?

　말해보렴, 여기 이렇게 있는 너,

　네 젊음으로 넌 뭘 했니?

　이것은 누구의 말인가? 하느님의 말씀인가? 시인의 양심의 목소리일까? 하느님의 말씀이건, 시인의 양심이건, 시인은 자신을 질책하기만 할 뿐, 이 물음에 변명하거나 대답하지 않는다. "너는 뭘 했니?"의 반복은 질책의 어조를 강하게 부각시키는 효과를 갖는다. 특히 마지막 행에서의 "네 젊음으로 너는 뭘 했니?"는 순수했던 젊음에 대한 그리움을 환기시키면서 젊은 날의 순수성을 상실하고, 방종한 생활에 빠졌던 시인이 자신의 과오를 인정하는 표현으로 보인다. 이것은 기독교로 전향한 시인이 잘못을 고백하고 하느님에게 용서를 구하는 듯한 모습을 연상시킨다.

결론적으로 말하면, 이 시는 극도로 단순한 어휘를 통해 복잡한 내면을 표현한다. 이런 점에서 막연한 우울감과 이유 없는 슬픔을 노래한 앞의 시와 다르게, 이 시는 이성적으로 절제된 내면의 풍경을 노래한 것이라고 말할 수 있다.

시학

무엇보다 음악을 중시할 것,
그렇게 하려면 기수각을 선호할 것,
보다 모호하고 어렴풋이 퍼져가도록 하면서
무겁거나 가라앉는 것이 하나도 없도록 할 것.

또한 절대로 하지 말아야 할 것은
오해의 여지가 없는 말을 골라서 사용하는 일이지.
불확실한 것이 확실한 것과 결합되는
회색빛 노래보다 더 소중한 것은 없다네.

그건 베일 속에 가려진 아름다운 눈이고,
그건 정오에 떨리는 햇살이고,
그건 어느 서늘한 가을 하늘에
총총히 빛나는 푸르른 별들이지!

왜냐하면 우리는 아직도 뉘앙스를 필요로 하기 때문이지,
색깔이 아니라 오직 뉘앙스만을!
오오! 뉘앙스만이 결합시킬 수 있지,
꿈과 꿈을 그리고 플루트와 뿔피리를!

가급적 피해야 할 것은 살인적인 날카로운 말,

창공의 눈을 눈물 흘리게 만드는

잔인한 재치와 불순한 웃음,

그리고 모든 값싼 요리의 마늘 같은 것이지.

웅변을 붙잡아서 목을 비틀어야 해!

힘이 넘쳐나는 각운을

어느 정도 가라앉히도록 하는 편이 좋은 법.

그렇게 주의하지 않으면 그 상태가 어디까지 갈 수 있을지?

아, 그 누가 각운의 오류를 말할 수 있을까!

그 어느 말 안 듣는 아이나 무모한 흑인이

줄질할 때 공허한 가짜 소리를 내는

엉터리 보석 같은 것을 세공한 것일까?

언제나 변함없이 음악을 중시해야지!

그대의 시구가 날아오르는 것처럼 가벼워져서

산책길의 영혼에게 다른 사랑이 있는

다른 하늘을 향해 달려가는 느낌이 들게 해야지.

그대의 시구가 아침의 경련이 이는 바람에

박하와 백리향 향기가 흩어지듯이

그런 멋진 모험이 될 수 있기를……

그렇지 않은 것은 모두 시시한 문학일 뿐.

Art poétique

De la musique avant toute chose,
Et pour cela préfère l'Impair
Plus vague et plus soluble dans l'air,
Sans rien en lui qui pèse ou qui pose.

Il faut aussi que tu n'ailles point
Choisir tes mots sans quelque méprise:
Rien de plus cher que la chanson grise
Où l'Indécis au Précis se joint.

C'est des beaux yeux derrière des voiles,
C'est le grand jour tremblant de midi,
C'est, par un ciel d'automne attiédi,
Le bleu fouillis des claires étoiles!

Car nous voulons la Nuance encore,
Pas la Couleur, rien que la nuance!
Oh! la nuance seule fiance
Le rêve au rêve et la flûte au cor!

Fuis du plus loin la Pointe assassine,

L'Esprit cruel et le Rire impur,

Qui font pleurer les yeux de l'Azur,

Et tout cet ail de basse cuisine!

Prends l'éloquence et tords-lui son cou!

Tu feras bien, en train d'énergie,

De rendre un peu la Rime assagie.

Si l'on n'y veille, elle ira jusqu'où?

O qui dira les torts de la Rime!

Quel enfant sourd ou quel nègre fou

Nous a forgé ce bijou d'un sou

Qui sonne creux et faux sous la lime?

De la musique encore et toujours!

Que ton vers soit la chose envolée

Qu'on sent qui fuit d'une âme en allée

Vers d'autres cieux à d'autres amours.

Que ton vers soit la bonne aventure

Eparse au vent crispé du matin

Qui va fleurant la menthe et le thym...

Et tout le reste est littérature.

❖

베를렌의 이 시는 그의 개인적인 '시학'이 아니라, 상징주의의 선언문 같은 시라고 말할 수 있다. 이 시에는 상징주의 시인들의 문학적 원칙과 주장이 고스란히 담겨 있다. 대부분 문학 유파의 선언문들이 그렇듯이, 이 시는 새로운 문학적 입장을 주장하는 동시에 자신들이 거부해야 할 전통과 관습의 문제점을 제시한다. 첫 연에서 알 수 있듯이, 회화보다 "음악을 중시"하고, 불안정한 "기수각을 선호"해야 한다거나 "보다 모호하고 어렴풋이 퍼져가는" 시적 표현을 추구해야 한다는 것, 오해의 여지가 없는 확실한 말보다 오해의 여지가 많은 모호한 말을 구사해야 한다는 것이 상징주의의 작시법이라고 할 수 있다. 또한 다섯 번째 연은, "가급적 피해야 할 것"이 무엇인지를 구체적으로 제시한다. 그것은 17세기 발로의 에피그람과 18세기 볼테르의 글에서 보이는 "살인적인 날카로운 말"이거나 "잔인한 재치요 불순한 웃음"의 농담 같은 말, "값싼 요리의 마늘 같은" 진부하고 자극적인 말들이다. 여섯 번째 연에서 보이는 "웅변을 붙잡아서 목을 비틀어야 한다"는 구절은 19세기 낭만주의 시인들의 서정적이고 웅변적인 과장된 표현법을 배격해야 한다는 생각을 반영한다.

베를렌과 상징주의 시인들은 "불확실한 것이 확실한 것과 결합되는" "회색빛 노래" 혹은 '뉘앙스'의 시를 좋아한다. 이처럼 모호하고 미묘한 이미지들은 세 번째 연에서처럼, "베일 속에 가려진 아름다운 눈", "정오에 떨리는 햇살", "어느 서늘한 가을 하늘에 총총히 빛나는 푸르른 별들"로 나타난다. '아름다운 눈', '햇살', '푸르른 별들'은 투명하고 확실한 형태로 표현되어서는 안 되고, 모호하고 어렴풋한 뉘앙스를 동반하여 부각되도록 해야 한다는 것이다. 이러한 뉘앙스의 시학에서 각운은 가능한 한 "힘이 넘쳐나거나" 둔중한 느낌보다 경쾌하고 날렵한 느낌을 줄 수 있어야 한다. 가볍지 않은 각운은 "줄질할 때 공허한 가짜 소리를 내는 엉터리 보석 같은 것"이다. 이 구절은 시인의 감정이나 감각을 중요시하지 않고, 오직 시의 형식에만 중요성을 부여하는 고답파 혹은 파르나스파 시인들의 시론을 비판한 표현으로 볼 수 있다. 그 이유는 이러한 시인들을 대표하는 고티에와 방빌르는 시의 완전한 형식을 위해서 시인의 감정과 감각을 희생시켜야 한다고 주장했기 때문이다.

베를렌은 대부분의 상징주의 시인들과 마찬가지로 생각이나 감정이란 객관화하여 정확히 표현할 수 없는 것이므로 그것들을 모호하고 암시적으로 나타내야 한다는 점을 역설한다. 그러니까 "오해의 여지가 없는" 분명한 말은 사용하지 않는 것이 좋다. 그의 이러한 시론 때문인지는 모르지만, 상이하고 대립적인 것들을 복합적으로 연결 짓는 뉘앙스의 방법을 강조하는 네 번째 연에서 "뉘앙스만이 결합시킬 수 있지, 꿈과 꿈을 그리고 플루트와 뿔피리를!" 구절의 동사는 이해하기 어렵다. 본래 이 구절의 적합한 동사는 '결합시키다'는 뜻의 unir 인데, 시인이 왜 이 동사를 피하고 '약혼시키다fiancer'라는 단어를 사용했는지는 알 수 없기 때문이다. 그러므로 번역자는 이 구절의 동사를 '약혼시키다'로 옮기지 않고, 시의 흐름을 따라서 '결합시키다'로 번역하게 되었다.

또한 마지막 연에서 "그대의 시구가 아침의 경련이 이는 바람에 박하와 백리향 향기가 흩어지듯이"라는 구절을 주목할 필요가 있다. 이 구절에서 '경련이 이는crispé'이란 형용사는 '바람'에 연결되어 있기 때문이다. 그렇다면 '바람'이 경련이 인다는 것을 어떻게 이해해야 할까? 경련이 인다는 것은 바람이 아니라 아침 바람이 서늘한 느낌을 갖는 시인의 피부가 아닐까? 이러한 의문 속에서 떠오르는 생각은 시인이 의도적으로 경련의 감각을 바람에 연결시켰을 것이라는 점이다. 그러나 이러한 부적절한 표현 방법 역시 객관적 세계와 주관적 세계를 모호하게 결합하는 보들레르의 '상응'의 시학과 일치된다고 말할 수 있다.

아르튀르 랭보

Arthur Rimbaud

1854-1891

베를렌이 그린 랭보, 1872년 6월

감각

여름날 푸르른 저녁, 나는 오솔길로 가리라.
밀 이삭에 찔리며, 잔풀을 밟고
몽상가가 되어 발밑의 서늘함 느껴보리라.
바람결에 맨머리 젖게 하리라.

나는 아무 말도 하지 않으리라, 아무 생각도 하지 않으리라.
하지만 무한한 사랑이 내 영혼에 가득 차오르면
나는 멀리, 아주 멀리, 방랑자가 되어
자연 속으로 가리라—여자와 동행하듯 행복하게.

Sensation

Par les soirs bleus d'été j'irai dans les sentiers,

Picoté par les blés, fouler l'herbe menue:

Rêveur, j'en sentirai la fraicheur à mes pieds.

Je laisserai le vent baigner ma tête nue.

Je ne parlerai pas; je ne penserai rien.

Mais l'amour infini me montera dans l'âme;

Et j'irai loin, bien loin, comme un bohémien,

Par la Nature, — heureux comme avec une femme.

❖

이 시는 랭보가 17살에 쓴 시로서, 시인의 데뷔작이라고 할 수도 있다. 8행으로 구성된 이 시는 간결하면서도 충만된 느낌을 준다. '가다aller'라는 동사는 두 번 나타나는데, 한 번은 '오솔길로 가리라'에서이고, 두 번째는 '자연 속으로 가리라'에서이다. 단수가 아니라 복수로 표현된 오솔길은 목적지에 빠르게 도착할 수 있는 현실적인 직선의 길이 아니라 몽상과 사색에 적합한 구불구불한 길이라는 것을 암시한다. 그러므로 어린 시인은 가정과 학교의 관습적인 구속을 벗어나서, '방랑자'의 몽상적이고 자유로운 삶의 의지를 직선의 길도 아니고, 도시의 길도 아닌 '오솔길'과 '자연' 속으로 가고 싶다는 말로 표현한 것이다. '나'와 '자연'의 순수하고 직접적인 일체감은 여름날 저녁의 푸른빛이 느껴지는 분위기와 서늘한 풀밭, 시원한 바람의 감촉으로 완성되는 듯하다. 또한 "무한한 사랑이 내 영혼에 가득 차오르면"이라는 구절은 나무의 수액이 차오르는 듯한 생명의 신선함을 느끼게 한다. 모든 명사가 단수이건 복수이건 명확히 지시되고 한정된 것이 아니라, 무한한 느낌을 주는 것으로 표현된다는 것도 특기할 만한 점이다. 방랑자의 삶을 꿈꾸는 시인의 마음은 자유와 사랑과 행복이 가득 차 있는 것처럼 보인다.

나의 방랑

나는 떠났지. 터진 주머니에 주먹을 쑤셔 넣고
내 외투는 또한 관념적이 되었지.
하늘 아래 어느 곳이나 돌아다녔지, 뮤즈여 나는 그대의 숭
배자였지.
아아! 나는 얼마나 화려한 사랑을 꿈꾸었던가.

내 단벌 바지에는 커다란 구멍이 나 있었지.
— 꿈꾸는 엄지동자처럼 내가 걷는 길에서 나는 시구를 줍
기도 했지. 내 여인숙은 큰곰자리였지.
— 하늘의 내 별은 정답게 살랑거리는 소리를 냈지.

나는 길가에 앉아, 귀를 기울여 들었지.
9월의 상쾌한 저녁나절, 이마에서는
이슬방울이 활력주처럼 느껴졌고

환상적인 어두움 속에서 시의 운율에 맞추어
칠현금이라도 켜듯, 한 발을 가슴 가까이 들어 올려
찢어진 신발의 고무줄을 잡아당겼지.

Ma Bohème

Je m'en allais, les poings dans mes poches crevées;
Mon paletot aussi devenait idéal;
J'allais sous le ciel, Muse! et j'étais ton féal;
Oh! là! là! que d'amours splendides j'ai rêvées!

Mon unique culotte avait un large trou.
— Petit-Poucet rêveur, j'égrenais dans ma course
Des rimes. Mon auberge était à la Grande-Ourse.
— Mes étoiles au ciel avaient un doux frou-frou

Et je les écoutais, assis au bord des routes,
Ces bons soirs de septembre où je sentais des gouttes
De rosée à mon front, comme un vin de vigueur;

Où, rimant au milieu des ombres fantastiques,
Comme des lyres, je tirais les élastiques
De mes souliers blessés, un pied près de mon coeur!

이 시는 「감각」과 밀접한 연관성을 갖는다. 「감각」이 방랑의 의지를 미래형으로 나타낸다면, 「나의 방랑」은 그 의지가 실현되었음을 과거형으로 표현한다. 또한 「감각」의 시간적 배경이 '여름날'인 반면, 「나의 방랑」의 시간은 '9월의 상쾌한 저녁나절'이다. 가을이 '방랑'의 계절이기 때문일까? 「감각」이 자연의 풍경과 자아의 일치를 감각적으로 표현하면서 '오솔길'과 '밀밭' 같은 외부의 공간을 다양하게 보여준다면, 「나의 방랑」에서 화자의 시선은 상당부분 그 자신의 내면에 기울어져 있다. 그만큼 시인은 방랑의 생활 속에서 누릴 수 있는 내면의 자유와 기쁨을 노래하고 싶은 것이다.

또한 외모나 옷차림과 같은 겉모습을 중시하는 부르주아 사회의 가치관을 무시하듯이 "단벌 바지에는 커다란 구멍이나 있었"고, '주머니들'은 터져 있었고, 신발은 찢어지고, '외투'는 낡아서 얇아진 상태이지만, 얇아진 것을 '관념적'이라고 표현하는 구절에서 시인의 정신과 마음의 여유가 엿보인다. '관념적'이란 형용사 대신에 '이상적'이란 형용사로 번역할 수도 있다. 그러한 여유를 누릴 수 있는 시인은 "하늘 아래 어느 곳이나 돌아다닐" 수 있는 자유에서 시인은 "화려한 사랑을 꿈꾸"고, "걷는 길에서 시구를 줍"는 기쁨을 누린다. 여기서 시인이 "화려한 사랑을 꿈꾼다"고 했을 때, 화려한 사랑이 무엇인지는 중요하지 않다. 「감각」에서 "무한한 사랑이 내 영혼에 가득 차오르"는 것처럼, 방랑자의 내면에는 사랑에 대한 무한한 꿈이 가득할 것이기 때문이다. 사실 프랑스어에서 '꿈을 꾸다'는 뜻의 'rêver'는 본래 '떠돌아다니다, 방랑하다vagabonder'라는 뜻으로 쓰였다. '꿈을 꾸다'는 시적 주제에 대한 몽상과 시적 상상력을 의미하는 것일 수도 있다.

자크 플레상의 『산책과 시』는 랭보의 시에 나타난 산책과 방랑과 여행을 주제로 한 연구서이다. 그는 랭보의 시에서 시와 산책 혹은 시와 방랑은 혼동될 만큼 밀접한 관계를 갖는다고 주장한다. 가령 그의 해석처럼 「나의 방랑」은 시인이 "걷는 길에서" '시구를 줍기도 했다'거나, 방랑자의 옷차림을 암시하는 "찢어진 신발의 고무줄을 잡아당기"면서 "시의 운율에 맞추어 칠현금이라도 켜듯" 한다는 구절에서처럼, 시와 방랑은 밀접한 상호관련성을 갖고 표현되는 경우가 많다. 또한 '하늘 아래 어느 곳이나 돌아다니'는 시인은 노숙자 생활을 하면서도 전혀 위축되지 않고 "내 여인숙은 큰곰자리"라며 마치 하늘을 이불로 삼고 누운 듯한 대범한 생각과 우주적인 시각을 보여준다. 그는 밤하늘을 보면서 자기의 별이 '큰곰자리'라고 생각하고, 꿈을 꾼다. 그의 자유롭고 담대한 정신은 페로의 동화에 나오는 '엄지동자'처럼 어떤 무서운 식인귀食人鬼라도 물리칠 수 있을 듯하다.

취한 배

무심한 강물을 따라 내려갔을 때, 나는 어느 순간
배 끄는 사람들의 운전으로 가고 있다는 느낌이 없었다.
인디언들은 소리치며 울긋불긋한 기둥에
그들을 발가벗겨 묶은 다음, 과녁으로 삼았다.

플랑드르 밀이나 영국 목화를 운반하는
나는 승무원들에 대해서는 아무런 관심이 없었다.
강은 배 끄는 사람들과 한바탕 소동을 벌인 후,
내 마음대로 떠내려가도록 내버려두었다.

성난 물결이 출렁거리는 소리에 휩싸여서
지난겨울 어린아이의 지능보다 더 아둔한 나는
달려갔다! 밧줄이 풀린 반도형태의 육지도
더 이상 기고남장하며 소란을 피우지 않았다.

폭풍우는 바다에서 내가 깨어난 것을 축복했다.
코르크 마개보다 더 가볍게 나는 춤추었다.
조난자들의 영원한 운반자로 불리는 파도 위에서
　열흘 밤을 지새워도 바보 같은 등대의 눈동자를 그리워함
이 없이.

아이들에게 시큼한 사과의 과육보다 더 부드러운
푸른 물결은 내 전나무 선체로 스며 들어와
키와 닻을 흩어져버리게 하고
푸른 포도주의 얼룩과 토사물을 씻어냈다.

그때부터 나는 바다의 시에 몸을 담그었다.
별들이 우러나오는 우유빛의 그곳은
녹색의 창공을 탐욕스럽게 삼키고
때로는 생각에 잠긴 익사자가 떠내려가기도 한다.

그곳은 갑자기 푸르스름한 빛을 물들이는 열광과
느린 리듬이 햇빛의 광채 아래
알코올보다 강하고 칠현금보다 더 큰
사랑의 쓰라린 적갈색 상처를 발효한다!

나는 안다, 번갯불이 터지는 하늘과 회오리 물기둥을,
파랑과 돌풍을. 나는 안다, 저녁에,
비둘기 떼처럼 높이 솟아오르는 새벽을,
그리고 나는 이따금 보았다, 인간이 본다고 생각한 것을.

나는 보았다, 신비로운 공포로 낮은 태양이

먼 옛날 고대의 연극 배우들 같은 모습의
기다란 보랏빛 응고물 비추는 것을,
멀리서 파도가 덧문이 떨리는 소리를 내며 구르는 것을!

나는 꿈꾸었다, 눈부신 하얀 눈 같은 초록색 밤을,
바다의 눈 앞에서 느리게 떠오르는 입맞춤을,
놀라운 향기가 감도는 것을,
노래하는 발광물질의 노랗고 푸른 빛의 깨어남을!

나는 쫓아갔다, 몇 달 동안 줄곧 극도로 흥분한
소외양간처럼 암초를 공격하는 거친 물결을,
마리아 같은 여자들의 빛나는 발이 숨가쁜
대양의 콧등을 무너뜨릴 수 있다는 생각도 하지 않은 채!

당신은 알겠지, 내가 인간의 피부를 지닌 표범들의
눈알을 꽃에 뒤섞는 경이로운 플로리다에 부딪친 것을,
바다의 수평선 아래 청록색 가축들의
고삐처럼 단단하게 걸려 있는 무지개들이여!

나는 보았다, 거대한 늪이 발효하는 것을,
등심초 속에서 레비아탕이 썩어가는 그물을

평온한 바다 한가운데에서 물결이 붕괴하는 것을,
그리고 심연을 향해 먼바다가 폭포처럼 쏟아지는 것을,

빙하들, 은빛 태양들, 진주모빛 물결들, 잉걸불의 하늘을!
빈대들에게 파먹힌 거대한 뱀들이
뒤틀린 나무에서 악취 풍기며 떨어지는 곳,
갈색의 만灣 깊은 곳에 좌초한 배들을!

나는 아이들에게 보여주고 싶었다, 푸른 물결의
만세기들을, 금빛 물고기들을, 노래하는 물고기들을,
— 꽃 모양의 거품들은 나의 출범을 달래주었고,
형언할 수 없는 바람은 때때로 내 몸의 날개가 되었다.

이따금, 극지와 한계 상황에 지친 순교자 같은
나를 위해 오열하며 부드럽게 흔들어주던 바다는
나에게 노란 흡반이 달린 어둠의 꽃등을 올려 보냈고,
나는 무릎 꿇은 여자처럼 가만히 있었다……

거의 섬처럼 된 나의 뱃전에 시끄럽게 지저귀는
황금빛 새들의 싸움과 똥이 요동치는 상태로
나는 항해했다, 나의 약한 밧줄 너머로

익사자들이 뒷걸음질치며 잠자러 내려갔을 때에도!

그런데 나, 작은 만(灣)들의 머리털 아래에서 길을 잃고
새 한 마리 없는 하늘에 폭풍우로 떠밀려간 작은 배,
소형 군함들과 한자동맹의 범선들이라도
물에 취해 뼈대만 남은 나의 몸을 건져올리지 못했을 나,

자유롭고, 거침없이, 보랏빛 안개 속에서 솟아올라
태양의 태선(苔蘚)들과 창공의 콧물들을
훌륭한 시인들에게 맛있는 잼처럼 전달하며,
벽처럼 붉은빛이 감도는 하늘에 구멍을 뚫은 나,

7월들이 몽둥이를 휘둘러
불타는 협곡들의 군청색 하늘을 무너뜨렸을 때,
몸은 활 모양의 전깃불로 더러워지고
검은 해마들의 호위를 받고 미친 널빤지로 달려가던 나,

발정기의 베헤모트들처럼 두터운 파도의 소용돌이에
50해리 밖에서도 신음 소리가 느껴져 몸을 떨던 나,
푸른빛의 정지된 순간들을 영원한 실타래처럼 만들며
나는 그리워한다, 지난날의 유럽의 난간들을.

나는 보았다, 항성의 군도들을! 광란하는 섬들의
하늘이 항해자에게 길을 열어주는 것을!
그대가 잠든 채 유배된 곳이 바로 이 바닥 없는 어둠 속인가?
백만의 황금빛 새들이여, 오 미래의 활력이여,

그러나 정말 나는 너무 많은 눈물을 흘렸다! 새벽은 침통하고,
모든 달은 잔인하고, 모든 태양은 가혹하다
쓰라린 사랑은 황홀한 마비로 나를 부풀어 오르게 했다.
오 나의 용골이여, 부서져라! 오 나는 바다로 가리라!

만일 내가 유럽의 물을 원한다면, 그건
향기로운 황혼 무렵, 슬픔이 가득 차서
웅크리고 있는 어린아이가 5월의 나비처럼
연약한 배를 띄우는 어둡고 차가운 물웅덩이겠지.

오 파도여, 나는 그대의 우울감에 잠겨
이제 더 이상 목화 운반선의 항적을 없애지 못하고,
군대와 깃발의 오만함을 헤치고 나아갈 수도 없고,
거룻배들의 무서운 눈 앞에서 항해할 수도 없구나.

Le bateau ivre

Comme je descendais des Fleuves impassibles,
Je ne me sentis plus guidé par les haleurs:
Des Peaux-Rouges criards les avaient pris pour cibles,
Les ayant cloués nus aux poteaux de couleurs.

J'étais insoucieux de tous les équipages,
Porteur de blés flamands ou de cotons anglais.
Quand avec mes haleurs ont fini ces tapages,
Les Fleuves m'ont laissé descendre où je voulais.

Dans les clapotements furieux des marées,
Moi, l'autre hiver, plus sourd que les cerveaux d'enfants,
Je courus! Et les Péninsules démarrées
N'ont pas subi tohu-bohus plus triomphants.

La tempête a béni mes éveils maritimes.
Plus léger qu'un bouchon j'ai dansé sur les flots
Qu'on appelle rouleurs éternels de victimes,
Dix nuits, sans regretter l'oeil niais des falots!

Plus douce qu'aux enfants la chair des pommes sûres,

L'eau verte pénétra ma coque de sapin

Et des taches de vins bleus et des vomissures

Me lava, dispersant gouvernail et grappin.

Et dès lors, je me suis baigné dans le Poème

De la Mer, infusé d'astres, et lactescent,

Dévorant les azurs verts; où, flottaison blême

Et ravie, un noyé pensif parfois descend;

Où, teignant tout à coup les bleutés, délires

Et rhythmes lents sous les rutilements du jour,

Plus fortes que l'alcool, plus vastes que nos lyres,

Fermentent les rousseurs amères de l'amour!

Je sais les cieux crevant en éclairs, et les trombes

Et les ressacs et les courants: je sais le soir,

L'Aube exaltée ainsi qu'un peuple de colombes,

Et j'ai vu quelquefois ce que l'homme a cru voir!

J'ai vu le soleil bas, taché d'horreurs mystiques,

Illuminant de longs figements violets,

Pareils à des acteurs de drames très antiques

Les flots roulant au loin leurs frissons de volets!

J'ai rêvé la nuit verte aux neiges éblouies,

Baiser montant aux yeux des mers avec lenteurs,

La circulation des sèves inouïes,

Et l'éveil jaune et bleu des phosphores chanteurs!

J'ai suivi, des mois pleins, pareille aux vacheries

Hystériques, la houle à l'assaut des récifs,

Sans songer que les pieds lumineux des Maries

Pussent forcer le mufle aux Océans poussifs!

J'ai heurté, savez-vous, d'incroyables Florides

Mêlant aux fleurs des yeux de panthères à peaux

D'hommes! Des arcs-en-ciel tendus comme des brides

Sous l'horizon des mers, à de glauques troupeaux!

J'ai vu fermenter les marais énormes, nasses

Où pourrit dans les joncs tout un Léviathan!

Des écroulements d'eaux au milieu des bonaces,

Et les lointains vers les gouffres cataractant!

Glaciers, soleils d'argent, flots nacreux, cieux de braises!

Échouages hideux au fond des golfes bruns

Où les serpents géants dévorés des punaises

Choient, des arbres tordus, avec de noirs parfums!

J'aurais voulu montrer aux enfants ces dorades

Du flot bleu, ces poissons d'or, ces poissons chantants.

— Des écumes de fleurs ont bercé mes dérades

Et d'ineffables vents m'ont ailé par instants.

Parfois, martyr lassé des pôles et des zones,

La mer dont le sanglot faisait mon roulis doux

Montait vers moi ses fleurs d'ombre aux ventouses jaunes

Et je restais, ainsi qu'une femme à genoux…

Presque île, ballottant sur mes bords les querelles

Et les fientes d'oiseaux clabaudeurs aux yeux blonds.

Et je voguais, lorsqu'à travers mes liens frêles

Des noyés descendaient dormir, à reculons!

Or moi, bateau perdu sous les cheveux des anses,

Jeté par l'ouragan dans l'éther sans oiseau,

Moi dont les Monitors et les voiliers des Hanses

N'auraient pas repêché la carcasse ivre d'eau;

Libre, fumant, monté de brumes violettes,

Moi qui trouais le ciel rougeoyant comme un mur

Qui porte, confiture exquise aux bons poètes,

Des lichens de soleil et des morves d'azur;

Qui courais, taché de lunules électriques,

Planche folle, escorté des hippocampes noirs,

Quand les juillets faisaient crouler à coups de triques

Les cieux ultramarins aux ardents entonnoirs;

Moi qui tremblais, sentant geindre à cinquante lieues

Le rut des Béhémots et les Maelstroms épais,

Fileur éternel des immobilités bleues,

Je regrette l'Europe aux anciens parapets!

J'ai vu des archipels sidéraux! et des îles
Dont les cieux délirants sont ouverts au vogueur:
— Est-ce en ces nuits sans fonds que tu dors et t'exiles,
Million d'oiseaux d'or, ô future Vigueur?

Mais, vrai, j'ai trop pleuré! Les Aubes sont navrantes.
Toute lune est atroce et tout soleil amer:
L'âcre amour m'a gonflé de torpeurs enivrantes.
Ô que ma quille éclate! Ô que j'aille à la mer!

Si je désire une eau d'Europe, c'est la flache
Noire et froide où vers le crépuscule embaumé
Un enfant accroupi plein de tristesse, lâche
Un bateau frêle comme un papillon de mai.

Je ne puis plus, baigné de vos langueurs, ô lames,
Enlever leur sillage aux porteurs de cotons,
Ni traverser l'orgueil des drapeaux et des flammes,
Ni nager sous les yeux horribles des pontons.

❖

랭보의 시 중에서 가장 유명하다고 할 수 있는 「취한 배」는, 그가 가출하여 파리에 가기 전, 1871년 샤를르빌에서 쓴 시이다. 그때 그의 나이는 17살이었다. 어린 나이에 그가 이런 시를 썼다는 것도 놀랍지만, 더욱 놀라운 것은 바다를 한 번도 보지 않고, 오직 독서체험에 의존한 상상력으로 바다에서의 모험을 쓸 수 있었다는 점이다. 랭보의 전문가들은 샤토브리앙과 미국 작가들의 소설에 나타난 대륙과 바다의 풍경, 인디언들의 주거지에 가까운 강들과 석양의 묘사가 그의 기억 속에서 상상력으로 변형되었을 것이라고 추론하기도 한다. 또한 이 시가 발표되기 전에 나온 쥘 베른의 『해저 2만리』도 시인에게 바다의 풍부한 이미지를 표현하는 데 도움을 주었을 것으로 해석하기도 한다.

이러한 그의 독서체험과 함께 우리가 주목해야 할 것은 그의 견자見者 혹은 예시자Le Voyant 시론이다. 이 시론에 의하면, 시인은 '모든 감각의 이성적 착란Un raisonné dérèglement de tous les sens'에 의해서, 미지의 세계를 꿰뚫어 볼 수 있는 투시력le voyance을 가져야 한다는 것이다. 그는 '이성적 착란'이라는 모순어법을 통해, 이성과 광기의 경계를 넘어서 또는 이성의 한계를 초월한 광기의 정신으로 시를 써야 한다고 주장한다. 「취한 배」는 이러한 시론이 반영된 작품이다. 이 시의 주인공인 '취한 배'는 모든 관습과 정신의 구속을 부정하고, 험난한 모험의 길을 떠난 '자유인'의 상징이자, 새로운 시적 언어를 모색하고 창조하려는 '예시자' 시인의 상징이기도 하다. 다시 말해서 이 시는 새로운 인간으로 탄생하려는 자유인의 정신적 모험이자 동시에 '모든 감각의 이성적 착란'과 환각의 체험을 통해 새롭고 창조적인 글쓰기를 시도한 젊은 시인의 시적 모험인 것이다.

「취한 배」의 1연부터 5연까지는 배를 운전하는 승무원들이 인디언들의 공격을 받고 죽은 후, 자유로운 배가 강의 흐름을 따라 바다로 떠내려가는 과정이 서술된다. 바다에 이르러서 "코르크 마개보다 더 가볍게 나는 춤추었다"거나 "푸른 물결은 전나무 선체로 스며 들어와", "키와 닻을 흩어져버리게 했다"는 구절들은 바다의 무한함 속에 동화된 '배=시인의 자아'가 누리는 해방의 기쁨을 역동적으로 표현한다. 6연부터 17연까지는 바다에서의 다양한 모험과 발견을 통해 자유로운 정신이 부닥칠 수 있는 모든 체험이 서술된다. 특히 6연에서 "나는 바다의 시에 몸을 담그었다"는 구절은 자유인의 정신적 모험이라기보다 시인의 상상적 모험을 연상시킨다.

18연부터 25연까지는 이러한 모험의 과정에서 발견한 아름답고 환상적인 이미지들과 함께 정신의 혼란 상태에서 떠오르는 위험한 징후들이 나타나면서 이 모험이 결국 실패로 끝나게 되었음을 보여준다. 시인의 피로와 권태, 좌절과 절망의 상황은 "새벽은 침통하고", "모든 달은 잔인하고", "모든 태양은 가혹한" 상태에서, "오 나의 용골이여, 부서져라! 오 나는 바다로 가리라!"와 같은 죽음과 소멸의 의지로 표현된다.

시인은 정신적 모험이 좌절하게 되어도, 더 이상 유럽의 세계로 돌아가고 싶지 않다. 그에게 "유럽의 물"은 "어린아이가 5월의 나비처럼", "연약한 배를 띄우는 어둡고 차가운 물웅덩이"와 같다. 절망의 우울감에 빠진 화자는 유럽의 제국주의를 암시하는 "목화 운반선의 항적", "조대와 깃발의 오만함"에 대항할 수 없고, 어른들 혹은 기성세대의 지배 체제에 맞설 수 없다는 것을 안다. 그렇다면 이 시에서 절망을 확인할 뿐, 희망을 찾는 것은 불가능한 것일까? 그렇지 않을 것이다. 인간은 어떤 절망의 상황에서도 희망을 찾는 존재이기 때문이다. 인간에게 절망은 끝이 아니라, 과정일 것이다. 그러므로 이 시에서 펼쳐진 자유로운 정신의 모험은, 아무리 절망으로 끝나더라도, 또는 절망을 무릅쓰고라도 당연히 시도해볼 가치가 있다.

도시

나는 비대해진 근대적 대도시에서 별로 큰 불만 없이 사는 하루살이 같은 존재이다. 여기서는 집안의 가구나 건물의 외장뿐 아니라, 도시의 설계도면에서도 그 옛날의 유명한 양식은 사라져버렸다. 미신적인 유적의 어떤 자취도 전혀 볼 수가 없게 되었다. 도덕이나 언어는 지극히 단순한 표현들이 되고 말았다. 서로 알고 지낼 필요가 없는 수백만 인구는 천편일률적으로 동일한 교육과 직업과 노년을 갖게 됨으로써 이러한 인생은 터무니없는 통계표에 의하면 대륙의 사람들보다 몇 분의 1이나 단축되었다. 그리하여 나는 창 너머로 하염없이 바라본다. 끊임없이 두텁게 피어오르는 석탄 연기 사이로 흘러가는 새로운 유령들을 — 우리들 숲의 그늘이여, 우리들의 여름밤이여! — 나의 고향인 나의 오두막집 앞에서 그리고 모든 것이 닮은꼴인 나의 모든 사랑 앞에서 새롭게 떠오르는 복수의 신들을, 우리들의 부지런한 딸이자 하녀인 눈물 없는 죽음을, 절망적인 사랑을, 그리고 거리의 진흙길에서 징징거리며 우는 한심한 범죄를.

Ville

Je suis un éphémère et point trop mécontent citoyen d'une métropole crue moderne parce que tout goût connu a été éludé dans les ameublements et l'extérieur des maisons aussi bien que dans le plan de la ville. Ici vous ne signaleriez les traces d'aucun monument de superstition. La morale et la langue sont réduites à leur plus simple expression, enfin! Ces millions de gens qui n'ont pas besoin de se connaître amènent si pareillement l'éducation, le métier et la vieillesse, que ce cours de vie doit être plusieurs fois moins long que ce qu'une statistique folle trouve pour les peuples du continent. Aussi comme, de ma fenêtre, je vois des spectres nouveaux roulant à travers l'épaisse et éternelle fumée de charbon, — notre ombre des bois, notre nuit d'été! — des Érinnyes nouvelles, devant mon cottage qui est ma patrie et tout mon coeur puisque tout ici ressemble à ceci, — la Mort sans pleurs, notre active fille et servante, et un Amour désespéré, et un joli Crime piaulant dans la boue de la rue.

이 시에서 '도시'는 런던을 가리키는 것으로 보인다. 그 이유는 "비대해진 근대적 대도시"로 표현되는 "이곳ici"을 "대륙의 사람들"이 사는 도시와 대비되는 도시라고 말한다는 점에서이다. 시인은 세계에서 최초로 산업혁명이 이루어진 나라의 수도에서 대도시의 단순한 삶과 획일적인 생활방식을 예리하게 통찰한다.

이 시의 첫 문장에서 화자는 자신을 "별로 큰 불만 없이 사는 하루살이 같은 존재"라고 표현한다. 이것은 인구가 많은 대도시에서 왜소한 모습으로 살아가는 소시민들의 일반적인 자기인식을 반영한다. "그 옛날의 유명한 양식이 모두 사라진" 이 도시는 대중화되고 세속화한 도시라고 할 수 있다. 또한 "도덕이나 언어가 지극히 단순한 표현들"로 환원된 이 도시에서 삶은 단순하고, 획일적으로 되었다. 사람들은 모두 동일한 교육을 받고, 기능적인 존재로서 생존을 위한 직업을 갖고, 늙어갈 뿐이다. 벤야민이 보들레르의 시 「지나가는 여인에게」에서 환기시킨 것처럼, 이런 도시에서 사람들은 "서로 알고 지낼 필요"가 없다. 그들은 저마다 고립된 존재로 살아갈 뿐이다. 지극히 단순한 삶, 자유로운 모험도 없고, 신비로울 것도 없는 단조로운 삶은 인간적인 깊이와 두께가 없는 삶이다.

이 시를 두 부분으로 나눈다면, "그리하여Aussi"라는 부사가 나타나는 문장 이전과 이후로 나눌 수 있을 것이다. 이러한 구분으로 분명해지는 것은 전반부의 서술이 평이한 전개로 되어 있는 반면에, 후반부의 서술은 훨씬 복잡하고 역동적으로 전개되어 있다는 점이다. 랭보에 관한 많은 연구서에서 이 작품이 논의될 때, 주로 후반부에 비중을 두는 것은 후반부에서 진술된 도시의 시적 통찰이 갖는 중요성 때문이다. 후반부는 대체로 도시의 부정적 현상이 언급된다. "눈물 없는 죽음", "절망적인 사랑", "징징거리며 우는 한심한 범죄"들은 도시에서 빈번히 발생하는 비정한 죽음, 미래에 대한 약속과 희망이 없는 일시적 사랑, 신문의 사회면에 일상적인 사건처럼 보도되는 범죄 등을 의미한다.

번역자는 후반부의 첫 문장인 Aussi comme, de ma fenêtre, je vois (……)를 "그리하여 나는 창 너머로 하염없이 바라본다"로 번역하였다. 창밖으로 보이는 '석탄 연기fumée de charbon'는 산업화된 도시의 은유이기도 하지만, 창 안의 세계와 창밖 세계의 투명한 소통을 방해하는 요소의 은유이기도 하다. 후자의 은유로 해석하자면, '석탄 연기'의 도시적 현실은 인간과 자연 혹은 인간과 인간 사이의 관계를 불투명하게 만드는 것으로 보인다.

끊임없이 두텁게 피어오르는 석탄 연기 사이로 흘러가는 새로운 유령들 — 우리들 숲의 그늘이여, 우리들의 여름밤이여! — 나의 고향인 나의 오두막집 앞에서 그리고 모든 것이 닮은 꼴인 나의 모든 사랑 앞에서 새롭게 떠오르는 복수의 신들

여기서 "새로운 유령들", "새롭게 떠오르는 복수의 신들"과 "숲의 그늘" "우리들의 여름밤", "나의 고향인 나의 오두막집"은 대립적이다. 전자前者가 산업화된 도시의 새로운 신화를 연상케 한다면, 후자後者는 자연적이고 목가적인 풍경을 떠오르게 하기 때문이다. 매연으로 오염된 도시는 비인간적인 삶을 암시한다. 도시를 비판적으로 바라보는 시인은, 은연중에 목가적이고 인간적인 삶을 그리워한다.

새벽

나는 여름의 새벽을 껴안았다.

궁전 앞에는 아직 아무것도 움직이지 않았다. 물은 죽은 듯했다. 어둠의 야영부대는 숲길을 떠나지 않았다. 나는 생기 있고 부드러운 숨결을 깨우며 걸어갔다. 보석들이 쳐다보았고, 날개들은 소리 없이 일어났다.

이미 서늘하고 희미한 빛으로 가득 찬 오솔길에서 첫 번째로 유혹하고 싶었던 것은 나에게 자기 이름을 말하는 꽃이었다.

나는 전나무들 사이로 머리를 헝클어뜨리고 있는 금발의 폭포를 보고 웃었다. 은빛의 꼭대기에 있는 여신을 발견했다.

그래서 나는 베일을 하나씩 걷어올렸다. 오솔길에서는 팔을 흔들기도 하면서. 들판을 지날 무렵, 나는 그녀의 정체를 수탉에게 알렸다. 대도시에서 그녀는 종탑과 둥근 지붕들 사이로 도망쳤고, 나는 대리석 둑길 위에서 거지처럼 뛰면서 그녀를 쫓아갔다.

도로 위쪽의 월계수 숲조차에서 나는 두툼한 베일들을 두른 그녀를 감싸 안았고, 그녀의 거대한 육체를 어느 정도 느끼게 되었다. 새벽과 아이는 숲 아래에서 쓰러졌다.

깨어나자, 정오였다.

Aube

J'ai embrasseé l'aube d'été.

Rien ne bougeait encore au front des palais. L'eau était morte. Les camps d'ombres ne quittaient pas la route du bois. J'ai marché, réveillant les haleines vives et tièdes, et les pierreries regardèrent, et les ailes se levèrent sans bruit.

La première entreprise fut, dans le sentier déjà empli de frais et blêmes éclats, une fleur qui me dit son nom.

Je ris au wasserfall blond qui s'échevela à travers les sapins: à la cime argentée je reconnus la déesse.

Alors je levai un à un les voiles. Dans l'allée, en agitant les bras. Par la plaine, où je l'ai dénoncée au coq. A la grand'ville elle fuyait parmi les clochers et les dômes, et courant comme un mendiant sur les quais de marbre, je la chassais.

En haut de la route, près d'un bois de lauriers, je l'ai entourée avec ses voiles amassés, et j'ai senti un peu son immense corps. L'aube et l'enfant tombèrent au bas du bois.

Au réveil il était midi.

「새벽」은 『일뤼미나시옹』에 수록된 시들 중에서 가장 유명한 시라고 할 수 있다. 단순한 어휘들과 아름다운 이미지들로 구성된 이 시가 다른 시들보다 이해하기 쉽다는 것이 많은 독자들의 사랑을 받는 이유 중 하나일지 모른다. 「감각」과 「나의 방랑」과 마찬가지로, 이 시의 화자는 자연과의 직접적인 일체감을 갖기 위해서 길을 떠난다. 그가 자연 속에서 찾으려는 대상은 '새벽'이다. '새벽'은 신비로운 여인처럼 의인화되어 나타난다. 화자는 1인칭 주어를 빈번히 사용하면서, 새벽에 대한 사랑과 추구의 진정성을 강조하는 듯하다.

이 시의 첫 문장은 "나는 여름의 새벽을 껴안았다"이고, 끝 문장은 "깨어나자 정오였다"이다. 그러므로 이 두 문장을 연결시켜서, "여름의 새벽을 껴안고 잠을 잔 후, 깨어나니 정오가 되었다"는 것으로 볼 수 있다. 그렇다면 이 두 문장 사이에 삽입된 5단락의 이야기는 "여름의 새벽을 껴안고 잠을 자기"까지 전개되었던 모험의 과정이 아닐까? 이러한 추측이 가능한 것은 화자가 '새벽'을 붙잡기 위해서 숲길과 오솔길, 대도시의 "종탑과 둥근 지붕들 사이"를 달려가다가 드디어, "도로 위쪽 월계수 숲 근처에서" 그녀를 붙잡고 "숲 아래에서 쓰러졌다"는 구절이 5번째 단락의 끝 문장이기 때문이다.

여하간 첫 문장과 끝 문장을 제외한 5단락의 이야기에서, 첫 번째 단락의 "어둠의 야영부대는 숲길을 떠나지 않았다"는 것은 빛과 어둠과의 싸움에서 "어둠이 점령지를 떠나지 않았다"는 의미로 해석된다. 또한 "보석들이 쳐다보았다"는 것은 나뭇잎이나 풀잎 위의 이슬방울들을 눈이 있는 생명의 존재로 표현했기 때문으로 볼 수 있다. "날개들"은 새벽과 함께 비상하려는 자연의 움직임을 암시한다.

두 번째 단락에서 주의해야 할 단어는 "첫 번째로 유혹하고 싶었던 것"이라고 번역한 "La première entreprise"이다. 본래 'L'entreprise'는 명사로서 기획, 계획, 시도 등을 뜻한다. 이 단어를 명사로 번역할 경우, "이것이 꽃이었다"는 문장은 논리적으로 잘 이해가 되지 않는다. 그렇기 때문에 이 단어의 동사 원형인 entreprendre의 '착수하다', '시도하다', '유혹하려 하다', '공격하다'의 뜻을 고려해서 이 동사의 과거분사가 명사화된 것으로 본다면, 이것은 '나의 유혹을 (공격을) 받는 대상'으로 해석될 수 있다. "나에게 자기 이름을 말하는 꽃"은 '나'를 반기는 꽃의 인사를 암시한다. 그러므로 그러한 '꽃'에 대해 화자가 유혹의 욕망을 갖는 것은 당연할지 모른다.

세 번째 단락에서 주목되는 것은 시인이 '폭포'를 프랑스어의 La chute d'eau가 아닌 독일어의 wasserfall을 사용했다는 점이다. 랭보의 전문가들은 독일어의 이 단어에 담긴 a, l, r의 음성적 특징이 폭포의 물줄기가 빛과 함께 튀어오르는 느낌을 나타내기 때문이라고 분석한다. 또한 "나는 전나무들 사이로 머리를 헝클어뜨리고 있는 금발의 폭포를 보고 웃었다"에서, 웃음의 의미는 새벽의 자연 속에서 소년의 황홀한 도취감이 표현된 것으로 해석될 수 있다. 소년의 시선은 폭포에 반사된 빛 때문에 자연스럽게 은빛 전나무 꼭대기로 올라간 것이다.

　그다음 단락에서는, 달아나는 새벽의 비너스 여신을 붙잡기 위한 소년의 질주가 서술된다. "나는 베일을 하나씩 걷어올렸다"는 것은 새벽의 안개가 사라지면서 신비로운 세계의 정체가 드러나는 시간을 의미한다. 또한 "대리석 둑길 위에서 거지처럼 뛰면서"는 풍요로운 도시에서 시인은 「나의 방랑」에서처럼 "커다란 구멍이 나 있는" 단벌 바지를 입고서도 "화려한 사랑을 꿈꾸었던" 모습을 연상시킨다. 끝의 단락에서 화자는 결국 "월계수 숲 근처에서", "두툼한 베일들을 두른 그녀를 감싸 안"게 된다. 이 대목에 이르러서 화자는 1인칭 주어 대신에, '아이'라는 3인칭 단어를 사용한다. 그 이유는 이 시의 마지막 문장, "깨어나자, 정오였다"와 관련 지어 생각해볼 수 있다. '깨어남'의 반대는 '잠'일 수도 있고, '꿈'일 수도 있다. 비너스 여신 같은 '새벽'을 사랑하는 소년이 '새벽'을 집요하게 따라다니다가 그 '새벽'과 드디어 사랑을 나누게 되었다면, 그것은 '잠'보다 '꿈'에 가깝다. 그렇다면 그 '꿈'은 순수한 '아이'의 꿈이 더 어울릴 것이다.

폴 발레리

Paul Valéry

1871-1945

발레리

발걸음

나의 침묵에서 태어난 너의 발걸음은
경건하게, 천천히 이동하여
나의 주의력이 깃든 침대를 향해
말없이 냉정히 다가온다.

순수한 사람, 신성한 그림자여.
너의 조심스러운 발걸음은 얼마나 부드러운가!
신들이여!…… 내가 짐작하는 선물은 모두
이렇게 맨발에 실려 내게로 오는 것인가요!

만일 네가 입술을 내밀고
내 생각 속에 있는 거주자의
마음을 달래려고
입맞춤의 양식을 준비하더라도,

그처럼 다정한 행동을 서두르지 말아라,
존재하면서 또한 존재하지 않는 부드러움이여,
왜냐하면 나는 당신을 기다리며 살아왔고,
내 마음은 바로 당신의 발걸음이었으니까.

Les pas

Tes pas, enfants de mon silence,
Saintement, lentement placés,
Vers le lit de ma vigilance
Procèdent muets et glacés.

Personne pure, ombre divine,
Qu'ils sont doux, tes pas retenus!
Dieux!... tous les dons que je devine
Viennent à moi sur ces pieds nus!

Si, de tes lèvres avancées,
Tu prépares, pour l'apaiser,
À l'habitant de mes pensées
La nourriture d'un baiser,

Ne hâte pas cet acte tendre,
Douceur d'être et de n'être pas,
Car j'ai vécu de vous attendre
Et mon cœur n'était que vos pas.

이 시의 제목인 '발걸음'은 기다림을 상징하는 것으로서 두 가지의 해석이 가능하다. 하나는, 사랑하는 여인이 자기에게 가까이 오기를 혹은 돌아오기를 기다리는 것이고, 다른 하나는, 시인에게 시의 여신, 뮤즈가 영감으로 떠오르기를 기다리는 것이다. 발걸음의 주체가 사랑하는 여인이건, 시적 영감이건, 그것은 객관적으로 존재하지 않고, 시인의 마음속에 주관적으로 존재한다. 첫 행의 "나의 침묵에서 태어난 너의 발걸음"은 발걸음이 '나의 침묵', 즉 명상의 소산임을 말해준다. 그것은 '경건하게' '천천히' '말없이' '냉정히' 다가온다. 그것은 서두르는 동작을 취하지 않는다. 6행에서 "너의 조심스러운 발걸음은 얼마나 부드러운가!"는 성급히 욕망을 충족하려 하지 않고, 천천히 혹은 느리게 욕망의 대상이 다가오는 것을 즐기려는 마음을 나타낸다.

이 시는 두 부분으로 나누어질 수 있다. 첫 번째는 1연과 2연에서 알 수 있듯이, '발걸음'이 천천히 다가오는 것을 즐기는 화자의 행복감을 묘사한 부분이다. 여기서 화자는 이러한 행복감을 '신의 선물'처럼 생각한다. 두 번째는 3연과 4연에서처럼, 사랑하는 여인이 나타나 '입맞춤'을 하려고 해도, 그녀가 성급히 행동하지 않기를 바라는 부분이다. 이 시의 화자는 욕망의 대상을 소유하는 것보다, 대상에 대한 기다림에 더 큰 의미를 부여한다. 또한 그 대상을 '너'라고 부르지 않고 '당신'이라고 부르는 것은 그만큼 그의 존재에 중요한 의미를 부여하고 대상을 존중하려는 시인의 의도 때문이다.

잠자는 숲에서

공주는 순수한 장미의 궁전에서,
속삭임들 속에서, 움직이는 그늘 아래에서 잠자고,
길 잃은 새들이 금반지를 깨물 때,
어렴풋한 산호빛 말을 중얼거린다.

공주는 듣지 않는다. 떨어지는 물방울 소리도,
텅 빈 한 세기 동안 멀리서 보물이 울리는 소리도,
피리 소리 섞인 바람이 아득한 숲 위에서
뿔피리의 한가락 웅얼거림을 찢는 소리도.

메아리는 길게 퍼져, 다이아나가 계속 잠들게 하라,
몸을 좌우로 흔들면서, 그대의 감은 두 눈을 두드리는
유연한 덩굴장미를 닮은, 오, 변함없는 그 모습으로.

그대의 뺨에 그토록 가깝고, 그토록 느린 장미 송이도
자기의 몸 위에 앉는 햇살에서 은밀히 느끼는
이 주름진 감미로운 기쁨을 흩뜨려 떨구지는 않겠지.

Au bois dormant

La princesse, dans un palais de rose pure,
Sous les murmures, sous la mobile ombre dort,
Et de corail ébauche une parole obscure
Quand les oiseaux perdus mordent ses bagues d'or.

Elle n'écoute ni les gouttes, dans leurs chutes,
Tinter d'un siècle vide au lointain le trésor,
Ni, sur la forêt vague, un vent fondu de flûtes
Déchirer la rumeur d'une phrase de cor.

Laisse, longue, l'écho rendormir la diane,
O toujours plus égale à la molle liane
Qui se balance et bat tes yeux ensevelis.

Si proche de ta joue et si lente la rose
Ne va pas dissiper ce délice de plis
Secrètement sensible au rayon qui s'y pose.

❖

「잠자는 숲에서」라는 이 시는 서양의 전래동화들 중 하나인 『잠자는 숲속의 미녀』를 연상케 한다. 실제로 발레리는 이 동화의 주인공인 잠자는 공주에서 시적 영감을 얻었다고 한다. 이 시를 이해하기 위해서는 동화작가인 페로나 그림형제의 이야기를 상기할 필요가 있다.

옛날에 한 왕국에 공주가 태어났다. 왕과 왕비는 공주의 탄생을 축하하기 위해 성대한 잔치를 연다. 그들은 이 잔치에 친척과 친구뿐 아니라 요정들까지도 초대했는데, 초대받지 못한 요정이 있었다. 그 요정은 자신이 초대받지 못한 것에 대해 앙심을 품고, 그 자리에 나타나 공주가 커서 열다섯 살이 될 때, 물레 바늘에 찔려 죽을 것이라는 저주를 퍼붓는다. 그러나 이 요정이 떠난 뒤, 아직 선물을 주지 않았던 다른 요정이 나서서, 나쁜 요정의 저주를 거둬들일 수는 없지만 그 저주를 어느 정도 가볍게 할 수는 있다고 말한다. 공주가 물레 바늘에 찔렸을 때 완전히 죽는 것이 아니라 백 년 동안 잠에 빠진다는 것이다. 왕은 공주에게 닥칠 불행을 막기 위해 그 나라의 모든 물레를 치워버리도록 명령한다. 그 후 공주는 아름답고, 예의바르고, 다정하고, 이해심 많은 처녀로 성장한다. 드디어 공주의 나이가 열다섯 살 되는 생일날, 왕과 왕비는 외출하고, 공주 혼자서 궁전에 남아 있게 되자 성의 이곳저곳을 다니다가 탑 꼭대기 방에 다다른다. 그 방에는 한 노파가 앉아서 부지런히 물레를 돌리며 실을 뽑고 있었다. 공주는 생전 처음 보는 물건에서 실을 뽑는 것을 보고, 호기심이 생겨 손으로 물레를 만져보다가 바늘에 찔려 깊은 잠에 빠진다는 것이다. 그 순간 공주뿐만 아니라 성 안의 모든 살아 있는 것들이 잠들어버리고, 백 년의 세월이 흐른다.

발레리는, 기이한 운명의 주인공인 공주를 시적 주제로 삼은 이 시에서, 그녀의 아름다운 모습을 상징주의 시학의 표현법으로 그린다. 베를렌의 「시학」에서처럼, "보다 모호하고 어렴풋이 퍼져가도록" 하는 부드럽고 경쾌한 묘사를 통해, 시인은 잠자는 공주와 주변에 피어 있는 장미꽃과 숲의 풍경을 조화롭게 연결시킨다. 1연에서 주목되는 것은, 새들이 지저귀고, 무성한 나무들이 '움직이는 그늘'을 만든 아늑한 분위기에서 "길 잃은 새들이 금반지를 깨물 때", 공주는 "어렴풋한 산호빛 말을 중얼거린다"는 구절이다. 시인은 새들이 공주의 손위에 앉아서 그녀의 손가락에 끼워 있는 반지에 모이를 쪼듯이 주둥이를 대는 것을 보고, "금반지를 깨문다"고 묘사한 것이다. 또한 "어렴풋한 산호빛 말을 중얼거린다"로 번역한 구절에서, ébaucher라는 동사는 작품이건 행동이건 그것을 분명하고 완전한 형태가 아니라, 초벌 손질을 한 상태로 모호하게 표현한다는 뜻에서, 이것 역시 상징주의 시학에 어울린다.

2연에서 화자는 공주가 듣지 못하는 것을 "떨어지는 물방울 소리", "멀리서 보물이 울리는 소리", "바람이 (……) 찢는 소리"로 열거함으로써, 어떤 소리도 듣지 못하는 공주의 죽음과 다름없는 삶을 표현한다. 이 소리들 중에서 "멀리서 보물이 울리는 소리"는 괘종시계의 종이 울리는 소리로 해석할 수 있다. 괘종시계가 '보물'일 수도 있고, 시간이 '보물'일 수도 있기 때문이다. 3연의 "유연한 덩굴장미를 닮은"이라고 하는 구절에서 '덩굴장미'로 번역한 liane는 덩굴식물을 뜻한다. 또한 화자는 공주를 다이아나 여신에 비유함으로써 4연에서처럼 그녀의 아름다움을 햇살에 밝게 빛나는 장미꽃 모양으로 형상화한다.

플라타너스 나무에게

키 큰 플라타너스야, 너는 몸을 숙이고
스키티아 청년처럼 하얀 알몸 드러내지만,
너의 순진성은 유린되고, 너의 발은 묶여 있지,
토착세력에 붙잡혀 있으므로.

살랑거리는 나무그늘, 그 안에서 너를 점령한
변함없는 하늘은 안심하고 있겠지.
검은 모성의 땅은 자기에게서 태어난 순수한 발,
그 발을 진흙으로 억누르고 있구나.

바람은 방랑벽 있는 너의 이마를 원하지 않고,
부드럽고 어두운 땅은,
오 플라타너스야, 네 그림자가 한 걸음도
경탄의 몸짓으로 움직이게 하지 않는구나.

그 이마는 수액으로 고양되는 빛나는
높이에서만 보일 수 있겠지,
순백의 나무야, 너는 더 클 수는 있지만,
영원한 정지의 매듭을 끊지는 못하겠지!

너의 주변에 오래된 히드라에 의해
다른 생명체들과 연결되어 있음을 예감해보렴,
소나무에서 미루나무, 털가시나무에서 단풍나무까지,
너의 동족들은 얼마나 많은가.

죽은 자들에게 붙잡혀, 너의 발은 혼란의
잿더미 속에 헝클어져 있을 때,
그 나무들은 느끼겠지, 꽃들이 피해가며, 날개 달린 정액들이
가볍게 흘러내려가는 것을.

순진한 사시나무도, 소사나무도, 젊은 여인
네 사람의 모습을 한 너도밤나무도,
쓸모없는 노를 가지고 영원히 닫힌 하늘을
끊임없이 휘저어가면서.

그들은 떨어져 살면서 이별의 운명으로
당황해하며 눈물 흘리지.
그들의 은빛 팔다리는 즐거운 탄생에서도
부질없이 찢어져버렸는데.

저녁나절 그들이 내뿜는 영혼이 느리게
아프로디테 여신을 향해 올라갈 때,
순결한 영혼은 그늘 속에 조용히 앉아 있겠지,
부끄러움에 화끈 달아오른 표정으로.

그 영혼은 기습을 당하여 창백한 표정이지만,
기분 좋은 예감으로
눈앞에 보이는 어떤 육체가
젊은 얼굴로 미래를 지향한다는 느낌을 갖겠지.

그러나 너, 동물의 팔보다 더 순수한 팔들을
금빛 속에 담가놓고 있는 너,
잠이 꿈으로 변화하는 악의 환영을
햇빛 속에서 만들어놓는 너,

높고 풍성한 나뭇잎들이여, 강렬한 욕망이여,
거센 북풍이 금빛의 절정에서
너의 하프연주로 젊은 거울 하늘을
울리게 할 때, 플라타너스야,

신음 소리로 울부짖으렴!…… 오 나무의 '유연한' 몸이여,

몸을 꼬았다 품었다 하며

꺾이지 않을 만큼 탄식의 소리를 내고, 바람이

수선스럽게 듣고 싶어하는 목소리를 들려주어야지.

자신을 채찍질하렴!…… 스스로 제 살을 벗기는

성급한 순교자처럼

떠날 힘이 없는 불꽃과 경쟁해보렴,

본래의 횃불로 과연 돌아갈 수 있는지를.

태어날 새들에게 찬양의 노래 솟아오르도록

그리고 영혼의 순수함이

불꽃의 꿈을 꾸는 줄기의 잎들에게

희망의 설렘을 줄 수 있도록.

나는 너를 선택했지, 공원의 유력 인사인

너의 흔들림에 취했으므로,

오 아취형의 키 큰 나무여, 그건 하늘이 너를 시험하고

너의 언어로 표현하라고 다그치기 때문이지.

오, 숲의 요정들과 사랑싸움으로 경쟁하는

시인만이 오직

페가수스의 야심찬 엉덩이 어루만지듯
너의 매끄러운 몸을 어루만질 수 있다면······

— 아니다, 나무가 말하네, 폭풍이
풀 한 포기 다루듯, 가차 없이
흔들어대도 그 웅장한 머리의 눈부신 빛으로
나무는 '아니다'라고 말하네.

Au platane

Tu penches, grand Platane, et te proposes nu,
                                Blanc comme un jeune Scythe,
Mais ta candeur est prise, et ton pied retenu
                                Par la force du site.

Ombre retentissante en qui le même azur
                                Qui t'emporte, s'apaise,
La noire mère astreint ce pied natal et pur
                                A qui la fange pèse.

De ton front voyageur les vents ne veulent pas;
                                La terre tendre et sombre,
O Platane, jamais ne laissera d'un pas
                                S'émerveiller ton ombre!

Ce front n'aura d'accès qu'aux degrés lumineux
                                Où la sève l'exalte;
Tu peux grandir, candeur, mais non rompre les nœuds
                                De l'élernelle halte!

Pressens autour de toi d'autres vivants liés
Par l'hydre vénérable;
Tes pareils sont nombreux, des pins aux peupliers,
De l'yeuse à l'érable,

Qui, par les morts saisis, les pieds échevelés
Dans la confuse cendre,
Sentent les fuir les fleurs, et leurs spermes ailés
Le cours léger descendre.

Le tremble pur, le charme, et ce hêtre formé
De quatre jeunes femmes,
Ne cessent point de battre un ciel toujours fermé,
Vêtus en vain de rames.

Ils vivent séparés, ils pleurent confondus
Dans une seule absence,
Et leurs membres d'argent sont vainement fendus
A leur douce naissance.

Quand l'âme lentement qu'ils expirent le soir

Vers l'Aphrodite monte,

La vierge doit dans l'ombre, en silence, s'asseoir,

Toute chaude de honte.

Elle se sent surprendre, et pâle, appartenir

A ce tendre présage

Qu'une présente chair tourne vers l'avenir

Par un jeune visage...

Mais toi, de bras plus purs que les bras animaux,

Toi qui dans l'or les plonges,

Toi qui formes au jour le fantôme des maux

Que le sommeil fait songes,

Haute profusion de feuilles, trouble fier

Quand l'âpre tramontane

Sonne, au comble de l'or, l'azur du jeune hiver

Sur tes harpes, Platane,

Ose gémir!... Il faut, ô souple chair du bois,

Te tordre, te détordre,

Te plaindre sans te rompre, et rendre aux vents la voix

Qu'ils cherchent en désordre!

Flagelle-toi!... Parais l'impatient martyr

Qui soi-même s'écorche,

Et dispute à la flamme impuissante à partir

Ses retours vers la torche!

Afin que l'hymne monte aux oiseaux qui naîtront,

Et que le pur de l'âme

Fasse frémir d'espoir les feuillages d'un tronc

Qui rêve de la flamme,

Je t'ai choisi, puissant personnage d'un parc,

Ivre de ton tangage,

Puisque le ciel t'exerce, et te presse, ô grand arc,

De lui rendre un langage!

O qu'amoureusement des Dryades rival,

Le seul poète puisse

Flatter ton corps poli comme il fait du Cheval

L'ambitieuse cuisse!...

— Non, dit l'arbre. Il dit: Non! par l'étincellement

De sa tête superbe,

Que la tempête traite universellement

Comme elle fait une herbe!

나무는 발레리의 중요한 시적 주제들 중 하나이다. 발레리의 나무 예찬은 친구인 앙드레 지드에게 보낸 편지에 잘 나타나 있다. "나무에 대한 생각 속에 빠져 있다가 자네를 잊을 수 있었네. 나는 플라타너스 나무와 자작나무 같은 나무들을 보면 저절로 감탄하는 마음을 갖네. 얼마 전에 깨달은 사실이지만, 나무는 언제 보아도 싫증이 느껴지지 않는다오." "그러니까 아름다운 나무는 기쁨을 주고, 함께 있으면 행복감이 느껴지네." 발레리에게 나무는 이렇게 마음의 평화와 행복의 기쁨을 제공할 뿐 아니라, 그의 상상력을 풍부하게 만들고, 역동적으로 살아 있게 하는 시적 자원의 하나이다.

　　「플라타너스 나무에게」는 지중해 지역에 많이 있는 이 거대한 나무에 대한 시인의 철학적 명상을 담은 시라고 할 수 있다. 이 시에서 보이듯이, 아름다우면서도 장엄한 느낌을 주는 나무에 대한 노래에 추상적인 표현이 거의 없다는 것은 특기할 만한 점이다. 1연에서 10연까지 나무는 살아 있는 생명체이면서도 땅에 묶여 있어서 이동하지 못하는 존재로 묘사되고 11연에서 18연까지는 이러한 운명적 한계에도 불구하고, 성장의 의지와 사랑의 열정을 포기하지 않는 존재로 표현된다. 시인은 나무의 강인함과 존엄성을 통해 육체의 한계에 묶여 있으면서도 그 한계를 초월하려는 인간의 정신과 자유의 본질을 성찰하는 것이다.

1연에서 "키 큰 플라타너스야, 너는 몸을 숙이고," "스키티아 청년처럼 하얀 알몸 드러낸다"는 구절은 거대한 나무의 당당함과 겸손함을 동시에 보여주면서, 하얗고 매끄러운 나무의 몸체를 스키티아 청년의 하얀 피부와 건장한 모습에 비유하는 것이다. 또한 3행에서 "너의 순진성"이라는 말을 사용한 것은 candeur라는 단어가 '하얀색'과 '순진성'의 의미를 동시에 암시해주기 때문이다. 2연에서 '살랑거리는 나무 그늘ombre retentissante'은 나뭇잎이 바람에 흔들려 소리 나는 모양을 나타내고, "너를 점령한 변함없는 하늘"은 움직이지 못하는 나무에게 보이는 하늘은 변함이 없다는 표현이다. 여기서 하늘로 번역한 원문의 단어는 ciel이 아니라 azur이다. 말라르메의 시적 용어라고 말할 수 있는 azur는 푸른 빛깔이 강조되는 '창공'으로 번역하는 것이 더 정확할지 모른다. 그러나 이 시에서 이 단어를 '하늘'로 번역한 까닭은, 이것이 맑고 푸른 하늘을 연상케 할 뿐 아니라, 그다음 행에 나오는 땅과 대비된다는 점에서이다. "검은 모성의 땅"은 그리스 신화에 나오는 대지의 여신을 가리킨다. 2연과 3연에서 보이듯이, 나무는 땅에 포획되어 있지만, 나무의 '이마'는 자신의 운명적 구속과는 상관없이 떠남의 '방랑벽'을 갖는 것으로 이해될 수 있다. 5연에서의 '히드라'는 나무의 뿌리를 적셔주는 습기찬 땅이거나, 땅속에 퍼져 있는 물기를 뜻한다. 여기서 시인의 명상은 나무의 뿌리와 물의 관계를 통해 삶과 죽음의 영원한 순환을 주제로 전개된다. 7연에서 나뭇가지를 '노'라고 말한 것은, 하늘을 강처럼 상상하고 나무를 배처럼 생각할 때, 나뭇가지의 형태가 배를 '노'처럼 보였기 때문이다. 또한 8연에서 나무들이 "이별의 운명으로 당황해한다"는 것은 "단 한 번의 부재로dans une seule absence 당황해한다"는 원문을 의역한 것이다. 원문을 직역할 경우, 한 나무가 다른 나무를 사랑해서 한 몸이 되고 싶더라도, 결코 합칠 수 없는 '이별의 운명'이 생생히 전달될 수 없기 때문이다. "그러나 너"로 시작하는 11연에서부터 시인의 어조는 달라진다. 이러한 어조의 변화는 「해변의 묘지」의 끝부분에서 "바람이 인다…… 어쨌든 살아야 한다"의 전환과 비슷하다. 기원문이나 격려하는 뜻의 '유도술 exhortation' 문장이 연속된다. 13연과 14연에서 "신음 소리로 울부짖으렴"과 "자신을 채찍질하렴"은 시인이 겨울의 문턱에서 인내와 투쟁의 정신으로 나무를 괴롭히는 적대적 세력에 대항해 싸워야 한다는 것을 강조하는 명령문이다. 15연에서는 이처럼 격렬한 어조가 부드럽게 완화되어 차분한 명상의 단계로 돌아간 듯하다. 16연에서 "나는 너를 선택했다"는 것은 나무와 시인과의 동일시를 의미한다. 이러한 일체감은 15연의 "태어날 새들에게 찬양의 노래 솟아오르도록" 하고, "줄기의 잎들에게 희망의 설렘을 줄 수 있도록" 해야 한다는 구절에서 표명된 것처럼, 나무의 희망과 시인의 노래는 일치되는 것이기도 하다.

이 시의 결론이라고 할 수 있는 마지막 연에서 나무가 말하는 "아니다"라는 부정은 「해변의 묘지」 끝부분에서 "아니다 아니다…… 일어서라!"와 같다. 이러한 나무의 '부정'은 시인의 '부정'이기도 하다. 여기서 위대한 정신은 동의하지 않고, 부정하는 정신이라는 발레리의 철학이 연상된다. 결국 시인은 플라타너스 나무와의 동일시를 통해 육체에 묶여 있으면서 자유를 열망하는 영혼의 목소리를 표현하는 한편, 이상을 포기하지 않는 영혼의 강인한 의지를 노래한다. 이 시를 전체적으로 본다면, 나무에 대한 시인의 명상은 '바라본다 → 숙고한다 → 느낀다 → 체험하다 → 분석한다 → 거부한다'의 흐름으로 전개되었다고 말할 수 있다.

해변의 묘지

내 영혼이여, 영생을 바라지 말고
가능성의 세계를 천착하라

— 핀다로스, 아폴로축제경기 축가, IV

I

비둘기들 거니는 저 조용한 지붕은 소나무들 사이, 무덤들
사이에서 꿈틀거리고,
올바른 자 정오는 거기서 불꽃들로
바다를 구성한다, 언제나 다시 시작하는 바다를!
오, 신들의 정적에 오랜 눈길 보낸
명상 후에 얻은 보상이여!

II

날카로운 섬광의 그 어떤 순수한 작업이
물거품의 수많은 미세한 금강석을 소진시키고
그 어떤 평화가 잉태되는 것처럼 보이는가!
태양이 심연 위에서 휴식을 취할 때
영원한 원인의 순수한 작품들로서
시간은 반짝이고, 꿈은 앎이다.

III

안정성 있는 보물, 미네르바의 소박한 신전

정적의 총체, 가시적 비축물,

거만한 물결, 불꽃 너울 속에

그 많은 잠을 간직한 눈이여,

오, 나의 침묵이여!…… 영혼의 건축물

그러나 수많은 기왓장의 황금빛 절정, 지붕이여!

IV

단 한 번의 한숨으로 요약되는, 시간의 신전,

이 순수한 지점에 나는 올라가 익숙해지노라,

바다를 바라보는 나의 시선에 둘러싸여서

그리고 신들에게 바치는 최상의 봉헌물처럼

고요한 반짝거림은 고지 위에

극단의 경멸을 뿌린다.

V

과일이 쾌락으로 녹아가듯이,

과일이 제 모습 죽어가는 입속에서

없어짐을 즐거움으로 변화시키듯이,

나는 여기서 미래의 내 연기를 들이마시고

하늘은 웅성거리는 해변의 변화를
소진된 영혼에게 노래한다.

VI

아름다운 하늘이여, 진정한 하늘이여, 변하는 나를 보라,
그 많은 자만 끝에, 그 많은 기이하면서도
힘이 충만한 무위 끝에,
빛나는 공간에 나는 몸을 내맡기고
내 그림자는 죽은 자들의 집들 위를 지나가며
그 허약한 움직임에 나를 길들이노라.

VII

하지점의 횃불에 노출된 영혼,
나는 너를 지켜본다, 가차 없는 화살들이 담긴
빛의 놀라운 정의여!
나는 너를 순수한 본래의 자리로 돌려놓는다
네 모습을 보아라!…… 그러나 빛을 돌려주면
그림자의 어두운 반쪽도 따르는 법이지.

VIII

오 나만을 위해, 오직 나에게 나 자신 속에서,

마음 곁에서, 시의 원천에서,

공백과 순수의 결과 사이에서,

나는 기다린다, 내 안에 있는 위대함의 메아리를,

영혼 속에서 언제나 미래인 공백의 울림을 자아내는

어둡고 소리 잘 나는 저수탱크를!

IX

너는 아는가 잎들에 갇힌 듯한 가짜 포로,

빈약한 철책을 갉아먹는 물굽이,

감긴 내 눈 위에 눈부신 비밀들을,

그 어떤 육신이 나를 게으른 종말로 이끌어가고,

그 어떤 얼굴이 그 육신을 뼈투성이 땅으로 끌어당기는지를?

섬광이 거기서 나의 부재자들을 생각한다.

X

닫혀 있고, 신성하고, 물질 없는 불로 가득 찬,

빛에게 봉헌된 땅의 한 부분,

횃불이 지배하는 이 장소가 나는 좋다,

금빛과 돌과 거무튀튀한 나무들로 구성된 이곳,

많은 대리석이 많은 망령들 위에 떨고 있는 이곳,

충직한 바다는 여기 내 무덤들 위에서 잠을 자는데!

XI

빛나는 암캐의 바다여, 우상숭배자를 멀리하라!
목동의 미소 짓는 외로운 내가
신비의 양들, 고요한 내 무덤들의 하얀 양떼들,
풀을 뜯어먹게 할 때,
멀어지게 하라 소심한 비둘기들을
부질없는 꿈과 호기심 많은 천사들을!

XII

여기에 오면, 미래는 나태함이다,
깔끔한 매미는 메마름을 긁어대고
모든 것이 불타고, 허물어져 대기 속에 흡수되어
알 수 없는 그 어떤 검소한 본질로……
부재에 도취하면 삶은 광활하고,
쓰라림은 감미롭고, 정신은 맑아진다.

XIII

숨어 있는 주검들은 바로 이 땅속에 있고
땅은 그들의 몸을 덥히고 그들의 신비를 건조시킨다.
저 높은 곳에서 정오가, 움직임이 없는 정오가
자신 속에서 자신을 생각하며, 자기 자신에 만족하는데……

완전한 머리, 완벽한 왕관,

네 안에서 나는 은밀한 변화를 따른다.

XIV

네 안에서 너에 대한 두려움을 감당할 자는 오직 나일 뿐!

나의 뉘우침들, 나의 의심들, 나의 강요들은

너의 거대한 금강석의 흠집인데……

그러나 나무뿌리에 형체 없는 주민들은

대리석들로 온통 무거워진 자신들의 어둠 속에서

이미 서서히 네 편이 되고 말았다.

XV

그들은 두터운 부재 속으로 녹아들었고,

붉은 찰흙은 백색의 종족을 흡수했으며,

살아가는 능력은 꽃들 속으로 옮겨갔지!

죽은 이들의 친숙한 말투와

그들의 솜씨, 개성적 영혼들은 지금 어디에 있을까?

눈물 맺혀 있던 그곳에는 애벌레가 기어다닌다.

XVI

간지럼 타는 처녀들의 날카로운 소리들,

그 눈과 이, 축축한 눈꺼풀,

불꽃과 장난하는 매력적인 젖가슴,

순종하는 입술에 반짝이는 피,

마지막 선물과 그것을 지키는 손가락들,

모두가 땅 밑으로 가서 윤회의 흐름에 되돌아간다!

XVII

위대한 영혼이여, 그래도 너는 바라는가

물결과 금빛이 여기 육신의 앞에 빚어내는

이제 더 이상 거짓의 빛깔도 갖지 못하는 꿈을?

너는 몽롱한 상태로 노래할 것인가?

자, 모두가 도망친다! 나의 현존은 구멍이 뚫리고

영생에 대한 조급함은 또한 죽어간다!

XVIII

어두운 황금빛의 빈약한 풍경이여,

죽음을 어머니의 품으로 삼는

끔찍스럽게도 월계관을 쓰고 위로하는 자여!

멋진 거짓말과 경건한 속임수여!

이 텅 빈 머리통과 이 영원한 웃음들

누가 모르고, 누가 거부하지 않으랴!

XIX

그 많은 삽질들의 흙 무게 아래에서

흙이 되어 우리의 발걸음도 분간 못 하는,

깊은 땅속의 조상들, 비어 있는 머리들

참으로 좀먹는 자, 막무가내인 벌레는

묘석 아래에서 잠들고 있는 당신들 편이 아니어서

생명을 먹고 살고, 나를 떠나지 않는구나.

XX

어쩌면 나 자신에 대한 사랑인가, 아니면 미움인가?

그 비밀의 이빨은 너무나 내게 가까이 있어서

어떤 이름으로 불러도 적당하지 않구나!

무슨 상관이랴! 벌레는 보고, 원하고, 꿈꾸고, 따라오는데!

내 육신이 제 마음에 드니, 내 잠자리 위에서까지!

나는 이 생물에 예속되어 살고 있구나!

XXI

제논이여! 잔인한 제논이여! 엘레아의 제논이여!

진동하고 날면서도 날아가지 않는

날개 달린 화살로 너는 나를 관통했구나!

그 소리는 나를 낳고, 화살은 나를 죽이는구나!

아! 태양은…… 성큼성큼 달려도 움직이지 않는 아킬레스,
이 영혼에게는 이 무슨 거북의 그림자인가!

XXII

아니다 아니다…… 일어서라! 연속되는 시대 속에서
내 육체여 깨뜨려라 생각에 잠긴 이 행태를!
내 가슴이여, 바람의 탄생을 들이마셔라!
바다에서 뿜어나오는 시원한 기운이
내 영혼을 나에게 돌려주니…… 오 소금기 담긴 힘이여!
물결로 달려가 거기서 힘차게 솟아오르자!

XXIII

그렇다! 타고난 광란의 넓은 바다여!
얼룩덜룩한 표범 털가죽과
태양의 무수한 영상들로 구멍 난 망토여,
침묵과 다름없는 소란 속에서
번쩍이는 네 꼬리를 계속 물어뜯으며
너의 푸른 육체에 도취한 불변의 히드라여

XXIV

바람이 인다…… 어쨌든 살아야 한다!

거대한 바람이 내 책을 열었다가 다시 닫고,

박살난 물결이 바위에서 솟구쳐 오르려 하는구나!

날아올라라, 온통 눈부신 책장들이여!

부수어라, 물결들이여! 흥겨운 물살로 부수어라.

삼각돛들이 모이 쪼던 저 조용한 지붕을!

Le cimetière marin

I

Ce toit tranquille, où marchent des colombes,
Entre les pins palpite, entre les tombes;
Midi le juste y compose de feux
La mer, la mer, toujours recommencée!
O récompense après une pensée
Qu'un long regard sur le calme des dieux!

II

Quel pur travail de fins éclairs consume
Maint diamant d'imperceptible écume,
Et quelle paix semble se concevoir!
Quand sur l'abîme un soleil se repose,
Ouvrages purs d'une éternelle cause,
Le temps scintille et le songe est savoir.

III

Stable trésor, temple simple à Minerve,
Masse de calme, et visible réserve,

Eau sourcilleuse, Oeil qui gardes en toi

Tant de sommeil sous un voile de flamme,

O mon silence!... Édifice dans l'ame,

Mais comble d'or aux mille tuiles, Toit!

IV

Temple du Temps, qu'un seul soupir résume,

À ce point pur je monte et m'accoutume,

Tout entouré de mon regard marin;

Et comme aux dieux mon offrande suprême,

La scintillation sereine sème

Sur l'altitude un dédain souverain.

V

Comme le fruit se fond en jouissance,

Comme en délice il change son absence

Dans une bouche où sa forme se meurt,

Je hume ici ma future fumée,

Et le ciel chante à l'âme consumée

Le changement des rives en rumeur.

VI

Beau ciel, vrai ciel, regarde-moi qui change!

Après tant d'orgueil, après tant d'étrange

Oisiveté, mais pleine de pouvoir,

Je m'abandonne à ce brillant espace,

Sur les maisons des morts mon ombre passe

Qui m'apprivoise à son frêle mouvoir.

VII

L'âme exposée aux torches du solstice,

Je te soutiens, admirable justice

De la lumière aux armes sans pitié!

Je te tends pure à ta place première:

Regarde-toi!... Mais rendre la lumière

Suppose d'ombre une morne moitié.

VIII

O pour moi seul, à moi seul, en moi-même,

Auprès d'un coeur, aux sources du poème,

Entre le vide et l'événement pur,

J'attends l'écho de ma grandeur interne,

Amère, sombre, et sonore citerne,

Sonnant dans l'âme un creux toujours futur!

IX

Sais-tu, fausse captive des feuillages,

Golfe mangeur de ces maigres grillages,

Sur mes yeux clos, secrets éblouissants,

Quel corps me traîne à sa fin paresseuse,

Quel front l'attire à cette terre osseuse?

Une étincelle y pense à mes absents.

X

Fermé, sacré, plein d'un feu sans matière,

Fragment terrestre offert à la lumière,

Ce lieu me plaît, dominé de flambeaux,

Composé d'or, de pierre et d'arbres sombres,

Où tant de marbre est tremblant sur tant d'ombres;

La mer fidèle y dort sur mes tombeaux!

XI

Chienne splendide, écarte l'idolâtre!

Quand solitaire au sourire de pâtre,

Je pais longtemps, moutons mystérieux,

Le blanc troupeau de mes tranquilles tombes,

Éloignes-en les prudentes colombes,

Les songes vains, les anges curieux!

XII

Ici venu, l'avenir est paresse.

L'insecte net gratte la sécheresse;

Tout est brûlé, défait, reçu dans l'air

A je ne sais quelle sévère essence...

La vie est vaste, étant ivre d'absence,

Et l'amertume est douce, et l'esprit clair.

XIII

Les morts cachés sont bien dans cette terre

Qui les réchauffe et sèche leur mystère.

Midi là-haut, Midi sans mouvement

En soi se pense et convient à soi-même

Tête complète et parfait diadème,

Je suis en toi le secret changement.

XIV

Tu n'as que moi pour contenir tes craintes!

Mes repentirs, mes doutes, mes contraintes

Sont le défaut de ton grand diamant!...

Mais dans leur nuit toute lourde de marbres,

Un peuple vague aux racines des arbres

A pris déjà ton parti lentement.

XV

Ils ont fondu dans une absence épaisse,

L'argile rouge a bu la blanche espèce,

Le don de vivre a passé dans les fleurs!

Où sont des morts les phrases familières,

L'art personnel, les âmes singulières?

La larve file où se formaient les pleurs.

XVI

Les cris aigus des filles chatouillées,

Les yeux, les dents, les paupières mouillées,

Le sein charmant qui joue avec le feu,

Le sang qui brille aux lèvres qui se rendent,

Les derniers dons, les doigts qui les défendent,
Tout va sous terre et rentre dans le jeu!

XVII

Et vous, grande âme, espérez-vous un songe
Qui n'aura plus ces couleurs de mensonge
Qu'aux yeux de chair l'onde et l'or font ici?
Chanterez-vous quand serez vaporeuse?
Allez! Tout fuit! Ma présence est poreuse,
La sainte impatience meurt aussi!

XVIII

Maigre immortalité noire et dorée,
Consolatrice affreusement laurée,
Qui de la mort fais un sein maternel,
Le beau mensonge et la pieuse ruse!
Qui ne connaît, et qui ne les refuse,
Ce crâne vide et ce rire éternel!

XIX

Pères profonds, têtes inhabitées,

Qui sous le poids de tant de pelletées,

Êtes la terre et confondez nos pas,

Le vrai rongeur, le ver irréfutable

N'est point pour vous qui dormez sous la table,

Il vit de vie, il ne me quitte pas!

XX

Amour, peut-être, ou de moi-même haine?

Sa dent secrète est de moi si prochaine

Que tous les noms lui peuvent convenir!

Qu'importe! Il voit, il veut, il songe, il touche!

Ma chair lui plaît, et jusque sur ma couche,

À ce vivant je vis d'appartenir!

XXI

Zénon! Cruel Zénon! Zénon d'Élée!

M'as-tu percé de cette flèche ailée

Qui vibre, vole, et qui ne vole pas!

Le son m'enfante et la flèche me tue!

Ah! le soleil... Quelle ombre de tortue

Pour l'âme, Achille immobile à grands pas!

XXII

Non, non!... Debout! Dans l'ère successive!

Brisez, mon corps, cette forme pensive!

Buvez, mon sein, la naissance du vent!

Une fraîcheur, de la mer exhalée,

Me rend mon âme... O puissance salée!

Courons à l'onde en rejaillir vivant.

XXIII

Oui! Grande mer de delires douée,

Peau de panthère et chlamyde trouée,

De mille et mille idoles du soleil,

Hydre absolue, ivre de ta chair bleue,

Qui te remords l'étincelante queue

Dans un tumulte au silence pareil

XXIV

Le vent se lève!... il faut tenter de vivre!

L'air immense ouvre et referme mon livre,

La vague en poudre ose jaillir des rocs!

Envolez-vous, pages tout éblouies!

Rompez, vagues! Rompez d'eaux rejouies

Ce toit tranquille où picoraient des focs!

❖

20세기 상징주의 시인 발레리는 '순수시poèsie pure'의 시인이기도 하다. 그는 한평생 시를 시의 순수한 본질로 환원시키려는 작업을 자신의 소명으로 삼았다. "물리학자가 순수한 물에 대해 말할 때와 같은 의미에서 순수"의 성격을 설명한 바 있는 그는, 시에서 산문의 요소들, 즉 "서사, 묘사, 웅변적 과장, 도덕적인 설교나 사회 비판"을 배제해야 한다고 주장했다. 그에게 시와 산문의 관계는 음音과 소리, 무용과 도보의 관계와 같은 것이다.

이처럼 발레리는 '순수시'의 시인이지만, 시인의 사회 참여에 대해서 부정적인 태도를 갖지 않았다. 오히려 그는 그 시대의 중요한 사건들에 관심을 가졌을 뿐 아니라, 독재정치를 비판하거나 진정한 사회 발전의 의미와 대중의 문제에 대해서도 깊은 성찰을 보였다. 그러나 그의 사회 비판은 어디까지나 산문을 통해서였다. 그는 사회적 문제를 시의 자료로 삼지 않았고, 시에서 개인적 감정을 노출하지도 않았다. 그렇기 때문에 그는 19세기 낭만주의 시인들처럼, 개인의 슬픔이나 고통, 추억이나 회상을 시적 주제로 삼지 않았다. "잃어버린 시간을 되찾으려는 것은 시간을 낭비하는 일"이라고 생각한 그에게 중요한 것은 현재의 시간에 몰두하고, 현재에 최선을 다하는 일이었다.

발레리는 시에서 내용과 형식의 관계는 분리될 수 없는 것이라고 생각한다. 굳이 분리한다면, 형식이 내용보다 앞선다는 것이다. "아름다운 작품은 작품 이전에 태어나는, 형식의 산물이다"라는 그의 말은 형식의 중요성을 강조한 것이다. 이런 점에서 삶과 죽음에 대한 명상을 담은 「해변의 묘지」는 리듬이 먼저 떠올라 그것을 영감으로 받아들여 착수하게 된 작품으로서 형식이 내용을 이끌어간 경우이다.

형식을 말하자면 이 시의 리듬은 10음절(4+6)로 구성된다. 19세기의 정형시가 대부분 12음절의 시구, 즉 알렉상드렝의 안정된 시구로 씌어진 것을 생각하면 발레리가 10음절의 시를 시도한 것 자체가 파격적이었음을 알 수 있다. "내 머리에 느닷없이 떠오른 어떤 리듬, 즉 10음절 시구들을 발견하고 나는 깜짝 놀랐다. 10음절의 유형은 19세기 프랑스 시인들이 별로 이용하지 않은 것이었기 때문이다."

「해변의 묘지」는 그의 고향, 남프랑스의 세트Sète에서 바다를 굽어보는 위치에 있는 공동묘지 즉 생클레르 산비탈에 층층이 쌓인 묘지를 가리킨다. 묘지와 바다는 죽음과 삶처럼 대조적이다. 바다의 깊이는 영혼의 깊이를 상기시키고, 반짝이는 바다의 표면은 명석한 의식을 연상시킨다. 이처럼 바다와 시인의 의식은 밀접한 상관관계를 갖는다. 또한 움직이지 않는 바다는 절대자의 유혹, 즉 개별적 존재를 거대한 전체 속에 소멸시키고자 하는 유혹을 불러일으키기도 한다.

발레리는 지중해에 대해서 이렇게 말한 바 있다.

"나의 어린 시절부터 지중해는 내 눈이나 머리에 언제나 현존의 형태로 나타났다. (……) 사실상 공부에 몰두하지 않고 지내는 시간들, 바다와 하늘과 태양에 대한 무의식적인 숭배에 전념한 그 시간들보다 더 나를 형성시키고, 나를 사로잡아서 나에게 가르침을 준—아니 나를 만들어준—것은 아무것도 없다."「해변의 묘지」는 이러한 체험에서 비롯된 작품이다. 이 시에서 시인은 묘지가 있는 산비탈에서 바다를 바라보고, 삶과 죽음, 시간과 영원, 현재의 삶과 죽음의 내세 등의 문제를 성찰한다. 시인의 명상 속에서 이러한 대립적 주제들은 자연스럽게 연속되면서도 지양과 극복의 역동적 흐름으로 전개된다. 여기서 주목해야 할 것은 바다와 영혼의 관계처럼, 시인의 시각이 외부세계를 출발점으로 하여 인간의 영혼 혹은 영혼의 현재적 인식으로 돌아온다는 점이다. 반복하여 변주되는 이러한 사유의 전개방식은 여섯 번에 걸쳐서 되풀이된다. 이것을 도식화해서 정리하면 다음과 같다.

연	외부적 대상에 대한 사유의 출발	인간의 삶과 영혼에 대한 사유의 귀결
1 - 4	"비둘기들 거니는 저 조용한 지붕"(1연)	"영혼의 건축물"(3연) "바다를 바라보는 나의 시선"(4연)
5 - 6	"과일이 쾌락으로……"(5연) "아름다운 하늘이여,"(6연)	"변하는 나" "내 그림자는……"(6연)
7	"하지점의 횃불"(7연)	"노출된 영혼" "너를 지켜본다"(7연) "너를 순수한 본래의 자리로……"(7연)
9 - 12	"일들에 갇힌 듯한 가짜 포로"(9연) "금빛과 동과 거무튀튀한 나무들로 구성된 이곳"(10연)	"정신은 맑아진다"(12연)
13 - 17	"숨어 있는 주검들"(13연)	"위대한 영혼이여"(17연)
22 - 24	"바람의 탄생" "바다에서 뿜어나오는……" (22연)	"어쨌든 살아야 한다"(24연)

　　이처럼 시인의 사유가 구체적 현실에서 출발하여 전개되다가 인간의 의식으로 돌아오는 반복적 움직임은 언어의 차원에서 다채로운 은유와 상징의 표현으로 풍성한 시적 울림을 자아낸다. 발레리의 시 중에서 가장 유명하고, 가장 아름다운 시로 꼽히는 이 시는 모두 24연으로 구성된다. 대부분의 연구자들이 동의하듯이, 이 시는 네 단락으로 구분 지을 수 있다.

첫째는 1연에서 4연까지로, 시인이 정오의 태양 아래에서 정지된 상태로 반짝이는 바다를 바라보는 장면이다. 둘째는 인간이 고요한 바다를 바라보면서 절대적 존재 속에 함몰되고 싶은 유혹을 받지만, 인간은 변화하는 것을 아는 의식의 존재임을 보여주는 5연에서 8연까지이다. 셋째는 9연에서 18연까지로, 죽음과 인간 조건에 대한 명상을 담은 부분이다. 여기서 시인은 영생에 대한 믿음을 부정한다. 모든 죽음은 무無로 돌아갈 뿐이기 때문이다. 끝으로 넷째는 살아 있는 인간, 의식하는 존재인 인간이 보편적인 생성에 참여하여 바람과 바다의 부름을 따른다는 끝부분이다. "비둘기들 거니는 저 조용한 지붕"(비둘기는 고기잡이 배들의 흰 돛에 대한 은유이고, 조용한 지붕은 바다의 표면에 대한 은유이다)에서 출발한 이 시는 "삼각돛들이 모이 쪼던 저 조용한 지붕"으로 끝남으로써 마지막 행이 첫 행의 "지붕과 비둘기의 이미지"로 되돌아가는 순환적 형태로 구성된다.

시인은 첫째 연에서 "올바른 자 정오는 거기서 불꽃들로 / 바다를 구성한다, 언제나 다시 시작하는 바다를"이라고 정오의 바다를 표현한다. 정오가 '올바른 자'인 것은 천정점에 있는 이 시간에 태양이 하루를 똑같은 2부분으로 나누기 때문이다. 이런 점에서 정오는 완전한 존재L'Etre parfait를 상징한다. 또한 여섯 번째 행에서 "명상 후에 얻은 보상"은 명상이 하나의 지적인 작업이자 휴식임을 나타낸다. 두 번째 연의 "영원한 원인의 순수한 작품들로서 / 시간은 반짝이고, 꿈은 앎이다."에서 '시간'과 '꿈'은 영원한 원인의 순수한 '작품들'과 동격이다. 천지창조의 하느님을 연상시키는 이 구절은 시인이 바다 위에서 잠들어 있는 듯한 정지된 태양을 보고 절대적 존재인 창조주를 생각한 것으로 추론된다. 여기서 '시간'은 인간의 일상적 시간이 아니라, 초월적 존재의 시간이고, 영원한 현재이다. 시인은 바다를 보면서 영원한 현재의 시간을 생각할 수 있다. '꿈'도 마찬가지다. "꿈은 앎"이라는 것은, 정오의 태양 아래 시인의 의식이 꿈의 상태에 가까워짐으로써 인간의 과학적 지식을 넘어서서 만물의 이치를 알고, 만물과 교감할 수 있는 의식의 높은 단계를 상징한 것으로 볼 수 있다.

두 번째 단락은 절대적 존재의 부동성과 불변성과는 다르게 변화하는 존재인 인간의 삶과 죽음을 명상의 주제로 삼는다. 다섯 번째 연에서 "미래의 내 연기를 들이마신다"는 것은 인간의 시신이 화장터의 재로 변하는 것을 뜻하는 표현이다. 일곱 번째 연에서 "그림자의 어두운 반쪽도 따른다"는 것은 햇빛을 받는 모든 물체에 그늘진 면이 있듯이, 인간의 영혼에도 무의식이 있다는 것을 암시한다. 시인은 이제 바다를 바라보지 않고, 무덤을 바라본다. 그는 묘지의 주변을 거닐면서 자신의 그림자를 보고 변화하는 존재의 "허약한 움직임"을 연상하기도 한다. 또한 "하지점의 횃불에 소출된 영혼"을 의식하고 "영혼 속에서 언제나 미래인 공백의 울림"을 상상한다. 시인에게 영혼의 내면세계는 영원한 탐구의 대상이다. 내면세계는 "어둡고 소리 잘 나는 저수탱크"로 표현된다. 시인은 마치 사막에서 오아시스의 물웅덩이를 찾는 심정으로 내면을 들여다보지만, 그의 시도는 늘 실패로 끝난다. 그러므로 발견의 기쁨은 늘 미루어짐으로써 "언제나 미래인 공백의 울림"은 좌절보다 새로운 시도를 의미하는 것으로 볼 수 있다.

죽음과 인간 조건에 대한 성찰을 담은 세 번째 단락(9~18연)의 시작은 시인의 위치에서 눈부신 바다를 배경으로 무덤들의 철책이 마치 바닷물에 의해 "갉아" 먹히는 것처럼 묘사하는 대목에서이다. "내 눈 위에 눈부신 비밀"들은 바다의 깊은 곳에 있는 신비와 의식의 은밀하고 신비로운 세계가 겹쳐서 떠오른 이미지들이다. 시인이 이런 이미지들을 구사한 것은 명상 속에서 바다의 눈부신 빛과 어두운 깊이를 의식의 표면과 무의식의 내부로 대응되도록 하기 위해서이다.

또한 11연에서 시인은 무덤들을 양떼에 비유하고, 자신을 목동으로 나타낸다. 그가 자신을 "목동의 미소 짓는 외로운 나"로 말한 것은 자신의 외롭고 은밀한 명상을 나타내기 위해서이다. 12연에서 "미래는 나태함"이라는 것은 죽음은 의식의 소멸이고 움직임이 필요 없는 상태이기 때문이다.

이런 점에서 "부재에 도취하면 삶은 광활하고 / 쓰라림은 감미롭고, 정신은 맑아진다"는 시구는 죽음의 상태를 가정하고 씌어진 표현이다. 의식이 있을 때 인간은 괴롭지만, 의식이 없을 때 "쓰라림"은 감미롭게 느껴질 수 있다. 그러나 이것을 인식하는 한, 파스칼의 말처럼, 인간의 정신은 '생각하는' 이성의 존재임을 반영한다. 14연 첫 행의 "네 안에서 너에 대한 두려움을 감당할 자는 오직 나일 뿐"이라는 구절은 순수한 시간의 완전함을 파괴하면서 절대적 존재의 권위에 손상을 입히는 작용이야말로 '생각하는' 존재인 인간의 의식이 할 수 있는 역할이라는 것을 말한다. 15연이 죽음 혹은 주검에 대한 명상이라면, 16연은 삶의 기쁨을 노래한다.

끝으로 네 번째 단락에서 시인은 살아 있는 인간으로서 '살아 있음'을 깨닫고, 우주의 생성에 참여해야 한다는 생각을 표현한다. 삶과 죽음에 대한 오랜 명상 끝에 이 시에서 가장 유명한 구절, "바람이 인다! 어쨌든 살아야 한다"[1]가 등장하는 이 단락에서 중요시해야 할 부분은 21연에서 고대 그리스의 철학자 제논이 등장하는 구절이다. 잘 알려져 있듯이 제논은 '날아가는 화살은 움직이지 않는다'는 궤변을 주장한다. 그의 논리에 의하면, 공간과 시간을 무한히 나눌 수 있는 것으로 가정할 때, 화살은 시간의 모든 순간에서는 움직이지 않고, 마찬가지로 빠른 걸음의 아킬레스는 느린 거북을 따라갈 수가 없다는 것이다. 시인은 이 궤변을 반박한 디오게네스의 논리를 빌려 이렇게 표현한다. "진동하고 날면서도 날아가지 않는 / 날개 달린 화살로 너는 나를 관통했구나! / 그 소리는 나를 낳고, 화살은 나를 죽이는구나! / 아! 태양은…… 성큼성큼 달려도 움직이지 않는 아킬레스, / 이 영혼에게는 이 무슨 거북의 그림자인가!" 절대자의 상징인 태양은 아킬레스인 영혼에게 거북으로 비유될 수 있음을 나타낸다. 그렇다면 영혼은 순수 인식을 상징하는 정오의 태양과 경쟁하는 논리에서 패배할 수밖에 없을 것인가? 그러나 시인은 이러한 연상 속에서 좌절과 절망을 부정한다. 시인이 제논의 역설을 끌어온 것은 패배를 인정하지 않기 위해서이다. 그러므로 22연에서 "아니다, 아니다!…… 일어서라!"는 것은 시인이 절대자의 순수시간이 아닌, 인간적 시간, 즉 과거와 현재와 미래로 연속되는 시간을 긍정하고 변화하는 삶의 기쁨을 노래하는 역동적 사유의 계기가 된다.

이 시의 앞에서 시인은 "내 영혼이여, 영생을 바라지 말고 / 가능성의 세계를 천착하라"는 핀다로스의 시구를 시의 제사題詞로 인용했다. 이것은 인간에게 '가능성의 세계'인 현재의 삶을 긍정하고, 가능한 한 열심히 살기를 권고하는 말이다. 이 말처럼 이제 바람이 불고, 파도는 일렁이는 흐름 속에서 시인의 영혼은 명상의 단계를 지나 행동의 단계로 전환한다. 이것은 끊임없는 사유의 전개 과정에서 온갖 유혹을 무릅쓰고 이룩한 정신의 승리이자, 인간의 유한성을 극복할 수 있는 인간의 승리이기도 하다.

1) 이 시를 번역하는 것을 알고서 황동규 시인은, "바람이 인다…… 살려고 애써야 한다"라는 일반적인 번역보다 이 구절의 의미가 분명히 전달되는 번역이 되었으면 좋겠다고 말했다. 그의 조언으로 "살려고 애써야 한다"는 처음의 번역을 "어쨌든 살아야 한다"로 번역했다.

프랑스 현대시 II

프랑시스 잠

Francis Jammes

1868-1938

잠

나는 당신을 생각합니다……

나는 당신을 생각합니다. 나의 시선은 장미숲에서
따뜻한 고광나무를 향해 이동합니다.
당신을 다시 만나고 싶습니다. 사향포도가
서양자두나무 옆에서 잠들 무렵이면.

나는 살아오면서 줄곧 마음속 깊은 곳에서
뭐라 말할 수 없고 알 수 없는 것을 느낍니다.
당신에게 전합니다, 장미꽃이 모래 위에 떨어져 있다는 것을,
물병이 탁자 위에 놓여 있다는 것을,
소녀가 샌들을 신었다는 것을,
풍뎅이가 꽃보다 무겁다는 것을.

— 그러나 이 모든 건초들, 이것들은 곧 시들어버리겠지요?
— 오 그러나, 내 친구여, 모든 것은 시들기 마련이지요.
흔들거리는 건초도, 당나귀의 발도
티티새의 노래도 그리고 입맞춤도.

— 그러나 친구여 우리의 입맞춤은 절대로 시들지 않겠지요?
— 물론 그렇지요, 건초가

시드는 건, 좋은 일이지요.

그러나 친구여 우리의 입맞춤은 절대로 시들지 않겠지요.

Je pense à vous...

Je pense à vous. Mes yeux vont du buisson de roses

aux touffes du chaud seringa.

Je voudrais vous revoir quand les raisins muscats

dorment auprès des reines-claude.

Depuis que je suis né, je sens au fond du cœur

je ne sais quoi d'inexplicable.

Je vous dis que la rose est tombée sur le sable,

que la carafe est sur la table,

que la fille a mis ses sandales

et que le scarabée est plus lourd que la fleur.

— Mais tous ces foins, les aura-t-on bientôt fanés?

— O mais, mon amie, tout se fane:

le foin tremblant, le pied de l'âne,

les chants du merle et les baisers.

— Mais nos baisers, ami, ne se faneront point?

— Non certainement. Que le foin

se fane, disais-je, c'est bien.

Mais nos baisers, amie, ne se faneront point.

❖

19세기 후반기에 시인들의 시적 이상이었던 상징주의는 20세기 초를 전후하여 급격히 쇠퇴한다. 상징주의 시인들은 현실의 가시적 세계를 넘어서, '보이지 않는 실재la réalité invisible' 의 세계를 추구했고, 상징은 이러한 실재를 판독하는 수단이었다. 그러나 새로운 시대의 젊은 시인들은 더 이상 상징주의의 시적 가치를 따르지 않고, 오히려 반反 상징주의의 경향을 보인다. 이러한 시인들 중의 한 사람인 프랑시스 잠은 농촌시인으로서 농촌생활의 소박한 풍경과 자연을 노래한다. 자연과 생활 본연의 모습을 그려야 한다는 그의 문학적 입장은 '본연주의naturisme'이다. "글쓰기의 대상을 가능한 한 정확하게 묘사하는 아이들처럼, 시인들은 귀여운 새, 예쁜 꽃과 소녀를 진실되게 묘사해야 한다."는 것이 그의 소박한 문학관이라고 할 수 있다.

이러한 관점에서 씌어진 「나는 당신을 생각합니다……」는 자연의 아름다움과 평화로운 삶의 풍경을 사랑의 기쁨이란 주제와 연결시킨 시이다. 이 시에서 사랑을 뜻하는 '입맞춤'과 연인을 의미하는 '친구'라는 단어는 세 번씩이나 반복적으로 나타난다. 물론 '친구'라는 호칭은 여성형이 두 번이고, 남성형이 한 번이지만, 한 번이건 두 번이건, 상상의 대화 속에서 두 연인이 서로를 '친구'라고 부른다는 것은 시인이 이 호칭이야 말로 연인 관계를 가장 소박하고 진실되게 표현할 수 있다고 생각했기 때문이다.

또한 '건초le foin'는 세 번, '시든다se faner'는 네 번이나 반복된 다. '건초'와 '시든다'라는 단어가 연상시키는 계절은 가을이 다. 가을은 조락의 계절로서, 겨울의 죽음을 연상케 한다. 시 인이 이 단어들을 반복한 까닭은, 자연의 모든 것들이 시간의 변화와 함께 '시들고' 쇠퇴하지만, '우리의 입맞춤'은 변화하지 않는다는 것을 강조하기 위해서이다. 여기서 시인이 사랑이 라는 말 대신에 '입맞춤'이라는 말을 사용한 것도 유념해야 할 점이다.

이 시의 1연과 2연은 연인에 대한 화자의 감정을 표현한다. 특이한 것은 이러한 감정을 나타내면서 '사랑한다'는 말 대신 에 '당신을 생각합니다' '당신을 다시 만나고 싶습니다' 정도로 표현하면서 감정을 절제한다는 점이다. 감정의 농도나 깊이 를 말하지 않고 "뭐라 말할 수 없고 알 수 없는 것을 느낀다"거 나, 장미꽃이 떨어진 것과 탁자 위의 물병, 샌들을 신은 소녀, 꽃 위에 앉은 풍뎅이를 객관적으로 기술한다는 것은 화자의 감정을 불안함보다 평온함으로 표현하기 위해서다. "뭐라 말 할 수 없고 알 수 없는 것je ne sais quoi d'inexplicable"은 가을에 느낄 수 있는 까닭 모를 슬픔을 암시하거나 하느님이 주관하는 세계의 신비로움을 떠오르게 한다. 어떤 의미에서 이것은 인간의 유한성에 대한 자각을 뜻하는 것일 수 있다. 그렇다면 장미꽃과 물병과 소녀와 풍뎅이를 바라보는 시인의 시선은 유한한 삶을 자각한 인간으로서 세계에 존재하는 모든 것들을 긍정하는 평화로운 마음의 반영으로 볼 수 있다. 또한 이 대상들이 조용함, 부드러움, 조화로움, 가벼움의 공통점을 갖는다는 점에서 화자의 평정심을 나타내는 것이라면, 이것은 화자의 그 어떤 사랑의 감정 표현보다 진실성과 신뢰감을 전달하는 것으로 이해된다.

3연과 4연은 상상의 대화를 통해, 여자가 먼저 묻고, 남자가 대답하는 것으로 전개된다. 여자의 물음은 "이 모든 건초들은 곧 시들어버리겠지요?"와 "우리의 입맞춤은 절대로 시들지 않겠지요?"이다. 첫 번째 물음에 대한 남자의 대답은 "흔들거리는 건초", "당나귀의 발", "티티새의 노래", "입맞춤" 등 모든 것은 시들 것이라는 일반적 진실이다. 이 말을 듣고 초조한 여자의 두 번째 물음에 대해서 남자는 그러한 일반적 진실과는 달리, "우리의 입맞춤은 절대로 시들지 않을 것"이라고 여자를 안심시키는 대답을 한다.

세계의 만물이 변화하는 것처럼, 사랑도 변화하기 마련이다. 그러나 이 시의 화자는 사랑이 변화하지 않을 것이라고 단언하듯이 말한다. F. 잠은 이렇게 대상을 수식하지 않고, 꾸밈

이 없는 단순한 어휘들로 구성된 시를 통해 삶의 진실을 노래한다. 그의 시적 특징을 단순성의 시학이라고 말할 수 있는 것은 그가 순진한 어린아이의 시선으로 세계와 삶의 풍경을 바라보기 때문이다.

기욤 아폴리네르

Guillaume Apollinaire

1880-1918

모딜리아니가 그린 아폴리네르

미라보 다리

미라보 다리 아래 센강은 흐르고
우리의 사랑도
기억해야 하는가
기쁨은 늘 괴로움 뒤에 왔는데

밤이여 오라 종이여 울려라
세월은 가도 나는 머물러 있네

손에 손 잡고 얼굴을 마주하고 있어보자
우리의 팔로 이어진 다리 아래로
강물은 하염없는 시선에
지쳐서 흘러가는데

밤이여 오라 종이여 울려라
세월은 가도 나는 머물러 있네

사랑은 떠나가네 저 흐르는 물처럼
사랑은 떠나가네
인생은 얼마나 느린가

'희망'은 얼마나 격렬한가

밤이여 오라 종이여 울려라
세월은 가도 나는 머물러 있네

하루 이틀이 지나고 한 주 두 주가 지나가는데
지나간 시간도
사랑도 돌아오지 않네
미라보 다리 아래 센강은 흐르고

밤이여 오라 종이여 울려라
세월은 가도 나는 머물러 있네

Le Pont Mirabeau

Sous le pont Mirabeau coule la Seine

Et nos amours

Faut-il qu'il m'en souvienne

La joie venait toujours après la peine

Vienne la nuit sonne l'heure

Les jours s'en vont je demeure

Les mains dans les mains restons face à face

Tandis que sous

Le pont de nos bras passe

Des éternels regards l'onde si lasse

Vienne la nuit sonne l'heure

Les jours s'en vont je demeure

L'amour s'en va comme cette eau courante

L'amour s'en va

Comme la vie est lente

Et comme l'Espérance est violente

Vienne la nuit sonne l'heure
Les jours s'en vont je demeure

Passent les jours et passent les semaines
Ni temps passé
Ni les amours reviennent
Sous le pont Mirabeau coule la Seine

Vienne la nuit sonne l'heure
Les jours s'en vont je demeure

❖

　아폴리네르의 대표작이라고 할 수 있는 이 시는 1912년 2월 「레 수와레 드 파리Les soirées de paris」 창간호에 발표된 작품이다. 화가 마리 로랑생과의 이별이 시인에게 영감을 주었다는 이 시는 많은 사람들에게 시인의 이름보다 시의 제목이 더 유명한 것으로 알려져 있기도 하다. 흔히 사랑을 주제로 한 시는 사랑의 기쁨보다 사랑의 슬픔을 노래한다. 시인은 사랑이 끝났을 때 비로소 자신의 슬픔과 고통을 시의 언어로 표현하고 싶은 욕구를 갖기 때문이다. 그러나 아폴리네르의 이 시를 마리와의 결별 이후에 쓴 작품이라고 생각하면 잘못일 것이다. 마리 로랑생의 전기를 쓴 플로라 그루에 의하면, 이들이 결정적으로 헤어진 때는 1914년이다. 그러니까 이 시가 발표된 이후에도, "이들의 관계는 이 빠진 톱니바퀴처럼 듬성듬성 이어지면서 간간이 파란 많은 격정을 치르기도 했고, 서로 헤어지자고 말하고 각자 자유를 주장하면서도 여전히 계속되고 있었다"는 것이다.

　어쨌든 「미라보 다리」는 두 사람의 사랑을 환기시키는 시이자 이별을 예감하는 모든 연인들에게 희망을 주는 시라고 말할 수 있다. 이처럼 희망의 메시지를 중요시하는 까닭은 '미라보'나 '센' 같은 고유명사가 아닌데도 이 시에서 대문자로 시작하는 명사는 오직 '희망L'Espérance'뿐이기 때문이다. 여기서 희망이 무엇을 의미하는지는 '독자의 몫'이다. 그것은 새로운 사랑일 수도 있고 새로운 출발일 수도 있다.

이 시의 처음 두 행은 "미라보 다리 아래 센강은 흐르고 / 우리의 사랑을"로 구성된다. 그러나 두 번째 행의 '우리의 사랑을'은 세 번째 행의 "기억해야 하는가"의 목적어로 해석해야 하기 때문에 '을'이라고 한 것이지만, 원문의 뜻은 '우리의 사랑도'이다. 구두점이 없는 시의 장점은 문법의 제약을 벗어날 수 있기 때문에 "센강은 흐르고" "우리의 사랑도" 흐른다고 해석할 수 있는 것이다. 이렇게 해석해야만 세 번째 행의 "기억해야 하는가"의 의문문이 이해될 수 있다. 왜냐하면 시인은 '흐른다'는 말이 '변화한다'는 뜻을 내포한다는 점에서 사랑도 변화하는 것임을 말하면서도 그것을 그대로 인정하려고 하지는 않기 때문이다. 또한 "기억해야 하는가"는 "기쁨은 늘 괴로움 뒤에 오는 것이었다"와 대립된다. 이것은 시인이 기쁨을 기대하고 있다는 의미를 보여준다는 점에서 가능한 해석이다. 후렴으로 반복되는 "밤이여 오라 종이여 울려라 / 세월은 가도 나는 머물러 있네"는 밤이 되어서 자신의 괴로움을 잠재우고 싶어하는 시인의 체념을 표현한다. 또한 "나는 머물러 있네"는 강이 흐르고, 세월도 흐르고, 사랑도 변하는 것이지만, 그 흐름과 변화에 적응하지 못하는 '나'의 부적응을 인정하는 것으로 볼 수 있다.

두 번째 연에서 시인은 지난날의 기억 속에서 사랑하는 여
인과 손을 잡고 얼굴을 맞대며 있었던 순간을 현재화한다. 두
사람은 서로 포옹하는 자세로 있다가 양팔을 상대편의 어깨
위에 얹어서 '다리'를 만들 수도 있었을 것이고, 그런 자세로
아무 말 없이 다리 아래의 강물만 바라보았을지도 모른다. 그
러나 포옹하는 자세라고 하더라도, 두 사람의 침묵을 암시하
는 이 순간은 행복해 보이지 않는다. "강물은 하염없는 시선에
지쳐서 흘러가는데"에서 '지쳐서'라는 표현이 두 사람의 권태
롭고 불편한 감정을 드러내기 때문이다.

세 번째 연에서 시인은 결국 사랑이 떠나고 있음을 확인한
다. 그러나 "인생은 얼마나 느린가"와 "희망은 얼마나 격렬한
가"는 대립적이다. '인생이 느리고' '희망도 느리다면' 얼마나
절망적일까? 그러나 '희망'이 예기치 않게 빠른 속도로 격렬하
게 솟구쳐 오를 수 있다는 생각으로 모든 절망의 순간은 '희망
적'이 될 수 있는 것이다. 그 희망이 무엇인지는 중요한 문제
가 아닐지 모른다. 희망의 얼굴이 무엇이건, 그것이 슬픔과 절
망을 극복할 수 있다는 것이 중요하기 때문이다.

이러한 희망을 대문자로 표시할 수 있다는 점에서 이 시는
우울한 사랑의 노래와 구별된다. 네 번째 연에서 "하루 이틀이
지나고 한 주 두 주가 지나간다"는 것과 "지나간 시간도 / 사랑

도 돌아오지 않는다"는 것은 결국 '희망'에 대한 믿음 때문에 더 이상 떠나간 "사랑이 돌아오지 않는다"는 진실을 솔직히 인정하는 것으로 볼 수도 있다.

마지막 행의 '미라보 다리 아래 센강은 흐르고'가 첫 행과 일치한다는 점에서 이 시는 원형적인 순환 구조로 이루어졌음을 보여준다. "센강이 흐르"듯이 인생도 흐른다. 인생의 흐름을 끊임없는 반복의 순환이라고 한다면, "나는 머물러 있다"는 것도 한순간으로 볼 수 있지 않을까? 인생을 길게 보면, 모든 슬픔과 절망의 시간은 한순간일지 모른다.

아듀

히드 잎을 땄다

가을은 죽었다 잊지 말기를

우리는 더 이상 지상에서는 만날 수 없겠지

시간의 향기여 히드 잎이여

그래도 잊지 말기를 나는 너를 기다린다는 것을

L'Adieu

J'ai cueilli ce brin de bruyère

L'automne est morte souviens-t'en

Nous ne nous verrons plus sur terre

Odeur du temps brin de bruyère

Et souviens-toi que je t'attends

❖

    '아듀'로 번역한 이 시의 제목 'L'Adieu'는 글자 그대로 영원한 이별을 할 때 쓰는 작별인사의 말이다. 시인은 헤어지는 연인에게 L'Adieu를 말하면서도 이별이 영원한 이별이 아니라, 다시 만날 것을 기약하고 싶은 생각으로 "나는 너를 기다린다"는 것을 잊지 말라고 말한다. 그렇다면 두 번째 행에서 '잊지 말기를'의 목적어는 무엇일까? 문법적으로 해석하자면 그것은 가을이다. 그러나 독자는 무엇 때문에 이 시의 화자가 가을을 기억해달라고 한 것인지는 알 수 없다.

    형용사나 부사가 없고 간단히 명사와 동사들로 구성된 이 짧은 시의 특징적인 것은 논리적인 접속사가 전혀 없다는 점이다. 그러므로 독자는 "히드 잎을 땄다"와 "가을은 죽었다"의 연결 관계를 알지 못하고, "우리는 더 이상 지상에서는 만날 수 없게" 된 까닭이 무엇인지를 알지도 못한다. 다만 짐작할 수 있는 것은 "히드 잎을 땄다"와 같은 사소한 행위를 통해서 조락의 계절인 가을이 저물면서 우리의 사랑도 끝났다는 것이다. 네 번째 행에서 '시간'은 가을과 관련이 있고, '향기'는 히드 잎을 연상시킨다. 또한 첫 번째 행과 두 번째 행에서 사용된 동사가 과거시제이고 세 번째 행의 동사는 미래형이며, 마지막 행의 동사는 명령형이라는 점에서 시인의 관점이 과거에 머물지 않고 미래로 전환하고 있다는 점이 주목된다. 이런 점에서 두 번째 행의 '잊지 말기를'은 시인이 막연히 우리의 사랑을 잊지 말아달라고 말하고 싶었거나 마지막 행의 "그래도 잊지 말기를"과 같은 의미로, "나는 너를 기다린다는 것"의 목적절과 관련되어 기원과 소망을 표현한 것일지 모른다. 명령형으로 되어 있는 '잊지 말기를souviens-t'en'의 명사형은 기억이나 추억souvenir이다. 그러나 우리 말에서 기억과 추억은 얼마나 다른가? 사랑을 기억한다는 것과 추억한다는 것의 차이는 얼마나 큰 것일까? 이런 점에서 이 시의 화자가 말하고 싶은 것은 기억이 아니라 추억일 것이다. 사랑이 추억으로 남아 있는 한, 사랑은 죽은 것이 아니기 때문이다.

병든 가을

병들고 사랑스러운 가을이여
장미밭에 폭우가 몰아치고
과수원에 눈이 내려 쌓이면
너는 세상을 떠나겠지

불쌍한 가을이여
쌓인 눈과 무르익은 과일의
하얀빛과 풍요로움 속에서
먼 하늘나라로 잘 가거라
사랑을 한 번도 해본 적 없는
푸른 머리카락의 키 작은 순진한 물의 요정 위로
새떼들 날아가는데

먼 곳의 숲 어느 변두리에서
사슴들 우는 소리 들려왔지

얼마나 사랑스러운가 오 사랑하는 계절이여 너의 속삭이는
소리
사람이 따지 않아도 떨어지는 열매들

눈물 흘리는 바람과 숲

가을날 한 잎 두 잎 떨어지는 그 모든 눈물들

밟히는

낙엽

달리는

기차

인생은

흘러간다.

Automne malade

Automne malade et adoré

Tu mourras quand l'ouragan soufflera dans les roseraies

Quand il aura neigé

Dans les vergers

Pauvre automne

Meurs en blancheur et en richesse

De neige et de fruits mûrs

Au fond du ciel

Des éperviers planent

Sur les nixes nicettes aux cheveux verts et naines

Qui n'ont jamais aimé

Aux lisières lointaines

Les cerfs ont bramé

Et que j'aime ô saison que j'aime tes rumeurs

Les fruits tombant sans qu'on les cueille

Le vent et la forêt qui pleurent

Toutes leurs larmes en automne feuille à feuille

Les feuilles

Qu'on foule

Un train

Qui roule

La vie

S'écoule.

아폴리네르는 계절 중에서 가을을 가장 좋아한다. 그는 「별자리Signe」라는 시에서 "나의 영원한 가을이여 오 내 정신의 계절이여"라고 가을을 찬미한 바 있다. 그가 이렇게 가을을 변심하지 않는 영원한 애인처럼 노래하는 것은 가을이 양면성을 가진 계절이기 때문이다. 누구나 알 수 있듯이, 가을은 나무의 열매가 무르익어 풍성한 수확을 기대할 수 있는 계절이면서 동시에 죽음의 겨울이 예감되는 계절이다.

많은 시인들이 가을을 주제로 시를 썼다. 보들레르는 「가을의 노래chant d'antomme」에서 "머지않아 우리는 차가운 어둠 속에 잠기리 / 잘 가거라, 너무나 짧았던 여름날의 찬란한 빛이여!"를 시작으로 가을의 어느 날 겨울의 땔감을 위해 장작 패는 소리를 듣고 관에 못 박는 소리를 연상하면서 죽음의 강박관념에 사로잡히는 불안한 마음을 이야기한다. 또한 베를렌은 「가을의 샹송chanson d'antomme」에서 "가을날 바이올린의 / 긴 흐느낌 / 단조로운 우울로 / 내 마음 괴롭히네"라고 노래하면서 지난날의 고통스러운 기억 때문에 "거센 바람에 / 휩쓸려서" 낙엽처럼 사라지고 싶은 심정을 노래한다. 이들에게 가을은 양면성의 계절이 아니라 허무와 슬픔, 소멸과 죽음만을 일깨울 뿐이다.

이들과는 다른 시선으로 가을을 노래한 아폴리네르의 이 시에서 가을의 양면성은 거의 동시적으로 표현된다. 이것을 두 계열로 나누어보면 다음과 같다.

원문의 행	가을의 풍성함	겨울의 예감
1	사랑스러운adoré	병든malade
3-4	과수원vergers	눈이 내려 쌓인aura neigé
6	풍요로운richesse	하얀빛blancheur
7	무르익은 과일fruits mûrs	눈neige
15	열매들fruits	떨어지는tombant

시인은 이 시의 전반부에서 이처럼 가을의 이중성을 한 행 혹은 두 행 속에서 병치시키는 절묘한 표현법을 사용하다가 후반부에서 가을이 실연과 이별, 슬픔과 눈물의 계절임을 환기시킨다. 전반부가 끝나는 대목에서 '푸른 머리카락의 키 작은 순진한 물의 요정'은 비극적인 사랑을 상징하는 신화적 인물에 근거를 둔 표현이다. 또한 후반부에서 나뭇잎이 떨어지는 모양을 가을의 "눈물"이라고 묘사한 것에 주목할 필요가 있다. 이것은 다른 어느 시인들에게서도 보이지 않는 새로운 표

현 방식이기 때문이다. 마지막 부분에서 "밟히는 / 낙엽 / 달리는 / 기차 / 인생은 / 흘러간다"로 끝나는 간결한 수직적 서술은 계절의 변화와 시간의 빠른 흐름을 통해 시인의 압축되고 절제된 감정을 보여준다.

특히 "인생은 / 흘러간다"의 짧고 객관적인 서술의 문장은 더 이상 「미라보 다리」에서 "세월은 가도 나는 머물러 있네"처럼 실연의 아픔을 떨치지 못하는 시인의 모습이 아님을 짐작게 한다.

5월

5월 멋진 5월 라인강에서 작은 배를 타고 가는데
여인들이 산의 높은 곳에서 내려다보고 있었지
당신들은 얼마나 멋있는지 그러나 작은 배는 멀어져갔네
그 누가 강변의 버드나무들 눈물 흘리게 했던가

그때 꽃이 핀 과수원들은 뒤쪽에서 꼼짝 않고 있었지
5월의 버찌나무들에서 떨어진 꽃잎은
내가 그토록 사랑한 여인의 손톱이고
시든 꽃잎은 그녀의 눈꺼풀 같았지

강변의 길에는 느릿느릿
곰 원숭이 개가 집시들에 이끌려
당나귀가 끄는 마차를 따라가는데
라인강 지역의 포도밭에서는 군가가
멀리서 들려오는 피리 소리에 실려 멀어져가네

5월 멋진 5월은 폐허를 송악으로
순결한 포도나무로 장미나무로 장식했네
라인강의 바람은 흔들고 있지 강가의 버드나무를
수다스러운 갈대를 포도나무의 노출된 꽃들을

Mai

Le mai le joli mai en barque sur le Rhin

Des dames regardaient du haut de la montagne

Vous êtes si jolies mais la barque s'éloigne

Qui donc a fait pleurer les saules riverains

Or des vergers fleuris se figeaient en arrière

Les pétales tombés des cerisiers de mai

Sont les ongles de celle que j'ai tant aimée

Les pétales fléris sont comme ses paupières

Sur le chemin du bord du fleuve lentement

Un ours un singe un chien menés par des tziganes

Suivaient une roulette trainée par un âne

Tandis que s'éloignait dans les vignes rhénanes

Sur un fifre lointain un air de régiment

Le mai le joli mai a paré les ruines

De lierre de vigne vierge et de rosiers

Le vent du Rhin secoue sur le bord les osiers

Et les roseaux jaseurs et les fleurs nues des vignes

아폴리네르는 1901년 8월부터 1년간 독일 라인강 지역에 사는 귀족가문의 딸 가정교사로 지냈다. 그의 시집 『알코올』에서 '라인강의 노래'라는 소제목 아래 실린 「라인강의 밤」, 「5월」, 「로렐라이」, 「여자들」 등은 그때 쓴 시들이다. 그 저택에서 그는 다른 가정교사인 영국인 여성, 애니 플레이든과 사랑에 빠진다. 그러나 그녀와의 사랑은 '불가능한 사랑'이거나 '불행한 사랑'의 기억으로만 남게 된다. 그의 유명한 장시 「사랑받지 못한 자의 노래」는 그녀와의 사랑을 잊지 못해 절망하고 방황하는 시인의 슬픈 노래라고 할 수 있다.

이 시에서도 그러한 사랑의 추억과 그리움은 1연과 2연에서 나타난다. 5월의 풍경은 청명하고 아름답다. 그러나 시인의 마음은 아름다운 풍경을 즐길 만큼 편안하지 않다. "라인강에서 작은 배를 타고 가는" 시인은 주변의 산 높은 곳에 있는 "멋있는 여인들"을 보면서 자신의 아픈 사랑을 떠올린다. 산은 멈춰 있고, 강물은 흐르는 것이라면, 산 위에 있는 여인들과 배를 타고 가는 사람은 만날 수 없는 운명의 관계에 놓여 있는 셈이다. 화자는 이러한 직관 속에서 자신의 슬픈 사랑을 강변에 있는 버드나무의 '눈물 흘리는' 모양에 기대어 표현한다.

2연에서 화자는 사랑하던 여인의 모습을 과수원의 버찌나무와 관련시켜, '떨어진 꽃잎'은 그녀의 손톱이고, '시든 꽃잎'은 그녀의 "눈꺼풀 같다"고 말한다. 그러나 이러한 두 표현의 차이는 별로 크지 않다. 다만 "떨어진 꽃잎"이 그녀의 손톱이라고 말하는 것은 여인에 대한 기억이 훨씬 더 생생하게 전달되는 느낌을 줄 뿐이다.

3연과 4연은 사랑의 추억과 상관없는 외부의 풍경을 서술한다. 3연은 곡마단의 집시들이 "당나귀가 끄는 마차"를 타고 가는 모양과 멀리서 들려오다 다시 멀어져가는 소리가 자아내는 쓸쓸한 풍경을 연상케 한다. 화자는 곡마단의 떠들썩한 공연의 분위기와는 다르게 초라한 모습으로 느리게 가는 행렬을 묘사하고, 군가의 힘찬 노랫가락 대신에 군가 속에서 들려오는 아련한 '피리 소리'에 초점을 맞춘다. 4연에서 '폐허les ruines'는 모순된 이중적 의미를 갖는 단어이다. 폐허의 성은 본래의 형태가 파괴되었다는 점에서 변화를 뜻하기도 하지만, 그것이 완전히 파괴되지 않고 폐허 그대로 남아 마치 파괴에 저항하여 존속해 있는 것처럼 보인다는 점에서는 영속을 의미하는 것이다. 또한, 라인강의 바람이 아무리 거세게 불어도 버드나무와 갈대, 포도나무는 쓰러지지 않고 (알몸의) 노출된 꽃들을 피운다는 것은 사랑의 슬픔에도 불구하고 희망을 보려는 시인의 의지를 반영한다고 해석할 수 있다.

여자들

포도재배 농가에서 여자들이 바느질을 합니다
렌첸아 난로불을 준비하고 커피물을 올려놓으렴
불 위에 — 고양이가 불을 쬐면서 기지개를 펴는구나
— 게르트루트와 이웃집 남자 마르텡이 드디어 결혼한다지

눈먼 밤꾀꼬리가 노래하려고 애썼지만
올빼미가 울자 새장에서 불안에 떨었습니다
저 아래 사이프러스 나무는 눈보라 속에서
여행하는 교황 같지 — 우체부가 방금 멈춰섰구나

새로 오신 학교 선생님과 이야기를 하려나 보지
— 올겨울은 아주 춥구나 포도주 맛은 아주 좋겠지
— 다리 저는 귀머거리 성당 관리인이 위독하단다
— 늙은 시장 딸이 영대에 수를 놓는다더라

주임신부 영명축일에 쓸 거라지 저 아래 숲은
바람이 불어 그랜드 오르간의 장중한 노래를 불렀습니다
꿈 선생과 그의 누이인 근심 부인이 불시에 나타났습니다
케티 너 이 양말 잘 꿰매지 않았구나

— 커피와 버터 타르틴느

마멀레이드 돼지기름 우유병을 가져오렴

— 커피 좀 더 다오 렌첸아

— 바람소리가 라틴어로 말하는 소리 같지

— 렌첸 미안하지만 커피 좀 더 줄래

— 로떼야 너 슬프구나 이런 — 그 애는 사랑에 빠진 모양이야

— 신의 가호가 있기를 — 난 나 자신만 사랑할 뿐인데

— 쉿 지금 할머니께서 묵주신공을 바치신다

— 얼음사탕을 먹어야겠다 르니야 기침이 나는구나

— 피에르가 족제비를 데리고 토끼사냥을 나가네

바람이 세차게 불어 전나무들이 모두 흥겨운 춤을 추었습니다

로떼야 사랑은 슬픈 거란다 — 일제야 인생은 즐거운 거야

밤이 깊어졌습니다 포도나무 그루터기가

어둠 속에서 납골당처럼 되었고

눈 속에 수의들이 쌓여 있는 모양이었습니다

개들은 기진맥진한 행인들을 보고 짖어댔습니다

그 사람이 죽었구나 들어봐라 교회의 종소리가

성당 관리인의 죽음을 알리며 천천히 울려 퍼졌습니다

리제야 난롯불이 꺼져가니 불기운을 돋우어야지

흐릿한 어둠 속에서 여자들은 성호를 그었습니다

Les femmes

Dans la maison du vigneron les femmes cousent
Lenchen remplis le poêle et mets l'eau du café
Dessus - Le chat s'étire après s'être chauffé
— Gertrude et son voisin Martin enfin s'épousent

Le rossignol aveugle essaya de chanter
Mais l'effraie ululant il trembla dans sa cage
Ce cyprès là-bas a l'air du pape en voyage
Sous la neige - Le facteur vient de s'arrêter

Pour causer avec le nouveau maître d'école
— Cet hiver est très froid le vin sera très bon
— Le sacristain sourd et boiteux est moribond
— La fille du vieux bourgmestre brode une étole

Pour la fête du curé La forêt là-bas
Grâce au vent chantait à voix grave de grand orgue
Le songe Herr Traum survint avec Sa soeur Frau Sorge
Kaethi tu n'as pas bien raccommodé ces bas

— Apporte le café le beurre et les tartines

La marmelade le saindoux un pot de lait

— Encore un peu de café Lenchen s'il te plaît

— On dirait que le vent dit des phrases latines

— Encore un peu de café Lenchen s'il te plaît

— Lotte es-tu triste O petit coeur — Je crois qu'elle aime

— Dieu garde — Pour ma part je n'aime que moi-même

— Chut A présent grand-mère dit son chapelet

— Il me faut du sucre candi Leni je tousse

— Pierre mène son furet chasser les lapins

Le vent faisait danser en rond tous les sapins

Lotte l'amour rend triste — Ilse la vie est douce

La nuit tombait Les vignobles aux ceps tordus

Devenaient dans l'obscurité des ossuaires

En neige repliés et gisaient là des suaires

Et des chiens aboyaient aux passants morfondus

Il est mort écoutez La cloche de l'église

Sonnait tout doucement la mort du sacristain

Lise il faut attiser le poêle qui s'éteint

Les femmes se signaient dans la nuit indécise

❖

　"포도재배 농가에서 여자들이 바느질한다"로 시작하는 이 시는, 3세대가 사는 집안의 여자들이 나누는 일상의 대화를 직접 화법으로 옮겨놓고 화자의 지문을 섞은 '이야기 시poème-conversation'이다. 첫 행의 서술처럼 집안의 상황을 설명하거나 창밖의 풍경을 기술하는 화자의 역할도 빠뜨릴 수 없는 요소이다. 그러나 화자는 작중인물로 등장하지 않기 때문에, 그가 어떤 위치에 있는지는 짐작하기 어렵다. 그는 보이지 않는 관찰자로 머물고 있을 뿐이다.

　이 농가에서 3세대의 '여자들'은 할머니, 어머니, 딸들이다. 그 딸들의 이름은 렌첸, 일제, 케티, 로떼이다. 이 시의 끝 연에서, 어머니가 난롯불을 꺼지지 않게 해야 한다고 리제에게 일을 시키는데, 리제가 누구인지는 분명치 않다. 여하간 이들이 나누는 대화의 주제는 모든 일반 가정의 일상생활이 그렇듯이, 집안일에 관한 것이거나 집밖의 이웃과 마을에서 일어난 사건이다. "할머니께서 묵주신공을 바치신다"와 "늙은 시장 딸이 영대에 수를 놓는"다는 말과 "주임신부 영명축일"을 위해서라는 대화는 이들이 독실한 가톨릭 신자임을 짐작게 한다. 또한 로떼가 슬픈 표정을 짓는다는 말에서 그녀의 슬픔이 사랑 때문이라는 것을 알 수 있고, "게르트루트와 이웃집 남자

마르텡이 드디어 결혼한다"는 말은 이들의 사랑에 우여곡절이 많았다는 것을 짐작게 한다.

등장인물의 대화와 말의 기능은 제각각이다. 명령형으로 요구하는 말도 있고, 사실의 정보를 알려주는 말도 있으며, 내면의 성찰을 담은 말도 있다. 그러나 말의 주체가 누구인지는 명확하지 않다. 다만 "난롯불을 준비"하라거나 간식을 가져오라는 말, "할머니가 묵주신공을 바치시니" 조용히 하자거나 종소리를 듣고 성당 관리인의 죽음을 짐작하는 목소리의 주인이 딸들의 어머니인 것은 분명해 보인다.

그러나 누가 케티를 야단치는지, 누가 커피를 더 달라고 하는지는 알 수 없다. 기침하는 사람이 할머니인지 어머니인지도 분명하지 않다. 말의 주체가 불분명한 만큼, 대화의 경계도 모호하고, 대화의 주제도 다양하다. 결혼하는 사람들에 관한 것도 있고, 죽어가는 사람에 관한 것도 있다. 집밖의 사건도 인과관계 없이 연속된다. 이처럼 경계 없이 자유로운 말들로 구성된 이 시에서 화자의 목소리는 어떤 역할을 하는 것일까?

화자는 여자들의 이야기를 연결하면서 그들의 말에서 느껴지는 감정을 전달하는 역할을 한다. 그는 작중 인물들의 대화에 참여하지는 않지만, 그들의 대화에 자신의 시적 서술을 적절히 연결시키기도 한다. 화자의 이러한 시적 묘사가 갖는 특징을 검토하기 위해서 4연과 8연의 두 연을 예로 들어보자.

주임신부 성명축일에 쓸 거라지 저 아래 숲은

바람이 불어 그랜드 오르간의 장중한 노래를 불렀습니다

꿈 선생과 그의 누이인 근심 부인이 불시에 나타났습니다

케티 너 이 양말 잘 꿰매지 않았구나

......

밤이 깊어졌습니다 포도나무 그루터기가

어둠 속에서 납골당처럼 되었고

눈 속에 수의들이 쌓여 있는 모양이었습니다

개들은 기진맥진한 행인들을 보고 짖어댔습니다

4연은 작중 인물들의 말과 화자의 진술이 균형 있게 배치되어 있고, 8연은 화자의 지문으로만 구성된다. 4연에서 작중 인물들이 나누는 말, 즉 "주임신부 성명축일에 쓸 거라지"와 "케티 너 이 양말 잘 꿰매지 않았구나"의 주제는 극도로 이질적이다. 그 이질적인 대화 사이에 삽입된 화자의 두 문장도 불연속적이다. 숲이 "바람이 불어 그랜드 오르간의 장중한 노래를 불렀다"는 것과 프랑스어가 아닌 독일어로 "꿈 선생과 그의 누이인 근심 부인이 불시에 나타났다"는 문장의 접속은 황당하게 보이기도 한다. 물론 이 말은 꿈이 근심과 함께 온다는

독일의 한 속담을 패러디한 것일지 모른다. 여하간 독자들의 예상을 깨뜨리는 이러한 비논리적 표현 방식은 매우 재미있고 유쾌하다. 또한 8연에서 죽음을 환기시키는 풍경 묘사는 7연의 "바람이 세차게 불어 전나무들이 모두 흥거운 춤을 추었다"는 화자의 즐거운 느낌과 "로떼야 사랑은 슬픈 거란다" "일제야 인생은 즐거운 거야"라는 삶의 진실에 관한 대화와 대립하면서 이 시의 끝부분인 9연의 내용과 자연스럽게 대응된다. 성당 관리인의 죽음을 알리는 종소리와 '난롯불이 꺼져간다'는 것은 비슷한 의미로 연결되어 있다. 또한 "난롯불이 꺼져가니 불기운을 돋우어야지"에서, 시인은 우리의 삶이 끊임없이 다시 시작되는 것임을 암시했다고 말할 수 있다.

보통 사람의 일상 언어를 시적 언어로 변모시킨 이 시를 통해서, 우리는 시적 언어란 객관적으로 존재하는 것이 아니라, 시인의 상상력에 따라 얼마든지 새롭게 변화시킬 수 있는 것임을 알게 된다.

라인강의 밤

내 술잔은 불꽃처럼 떨리는 술로 가득 차 있어요
들어보세요 뱃사공의 느린 노래를
달빛 아래 일곱 여인이 발에까지 늘어진
푸른빛 머리 틀어올리는 모습 보았다고 이야기하는 것을

일어나서 노래해요 더 큰 소리로 원무를 춤추며
더 이상 뱃사공 노래 들리지 않도록
그리고 내 곁에 있게 해요 머리를 곱게 땋고
눈빛이 고요한 금발의 여자들을

라인강 포도나무들 비치는 라인강은 취해 있어요
밤의 모든 황금별은 떨면서 강물에 떨어지는 게 비쳐요
목소리는 계속 숨넘어가는 듯 노래하네요
여름을 매혹하는 푸른빛 머리의 요정들을

내 술잔은 웃음소리 터지듯 깨어졌어요

Nuit Rhénane

Mon verre est plein d'un vin trembleur comme une flamme
Écoutez la chanson lente d'un batelier
Qui raconte avoir vu sous la lune sept femmes
Tordre leurs cheveux verts et longs jusqu'à leurs pieds

Debout chantez plus haut en dansant une ronde
Que je n'entende plus le chant du batelier
Et mettez près de moi toutes les filles blondes
Au regard immobile aux nattes repliées

Le Rhin le Rhin est ivre où les vignes se mirent
Tout l'or des nuits tombe en tremblant s'y refléter
La voix chante toujours à en râle-mourir
Ces fées aux cheveux verts qui incantent l'été

Mon verre s'est brisé comme un éclat de rire

이 시의 화자는 어느 여름날 밤, 라인강변의 한 술집에서 사랑의 추억을 떠올리며 독일 신화에 나오는 물속의 요정들을 연상한다. 강물 깊은 곳의 수정궁에 산다는 '웅딘Ondines'이라는 이 요정들은 뱃사공이나 기사들을 유혹해서 그들을 물속에 붙잡아둔다는 것이다. 이러한 요정들에 대한 시인의 상념은 불길한 죽음의 예감으로 이어진다.

1연에서 화자는 술잔에 담긴 포도주의 붉은빛을 보고 불꽃을 상상한다. "불꽃처럼 떨리는 술"에서 '떨리는'이라는 형용사는 불안과 두려움을 암시한다. 또한 '불의 물'이라고 불리기도 하는 술은 물이며 동시에 불이라고 할 수 있다. 바슐라르는 『불의 정신분석』에서 E.T.A. 호프만을 술잔에서 영감을 이끌어온 사람이라고 말하고, "호프만의 술은 불타는 술"이라고 정의한 바 있다. 바슐라르 식으로 해석하면, 아폴리네르의 술은 "불꽃처럼 떨리는 술"로서 불안과 두려움을 불러일으키는 것이자 동시에 그러한 감정들을 잠재우는 것이다. "뱃사공의 느린 노래"의 가사는 신비롭고 아름다운 여인들을 보고 뱃사공이 유혹에 빠지게 되었다는 신화를 환기시킨다.

2연에서 화자는 두려움을 잊기 위해 "일어나서" 큰 소리로 노래하자고 말한다. 그리고 그는 자기를 유혹할 것 같지 않은 정숙한 여자들을 자기 옆에 있게 해달라고 요구한다. 3연에서 "라인강은 취해 있다"는 것은 술을 마신 화자의 눈에 강이 취한 것처럼 보이기 때문일 수도 있고, 강 속에 포도나무들이 담겨 있어서 포도주에 취한 강으로 볼 수 있기 때문이기도 하다. 또한 "밤의 모든 황금별은 떨면서 강물에 떨어진다"는 구절에서 '떨림'의 표현은 밤의 서늘한 공기에 몸이 떨려온다는 느낌일 수도 있고, "불꽃처럼 떨리는 술"과 마찬가지로 불안과 두려움을 나타내는 것이기도 하다. 그 두려움은 노래하는 사람의 "숨넘어가는 듯한" 죽음의 어조와 일치한다. 한 행으로 끝나는 4연의 "내 술잔은 웃음소리 터지듯 깨어졌지요"는 프랑스어의 éclater 동사가 (금속이나 유리가) '산산조각으로 터지다'와 (감정의 표현 소리 따위가) '터져나오다'의 두 가지 뜻을 갖는 점에서, 술잔이 깨어졌다는 것과 웃음이 터져나왔다는 것을 한 문장 속에 담았다고 볼 수 있다.

그렇다면 시인은 왜 "웃음소리 터지듯"이란 비유를 사용했을까? 이것은 참았던 울음을 터뜨린다는 것의 반어적 표현이 아닐까?

구역

마침내 너는 이 낡은 세계에 싫증이 났구나

목동이여 오 에펠탑이여 오늘 아침 양떼 다리들이 울고 있네

너는 그리스 로마 시대에 살고 있다는 것이 지겹지

여기서는 자동차조차도 옛날 물건 같지
종교만 여전히 새로울 뿐이지 종교는
포르타비아시옹[1]의 격납고처럼 단순하니까

오 기독교여 유럽에서는 오직 너만 구식이 아니지
가장 현대적인 유럽인은 교황 피우스 10세[2] 바로 당신
창들이 지켜보는 너 너는 부끄러움으로
오늘 아침 교회에 들어가서 고해할 수 없지
너는 광고전단과 카탈로그와 큰 소리로 노래하는 포스터를
읽고 있네

오늘 아침 시는 바로 이런 것 산문은 신문들이지
25상팀짜리 주간지에는 범죄사건과

위인들의 인물 소개와 잡다한 기사 제목으로 가득하지

오늘 아침 나는 이름을 잊은 멋진 거리를 보았네
새롭고 깨끗한 이 거리는 햇빛의 나팔이었지
사장들 노동자들 멋진 타이피스트들이
월요일 아침부터 토요일 저녁까지 하루에 네 번 지나가네
아침에는 사이렌 소리가 세 번 신음하고
정오경에는 성난 종이 짖어대지
파리의 오몽티에빌 가와 테른 길 사이에서
광고판과 벽의 간판들 표지판 게시문
표지판 게시문들이 앵무새처럼 울어대는데
나는 이 산업 거리의 우아함을 좋아한다네

어린 시절의 거리가 떠오른다 너는 아직 어린아이일 뿐
너의 어머니는 너에게 푸른색과 흰색의 옷만 입힌다
너는 신앙심이 깊고 너의 가장 오랜 친구 이름은 르네 달리즈
너희는 교회의 화려한 미사를 가장 좋아한다
저녁 9시 가스등이 짙은 푸른빛이 되면 너희는 기숙사 침실
을 몰래 빠져나와
학교 예배당에서 밤새도록 기도한다
그리스도의 빛나는 영광은 영원하고

매력적인 깊은 자수정 빛으로 끊임없이 돌아간다

그건 우리 모두가 가꾸는 아름다운 백합

그건 바람에 꺼지지 않는 붉은 머리카락의 횃불

그건 비통한 어머니의 창백하고 진홍빛인 아들

그건 언제나 만인의 기도로 무성한 나무

그건 명예와 영원을 위한 이중의 교수대

그건 여섯 갈래의 별

그건 금요일에 죽고 일요일에 부활하는 신

그건 비행사들보다 더 높이 하늘에 오르는 그리스도

그는 높이 오르기의 세계 기록 보유자

눈의 동공인 그리스도여

세기들의 스무 번째 동공은 자기의 역할을 알고

금세기는 예수처럼 새로 변하여 하늘로 올라가지

심연 속의 악마들은 고개를 들고 그를 바라보더니

날 줄 아는 걸로 보아 난 사람이라고 부르고

유대 지방의 마술사 시몬[3]을 흉내낸다고 소리치지

천사들은 멋진 공중 곡예사 주위로 날아다니고

이카로스[4]에 에녹[5] 엘리아[6] 티아나의 아폴로니오스[7]가

최초의 비행기 주위에서 떠돈다네

면병을 들어올리며 영원히 올라가는 사제들은

종종 비켜서서 정체에 실려오는 사람들을 지나가게 하지

마침내 비행기가 날개를 접지 않고 멈추자

하늘은 수많은 제비들로 가득 차네

까마귀 매 부엉이의 무리가 날갯짓하며 오고

아프리카에서 따오기들 홍학들 황새들이 도착하지

이야기꾼들과 시인들이 찬양하는 록새는

최초의 인간 아담의 머리를 움켜잡고 떠돌고

독수리는 큰 소리로 울며 지평선 너머로 사라지고

아메리카에서 작은 벌새가 날아오지

중국에서는 날개가 하나밖에 없어 쌍을 지어 다니는

길고 재빠른 비익조가 날아왔네

그러고는 순결한 성령의 비둘기가

금조와 안상반점眼狀斑點인 공작의 호위를 받고 나타나지

스스로 자기 재생하는 장작더미의 불사조는

한순간 뜨거운 재로 모든 것을 덮고

사이렌 요정들 위험한 해협을 떠나

셋이 모두 귀엽게 노래 부르며 오고

독수리 불사조 중국의 비익조는 모두

날아다니는 기계와 우호관계를 맺는다네

지금 너는 군중 속에서 외롭게 파리를 걷는다

버스의 무리들은 울면서 네 옆을 지나가고

너는 이제 더 이상 누구의 사랑도 받지 못하게 되었다는 듯

사랑의 괴로움으로 목이 멘다

지금이 옛날이라면 너는 수도원에 들어가겠지

당신이 마음의 준비 없이 기도하면 부끄러운 일이지요

너는 너를 비웃고 지옥의 불처럼 너의 웃음은 탁탁 튄다

네 웃음의 불꽃은 네 삶의 바탕을 금빛으로 물들인다

그건 어두운 박물관에 걸려 있는 그림이어서

때때로 너는 그 그림을 자세히 보려 한다

오늘 너는 파리의 거리를 걷는데 여자들은 피투성이가 되어
있다

그건 내가 기억하고 싶지 않은 아름다움의 종말이었다

샤르트르에서 열렬한 불꽃으로 둘러싸인 노트르담

당신의 사크레쾨르 성당의 피가 몽마르트르에서 나를 흥건
히 적셨지

나는 행복의 약속을 듣고 상처받네

내가 괴로워하는 사랑은 부끄러운 병이라네

너의 마음을 사로잡는 영상은 너를 불면과 불안 속에 지내
게 하고

지나가는 영상은 언제나 네 곁에 머물지

너는 지금 지중해 바닷가

일 년 내내 꽃이 피어 있는 레몬나무 밑에 있다

너는 친구들과 작은 배를 타고 뱃놀이한다

한 친구는 니상, 다른 친구들은 망통이 하나 튀르비놈이 둘

우리는 심해의 문어들을 즐겁며 바라본다

해초 사이로 구세주의 상징인 물고기들이 헤엄친다

너는 프라하 근교의 여인숙 정원에 있다

너는 행복감에 젖어 있고 장미 한 송이가 탁자 위에 있다

너는 산문 콩트를 쓰다가 말고 물끄러미 바라본다

장미꽃 한가운데에서 잠들고 있는 잔꽃무지를

너는 즐겁하면서 생비 성당의 마노[8]에서 네 모습 그려진 것

을 보았다

너의 모습을 본 그날 너는 죽고 싶도록 슬펐다

너는 햇빛에 즐겁하는 나자로[9]를 닮았다

유대인 구역의 괘종시계는 바늘이 거꾸로 돌았다

너는 그것처럼 너의 삶에서 느리게 뒷걸음친다

라친 성[10]을 올라가기도 했고 저녁에는

카페에서 체코의 민요를 듣기도 했다

너는 마르세유 수박 밭 한가운데 있다

너는 코블랜츠에서 제앙 호텔에 있다

너는 로마에서 모과나무 아래 앉아 있다

너는 암스테르담에서 못생겼는데도 네 눈에 예쁜 아가씨와
함께 있다
　그녀는 라이덴의 대학생과 결혼할 예정이란다
　거기선 셋방을 라틴어로 쿠비쿨라 로칸다라고 한다
　기억이 난다 나는 거기서 3일 구다에서 3일을 보냈다

너는 파리에서 예심판사 사무실에 있다
너는 형사범으로 구속된다[11]
너는 자신의 거짓과 나이를 깨닫기 전에
괴롭고 즐거운 여행을 했다
너는 스무 살과 서른 살에 사랑의 고통을 겪었다[12]
나는 미친 사람처럼 살았고 허송세월을 보냈다
너는 감히 네 손을 바라보지도 못하고 끊임없이 나는 흐느

껴 울고 싶다

너의 문제로 내가 사랑하는 여자의 문제로 너를 불안하게
만든 모든 문제로

너는 눈물 가득한 눈으로 저 불쌍한 이민자를 바라본다

그들은 신을 믿고 기도하고 여자들은 아이에게 젖을 먹이지

그들은 생라자르 역 대합실에 그들의 냄새를 가득 채운다

그들은 동방박사 세 사람처럼 자신의 별을 믿는다

그들은 아르헨티나에서 돈을 벌어

출세한 다음에 자기 나라로 돌아오기를 바란다

어떤 가족은 붉은 이불을 갖고 다닌다지 당신이 당신의 마
음을 갖고 다니듯이

붉은 이불과 우리의 꿈은 게다가 비현실적이지

그 이민자들 중 어떤 사람들은 여기에 남아

로지에 가나 에쿠프 가[13)의 누옥에 거주한다지

나는 저녁에 그들을 종종 보았지 그들은 머리에 바람을 쐬
러 나와서

장기의 말처럼 거의 움직이지 않고 있지

특히 유대인들이 있는데 부인들은 가발을 쓰고

가게 안쪽에서 핏기 없는 얼굴로 앉아 있지

너는 음탕한 술집 카운터 앞에 서 있다
너는 불쌍한 사람들 틈에서 싸구려 커피를 마신다

밤에 너는 넓은 식당에 있다

이 여자들은 심술궂지는 않지만 저마다 걱정거리를 갖고 있다
아무리 못생긴 여자도 자기 애인에게 고통을 겪게 하겠지
그녀는 저지[14] 출신 하사관의 딸이라네

내가 예전에 보지 못했던 그녀의 손은 거칠고 갈라져 있다

나는 그녀의 배에 생긴 흉터를 보고 엄청난 연민을 느낀다

나는 지금 소름끼치게 웃는 불쌍한 여자의 몸에 부끄러움의
입을 맞춘다

너는 혼자이다 곧 아침이 올 것이다
거리엔 우유배달부들이 양철통 울리는 소리를 낸다

밤은 아름다운 메티브[15]처럼 멀어진다
그녀는 믿을 수 없는 여자 페르딘이거나 세심한 여자 레아[16]다

너는 너의 삶처럼 불타는 알코올을 마신다
네가 마시는 너의 삶은 화주와 같은 것

너는 오퇴유 쪽으로 걸어서 집에 가고 싶어한다
오세아니아와 기니의 물신¹⁷⁾ 사이에서 잠들기 위해
이것들은 다른 형태와 다른 신앙의 그리스도이다
이것들은 이름 없는 희망 낮은 자세의 그리스도이다

아듀 아듀

목 잘린 태양이여

1) 20세기 초의 파리공항, 현대적이고 기능적인 산업건축물로 알려져 있다.

2) 1903~14년 동안의 교황이다. 그는 20세기 현대문명의 상징인 비행기를 경이롭게 보면서 그 당시 비행기록을 세운 비행사를 축복하기도 했다.

3) 신약성서의 사도행전에 나오는 마술사로 하늘을 나는 기적을 행했다고 한다.

4) 그리스 신화에 나오는 인물로 밀랍 날개를 몸에 붙이고 하늘로 날아오르다가 태양에 가까이 가면서 밀랍이 녹아 바다로 떨어진다.

5) 구약성서에 나오는 카인의 아들, 그는 하늘로 신비롭게 사라졌다고 한다.

6) 신 피타고라스 학파의 철학자, 여행 중에 하늘로 사라졌다는 전설이 있다.

7) 『천일야화』에 나오는 거대한 새이다.

8) 프라하의 대성당에 있는 작은 예배당은 벽이 마노와 자수정으로 장식되어 있다.

9) 무덤에 묻혔다가 예수의 기적으로 다시 살아난 사람

10) 프라하 왕궁

11) 아폴리네르는 루브르의 「모나리자」 도난사건에 연루된 혐의로 5일 동안 상테 감옥에서 구류를 살았다.

12) 아폴리네르가 스무 살에 사랑했던 여자는 애니 플레이든이고, "서른 살에 사랑의 고통을" 겪게 했던 여자는 마리 로랑생이다.

13) 파리의 중심지 뒷골목에서 빈민가처럼 보이는 이 거리에는 유대인 이민자들이 많이 산다.

14) 영국 해협에 있는 섬

15) 메티브Métive는 혼혈여자métisse와 같은 뜻이다.

16) 성서에 나오는 인물들

17) 미술비평가이자 미술품 수집가이기도 했던 아폴리네르는 아프리카와 오세아니아 문명의 예술에 많은 관심을 갖고, 이 지역의 전통 예술인 조각상 두 개를 그의 침실에 놓아두었다. 그가 여기서 이 조각상들을 언급한 것은 조형적인 아름다움의 예술적인 가치를 환기시키기 위해서가 아니다.

Zone

A la fin tu es las de ce monde ancien

Bergère ô tour Eiffel le troupeau des ponts bêle ce matin

Tu en as assez de vivre dans l'antiquité grecque et romaine

Ici même les automobiles ont l'air d'être anciennes
La religion seule est restée toute neuve la religion
Est restée simple comme les hangars de Port-Aviation

Seul en Europe tu n'es pas antique ô Christianisme
L'Européen le plus moderne c'est vous Pape Pie X
Et toi que les fenêtres observent la honte te retient
D'entrer dans une église et de t'y confesser ce matin
Tu lis les prospectus les catalogues les affiches qui chantent
tout haut

Voilà la poésie ce matin et pour la prose il y a les journaux
Il y a les livraisons à 25 centimes pleines d'aventures policières

Portraits des grands hommes et mille titres divers

J'ai vu ce matin une jolie rue dont j'ai oublié le nom

Neuve et propre du soleil elle était le clairon

Les directeurs les ouvriers et les belles sténo-dactylographes

Du lundi matin au samedi soir quatre fois par jour y passent

Le matin par trois fois la sirène y gémit

Une cloche rageuse y aboie vers midi

Les inscriptions des enseignes et des murailles

Les plaques les avis à la façon des perroquets criaillent

J'aime la grâce de cette rue industrielle

Située à Paris entre la rue Aumont-Thiéville et l'avenue des
Ternes

Voilà la jeune rue et tu n'es encore qu'un petit enfant

Ta mère ne t'habille que de bleu et de blanc

Tu es très pieux et avec le plus ancien de tes camarades René
Dalize

Vous n'aimez rien tant que les pompes de l'Église

Il est neuf heures le gaz est baissé tout bleu vous sortez du
dortoir en cachette

Vous priez toute la nuit dans la chapelle du collège

Tandis qu'éternelle et adorable profondeur améthyste

Tourne à jamais la flamboyante gloire du Christ

C'est le beau lys que tous nous cultivons

C'est la torche aux cheveux roux que n'éteint pas le vent

C'est le fils pâle et vermeil de la douloureuse mère

C'est l'arbre toujours touffu de toutes les prières

C'est la double potence de l'honneur et de l'éternité

C'est l'étoile à six branches

C'est Dieu qui meurt le vendredi et ressuscite le dimanche

C'est le Christ qui monte au ciel mieux que les aviateurs

Il détient le record du monde pour la hauteur

Pupille Christ de l'œil

Vingtième pupille des siècles il sait y faire

Et changé en oiseau ce siècle comme Jésus monte dans l'air

Les diables dans les abîmes lèvent la tête pour le regarder

Ils disent qu'il imite Simon Mage en Judée

Ils crient s'il sait voler qu'on l'appelle voleur

Les anges voltigent autour du joli voltigeur

Icare Enoch Elie Apollonius de Thyane

Flottent autour du premier aéroplane

Ils s'écartent parfois pour laisser passer ceux que transporte la

Sainte-Eucharistie

Ces prêtres qui montent éternellement en élevant l'hostie

L'avion se pose enfin sans refermer les ailes

Le ciel s'emplit alors de millions d'hirondelles

À tire-d'aile viennent les corbeaux les faucons les hiboux

D'Afrique arrivent les ibis les flamands les marabouts

L'oiseau Roc célébré par les conteurs et les poètes

Plane tenant dans les serres le crâne d'Adam la première tête

L'aigle fond de l'horizon en poussant un grand cri

Et d'Amérique vient le petit colibri

De Chine sont venus les pihis longs et souples

Qui n'ont qu'une seule aile et qui volent par couples

Puis voici la colombe esprit immaculé

Qu'escortent l'oiseau-lyre et le paon ocellé

Le phénix ce bûcher qui soi-même s'engendre

Un instant voile tout de son ardente cendre

Les sirènes laissant les périlleux détroits

Arrivent en chantant bellement toutes trois

Et tous aigle phénix et pihis de la Chine

Fraternisent avec la volante machine

Maintenant tu marches dans Paris tout seul parmi la foule

Des troupeaux d'autobus mugissants près de toi roulent

L'angoisse de l'amour te serre le gosier

Comme si tu ne devais jamais plus être aimé

Si tu vivais dans l'ancien temps tu entrerais dans un

monastère

Vous avez honte quand vous vous surprenez à dire une prière

Tu te moques de toi et comme le feu de l'Enfer ton rire pétille

Les étincelles de ton rire dorent le fonds de ta vie

C'est un tableau pendu dans un sombre musée

Et quelquefois tu vas la regarder de près

Aujourd'hui tu marches dans Paris les femmes sont

ensanglantées

C'était et je voudrais ne pas m'en souvenir c'était au déclin de

la beauté

Entourée de flammes ferventes Notre-Dame m'a regardé à

Chartres

Le sang de votre Sacré-Cœur m'a inondé à Montmartre

Je suis malade d'ouïr les paroles bienheureuses

L'amour dont je souffre est une maladie honteuse

Et l'image qui te possède te fait survivre dans l'insomnie et

dans l'angoisse

C'est toujours près de toi cette image qui passe

Maintenant tu es au bord de la Méditerranée

Sous les citronniers qui sont en fleur toute l'année

Avec tes amis tu te promènes en barque

L'un est Nissard il y a un Mentonasque et deux Turbiasques

Nous regardons avec effroi les poulpes des profondeurs

Et parmi les algues nagent les poissons images du Sauveur

Tu es dans le jardin d'une auberge aux environs de Prague

Tu te sens tout heureux une rose est sur la table

Et tu observes au lieu d'écrire ton conte en prose

La cétoine qui dort dans le cœur de la rose

Épouvanté tu te vois dessiné dans les agates de Saint-Vit

Tu étais triste à mourir le jour où tu t'y vis

Tu ressembles au Lazare affolé par le jour

Les aiguilles de l'horloge du quartier juif vont à rebours

Et tu recules aussi dans ta vie lentement

En montant au Hradchin et le soir en écoutant

Dans les tavernes chanter des chansons tchèques

Te voici à Marseille au milieu des pastèques

Te voici à Coblence à l'hôtel du Géant

Te voici à Rome assis sous un néflier du Japon

Te voici à Amsterdam avec une jeune fille que tu trouves belle
et qui est laide

Elle doit se marier avec un étudiant de Leyde

On y loue des chambres en latin Cubicula locanda

Je m'en souviens j'y ai passé trois jours et autant à Gouda

Tu es à Paris chez le juge d'instruction

Comme un criminel on te met en état d'arrestation

Tu as fait de douloureux et de joyeux voyages

Avant de t'apercevoir du mensonge et de l'âge

Tu as souffert de l'amour à vingt et à trente ans

J'ai vécu comme un fou et j'ai perdu mon temps

Tu n'oses plus regarder tes mains et à tous moments je voudrais sangloter

Sur toi sur celle que j'aime sur tout ce qui t'a épouvanté

Tu regardes les yeux pleins de larmes ces pauvres émigrants

Ils croient en Dieu ils prient les femmes allaitent des enfants

Ils emplissent de leur odeur le hall de la gare Saint-Lazare

Ils ont foi dans leur étoile comme les rois-mages

Ils espèrent gagner de l'argent dans l'Argentine

Et revenir dans leur pays après avoir fait fortune

Une famille transporte un édredon rouge comme vous transportez votre cœur

Cet édredon et nos rêves sont aussi irréels

Quelques-uns de ces émigrants restent ici et se logent

Rue des Rosiers ou rue des Écouffes dans des bouges

Je les ai vus souvent le soir ils prennent l'air dans la rue

Et se déplacent rarement comme les pièces aux échecs

Il y a surtout des Juifs leurs femmes portent perruque

Elles restent assises exsangues au fond des boutiques

Tu es debout devant devant le zinc d'un bar crapuleux
Tu prends un café à deux sous parmi les malheureux

Tu es la nuit dans un grand restaurant

Ces femmes ne sont pas méchantes elles ont des soucis
cependant
Toutes même la plus laide a fait souffrir son amant
Elle est la fille d'un sergent de ville de Jersey

Ses mains que je n'avais pas vues sont dures et gercées

J'ai une pitié immense pour les coutures de son ventre

J'humilie maintenant à une pauvre fille au rire horrible ma
bouche

Tu es seul le matin va venir
Les laitiers font tinter leurs bidons dans les rues

La nuit s'éloigne ainsi qu'une belle Métive

C'est Ferdine la fausse ou Léa l'attentive

Et tu bois cet alcool brûlant comme ta vie

Ta vie que tu bois comme une eau-de-vie

Tu marches vers Auteuil tu veux aller chez toi à pied

Dormir parmi tes fétiches d'Océanie et de Guinée

Ils sont des Christ d'une autre forme et d'une autre croyance

Ce sont les Christ inférieurs des obscures espérances

Adieu Adieu

Soleil cou coupé

❖

    1912년에 씌어진 이 시는 『알코올』(1913)에 실린 시들 중에서 가장 나중에 쓴 시이다. 그러나 아폴리네르는 이 시를 시집의 맨 앞에 배열함으로써 이 작품의 중요성을 부각시킨다. 시인의 현대 세계에 대한 깊은 성찰과 내면에 대한 솔직한 고백을 새로운 모더니즘의 기법으로 표현한 이 장시는 문학사의 기준에서도 매우 중요하게 평가될 수 있다. 이 시를 해설하기에 앞서 우선 이 시의 제목, '구역zone'의 의미를 검토해보자. 아폴리네르의 연구자인 데코뎅M. Décaudin에 의하면, 시인이 이 제목을 정한 것은, 이 단어의 독특한 분위기, 즉 "모호성, 불행의 암시, 여기에 덧붙여 닫힌 원형의 고리와 출발점으로 돌아온다는 이미지" 때문이라는 것이다. 사전에 의하면, 'zone'은 "띠 모양의 부분, 지대, 지역, 구역, 빈민촌"을 뜻한다.

    시인이 어느 날 아침, 집에서 나와 파리의 여러 거리와 장소를 돌아다니다가 다음 날 새벽 집으로 돌아올 때까지 보고, 느끼고 생각한 것을 과거로의 여행과 연결시킨 점에서 이 시는 "닫힌 원형의 고리와 출발점으로 돌아온다는 이미지"가 지배적이라고 할 수 있다. 그러나 이러한 이미지에 적합한 번역어가 없기 때문에, 모호성과 "불행의 암시"를 동시에 함축한 이미지에 가장 가까운 단어로 '구역'을 번역어로 선택했다. 형용사가 붙어 있지 않은 '구역'의 의미는 모호하다. 그러나 '구역'이 '한계 구역'이거나 '경계 구역'을 연상시킨다는 점에서 이 단어가, 시인이 한계에 끝까지 가본다거나 경계를 넘어서려는 정신의 모험을 함축할 수 있다고 보았다.

모두 155행으로 구성된 이 시는 두 부분으로 나눌 수 있다. 첫 부분은 70행까지이고, 두 번째는 71행부터 끝까지이다. 이렇게 구분하는 이유는 전반부가 현대세계에 대한 다양한 성찰과 도시의 풍경에 대한 새로운 시각, 신앙심이 깊었던 어린 시절의 기억, 종교에 대한 찬미 등이 시간의 진행에 따라 직선적으로 전개된 반면, 후반부는 사랑의 고통과 소외된 자의 의식, 불행한 사람들에 대한 공감, 삶에 대한 불안으로 방황하면서 뒷걸음치는 것처럼 보이는 내면의 모양이 서술되어 있기 때문이다. 첫 행부터 자신이 살고 있는 도시를 오래된 낡은 세계로 묘사한 시인은 2행에서 "목동이여 오 에펠탑이여 오늘 아침 양떼 다리들이 울고 있네"라는 특이한 표현을 통해, 현대문명의 산물인 에펠탑과 다리를 비문명적인 목동과 양떼의 은유로 결합한다. 또한 산업기술문명의 상징인 자동차를 오래된 도시의 분위기 때문에 '오래된' 것처럼 보인다고 말하는 반면, 종교는 오래된 것이면서도 "비행장 격납고처럼 단순하다"는 점에서 새롭다고 말하기도 한다.

파리의 기념비적 건물이나 유서 깊은 거리의 풍경에 관심이 없는 시인은 전통적인 아름다움의 기준과는 다르게, 아름다운 요소들이 전혀 없는 번잡한 '산업의 거리'를 '멋진 거리'라고 표현한다. 이 거리는 "사장들 노동자들 멋진 타이피스트들이" 하루에 네 번씩 지나다니고, "사이렌 소리가 신음"하고, "광고판이 울어대는" 시끄러운 거리이다. 시인은 시각적인 대상을 청각적으로 표현하거나, 도시의 온갖 선전문이나 팸플릿을 도시의 시라고 정의하기도 하고, 고전적인 아름다움과 비슷한 의미의 '우아함'이란 단어를 '산업의 거리'에 결합시키기도 한다. 그의 관점에서 이 거리는 '젊은 거리la jeune rue'이다. 프랑스어에서 '젊은'이나 '어린'은 동일한 의미로 쓰인다. 시인은 '젊은 거리'라는 표현에서 어린 시절을 연상하며 모나코에서 중학교를 다녔을 때를 떠올린다. 어린 시절의 기억은 과거형으로 서술되지 않고 현재형으로 기술되며, 그 시절의 '나'는 '너'로 자기 자신을 현재화시켜서 자기 자신과 대화를 하듯이 말한다. 그는 지금 "교회에 들어가서 고해를 하지 못"할 만큼, 신앙심을 잃었지만, 어린 시절에는 밤새도록 기도를 할 만큼 신앙심이 깊었다는 것이다.

어린 시절의 기억을 토대로 한 그리스도의 이미지는 성서의 상징이자 믿음과 순결을 의미하는 백합과 그리스도의 붉은 머리카락을 뜻하는 횃불, "만인의 기도로 무성한 나무" 등으로 나타난다. 여기서 특히 흥미로운 것은 "비행사들보다 더 높이 하

늘에 오르는 그리스도"와 "높이 오르기의 세계 기록 보유자"라
는 표현들이다.

이처럼 그리스도를 찬미하는 이미지들에 이어 나오는 다음
행의 시구는 이해가 쉽지 않다.

> 눈의 동공인 그리스도여
> 세기들의 스무 번째 동공은 자기의 역할을 알고
> 금세기는 예수처럼 새로 변하여 하늘로 올라가지

그리스도와 세계의 관계, 동공과 눈의 관계, 20세기와 다른
세기들의 관계로 정리될 수 있는 이 텍스트에서 '그리스도'와
'동공'과 '20세기'는 등가적인 가치를 갖는다. 그러므로 '눈의 동
공인' 그리스도와 20세기는 영원한 과거와 불멸의 현재에 비유
할 수 있다. 이 시의 앞에서 시인은 "종교만 여전히 새롭고", "종
교는 포르타비아시옹의 격납고처럼 단순하다"고 말했지만, 이
것은 뒤집어 말하면, "격납고처럼 단순"하기 때문에 종교는 "여
전히 새롭고" 영원할 수 있다는 의미로 해석될 수 있는 것이다.
종교가 영원하다는 것은 그리스도의 존재 가치가 영원하다는
말이기도 하다.

시인은 20세기를 비행기의 시대라고 생각하여 "금세기는 예
수처럼 새로 변하여 하늘로 올라간다"고 표현한다. 여기서부

터 전반부가 끝날 때까지 이 시는 신화와 전설 또는 구약성서나 소설에서 등장하는 인물들, 특히 하늘과 관련된 다양한 인물들과 날짐승들의 묘사로 가득 차 있다. 불수레를 타고 하늘로 올라갔다는 예언자가 나오기도 하고, 암컷과 수컷에게 눈과 날개가 하나밖에 없으므로 짝을 지어서 날아야만 하는 새가 등장하기도 한다.

이처럼 이 시의 전반부는 공간과 시간의 한계를 탐구하면서, 그 한계를 초월하려는 시인의 시적 모험과 모더니즘의 상상력으로 펼쳐진다. 이 과정에서 어린 시절에 대한 기억이 삽입되어 있기도 하지만, 시의 흐름 속에서 공간적 상상력은 경계를 넓히면서 계속 확산된 느낌을 준다. 이러한 시적 진행은 과거와 현재, 오래된 것과 새로운 것, 현실의 것과 초현실의 것 등 온갖 대립된 요소들을 혼합하면서 대립의 경계를 모호하게 만드는 방법으로 진행된다. 여기에 덧붙여서 시각과 청각의 요소들이 결합되어 감각의 경계를 허물어버린 표현도 많다. 가령 '다리들'이 양떼처럼 운다거나 벽보와 팸플릿이 노래를 부르고, 거리가 나팔 소리를 울리는 듯 보였다는 것이 그러한 예들이다.

이러한 시적 전개가 직선적이고 수평적이라면, 그리스도의 이미지들(백합, 횃불, 아들, 나무, 교수대, 별)이 등장하는 부분부터 시의 흐름은 수직적이거나 상승적이다. 그리스도는 이러

한 흐름의 시작이고 끝이라고 할 수 있다. 시인이 그리스도를
비행사에 비유하고, 종교적 의미의 하늘과 비행기를 연결시킨
것은 신앙과 과학을 대립적으로 보지 않고 융합하려는 의도
때문이다. 이러한 융합은 53행의 "마침내 비행기가 날개를 접
지 않고 멈춘다"에서 완성된다. 하늘에서 비행기가 정지하듯
움직인다는 것을 표현한 이 구절은 수직적인 것과 수평적인
것이 대립되지 않고 상호보완적으로 결합된 상태를 나타낸다.
시인은 이 대목에서 비행기 주위로 모든 대륙(유럽, 아프리카, 오
리엔트, 아메리카, 아시아)의 새들이 모여들고, 모든 문화(천일야
화에 등장하는 새, 성서의 비둘기, 그리스 신화의 불사조 등)가 한 곳
에 집중되는 상태를 상상한다.

　앞에서 말한 것처럼 이 시의 후반부는 화자가 뒷걸음치
듯, 서술의 흐름이 앞으로 진행되기보다 정체된 느낌을 주는
데, 그 이유는 내면의 부끄러운 자의식이 그의 걸음을 방해하
기 때문으로 보인다. 전반부에서도 그랬듯이, 그는 자기 자신
을 의식하는 자아와 의식되는 자아로 나눈다. 의식하는 자아
는 '나'이고, 의식되는 자아는 '너'이다. 의식하는 자아가 현재의
'나'라면, 의식되는 자아는 현재의 '나'일 수도 있고, 과거의 '나'
일 수도 있다. 의식하는 자아인 '나'는 의식되는 '너'에게 이렇게
말한다.

1) 너는 이제 더 이상 누구의 사랑도 받지 못하게 되었다는 듯 사랑의 괴로움으로 목이 멘다(73~74행).

2) 너는 너를 비웃고 지옥의 불처럼 너의 웃음은 탁탁 튄다(77행).

3) 오늘 너는 파리의 거리를 걷는데 여자들은 피투성이가 되어 있다. 그건 내가 기억하고 싶지 않은 아름다움의 종말이었다(81~82행).

4) 나는 행복의 약속을 듣고 상처받네. 내가 괴로워하는 사랑은 부끄러운 병이라네(85~86행).

5) 너는 스무 살과 서른 살에 사랑의 고통을 겪었다. 나는 미친 사람처럼 살았고 허송세월을 보냈다(117~118행).

위의 예문들 중에서 특히 이해하기 어려운 부분은 3)의 구절에서 "여자들은 피투성이가 되어 있다"는 문장이다. 이것은 실제의 사실이 아니라 외양이 그렇게 보였다는 의미일 것이다. 그렇다면 시인은 왜 여자들을 그렇게 보았을까? 우리의 추측은 ensanglanté가 '피투성이의'와 '붉은색으로 물든'이란 뜻을 갖고 있으므로, 여자들의 옷차림이나 화장한 얼굴에서 시인이 그런 느낌을 받았을 것이라는 점이다. 또한 이 단어의 발음이 sangloter(흐느껴 울다)와 유사하다는 점을 말할 수 있다. 시인은 이 구절의 앞에서 "사랑의 괴로움으로 목이 멘다"거나 "지옥의 불처럼 너의 웃음은 탁탁 튄다"고 말한 바 있다. 첫 번째 문장에서 "목이 멘다"는 동사와 '웃음'이란 명사는 모두 울음을 환기시킨다고 볼 수 있다. 그는 울고 싶은 심정을 그렇게 표현한 것이기 때문이다. '흐느껴 울고' 싶은 시인의 눈에는 여자들이 밝고 아름답게 보이지 않고, 피투성이처럼 처절하게 보일 수 있다. 4)의 구절에서 "나는 행복의 약속을 듣고 상처받는다"라는 것은 연인들의 행복에 대한 약속은 결국 믿을 수 없는 거짓이라는 것을 깨달은 사람의 고백으로 보인다. 이러한 예문들에서 알 수 있듯이, '나'는 '너'를 객관화하여 보거나, '너'의 고통이 '너'의 잘못이라고 비난하듯이 말하기도 한다. 5)의 구절에서 "나는 미친 사람처럼 살았고 허송세월을 보냈다"고 진술하는 대목은 시인의 절망을 솔직히 드러내는 말이다. 이러한 '나'를 통해서 '나'와 '너'의 역할은 바뀌고, '나'와 '너'는 모두 이처럼 정신적 혼란에 빠진 듯하다.

이처럼 후반부에서 시인의 시야는 좁아지고, 그의 닫힌 감각은 숨 막힘과 목멤으로 표현된다. 그는 군중 속에서 길을 잃은 듯 외롭게 걸어가거나 낯선 곳에 유배된 사람처럼 방황하는 모습을 보이기도 한다. "사크레쾨르 성당의 피가 몽마르트르에서 나를 흥건히 적셔오는" 느낌과 "너의 마음을 사로잡는 영상은 너를 불면과 불안 속에 지내게 한다"는 현재의 상황은 슬픔과 절망의 의미로 연결된다. 회한의 눈으로 자기의 삶을 돌아본 시인은 불쌍한 이민자들과 동류의식을 갖고, 그들이 사는 동네를 지나간다. 121행부터 134행까지는 불행한 이민자들의 삶을 그린 것이고, 135행부터 143행까지는 화자가 음탕한 술집에서 '싸구려 커피'를 마시고, 가난한 사람들이 이용하는 '넓은 식당'에 들렀으며, 사창가의 창녀와 관계를 가졌다는 암시를 표현하기도 한다.

이 시의 끝부분에서 주목해야 할 부분은 다음과 같다.

> 너는 너의 삶처럼 불타는 알코올을 마신다
> 네가 마시는 너의 삶은 화주와 같은 것
> (⋯⋯)
> 아듀 아듀
>
> 목 잘린 태양이여

시인은 삶을 알코올과 화주에 비유한다. 화주는 힘을 뜻하는 활력주이자 동시에 삶의 정수를 의미한다. 시인이 그의 시집 제목을, 복수의 의미를 넣어 'Alcools'로 정한 것은 그의 시를 모두 알코올이라고 생각했기 때문일 것이다. 이런 점에서 삶과 알코올과 시는 동일한 의미와 가치를 갖는다고 할 수 있다. 삶처럼 불타는 알코올은 "삶처럼 불타는 시"이기도 하고, "삶을 불태울 수 있는 시"이기도 하다. 이 시의 후반부에서 줄곧 우울하고 절망적인 모습을 보였던 시인은 이 마지막 부분에서 삶과 시에 대한 뜨겁고 치열한 의지를 되찾았다고 말할 수 있다. 이렇게 본다면, "아듀 아듀"라는 작별의 인사와 "목 잘린 태양"의 이미지는 부정적인 것이 아니다. 진정한 삶이 죽음의 절망을 극복함으로써 도래할 수 있는 것처럼, "목 잘린 태양"은 태양의 죽음이 아니라, 태양의 새로운 탄생의 이미지로 해석할 수 있기 때문이다.

아폴리네르는 이 시에서 20세기 문명과 종교, 도시의 현실에 대한 거시적 시각을 보여준 동시에 자신의 개인적 불행과 고통을 드러내면서, 절망의 끝까지 가보려는 모험을 감행했다. 그는 낭만주의 시인들처럼 실연의 슬픔을 감성적으로 미화하지 않았고, 오히려 담대한 정신으로 고통스러운 내면을 객관화시켜 보려 했다. 그는 기존의 문학적 관습에 구속되지 않았고, 새로운 정신으로 시를 새롭게 만들었으며, 종래의 서정적 표현을 배제한 새로운 시적 가치를 창조한 것이다. 그러므로 시적 운율과는 상관없는 짧은 문단들이 파격적으로 연결된 이 시는 문학의 전통과 관습을 부정한 일종의 '반시反詩'라고 할 수 있다.

피에르 르베르디

Pierre Reverdy

1889-1960

모딜리아니가 그린 르베르디

오래된 항구

한 걸음 더 호수 쪽으로, 부두 위로, 불이 켜진 술집의 문 앞으로.

선원은 벽에 기대어 노래하고, 여인도 노래한다. 작은 배들은 좌우로 흔들리고, 큰 배들은 사슬을 팽팽하게 잡아당기고 있다. 술집 안에는 거울 위에 나타난 깊은 풍경이 있다. 구름이 홀 안에 있고, 하늘의 열기와 바다의 소리도. 모든 어렴풋한 모험들은 그것들로부터 멀어지는 것이다. 물과 어둠은 밖에서 기다린다. 곧 떠날 시간이 오리라. 항구는 길게 뻗어 있고, 지류는 다른 지역으로 빠르게 흘러가며, 모든 배경들은 추억으로 가득하다. 기울어진 거리, 곧 잠이 드는 지붕들.

그렇지만 그 모든 것은 서 있으면서 언제나 떠날 준비를 한다.

Vieux port

Un pas de plus vers le lac, sur les quais, devant la porte éclairée de la taverne.

Le matelot chante contre le mur, la femme chante. Les bateaux se balancent, les navires tirent un peu plus sur la chaine. Au-dedans il y a les paysages profonds dessinés sur la glace; les nuages sont dans la salle et la chaleur du ciel et le bruit de la mer. Toutes les aventures vagues les écartent. L'eau et la nuit sont dehors qui attendent. Bientôt le moment viendra de sortir. Le port s'allonge, le bras se tend vers un autre climat, tous les cadres sont pleins de souvenirs, les rues qui penchent, les toits qui vont dormir.

Et pourtant tout est toujours debout prêt à partir.

오래된 항구의 쓸쓸한 분위기가 한 폭의 그림처럼 느껴지는 이 산문시에서, 화자의 시선은 이동하고 있지만, 화자가 누구인지는 밝혀져 있지 않다. 등장인물도 거의 없다. 술집 안에서 노래하는 '선원'과 '여인'이 있을 뿐이다. 또한 술집은 떠들썩한 분위기가 아니라, 적막한 느낌을 준다. 술집 안의 "거울 위에 나타난 깊은 풍경"에는 "구름과 하늘의 열기와 바다의 소리"가 있다. 밖과 안, 낮과 밤의 모든 경계는 지워지고, 모든 비현실적 대상들이 불투명하게 혼동된 상태에서 "기울어진 거리"는 현실의 공간이 아니라, 꿈의 공간을 암시한다. 여기서 "거울 위에 나타난 깊은 풍경"과 "배들이 좌우로 흔들리는" 풍경은 보들레르의 「여행으로의 초대」에서 '호화로운 천장' '깊은 거울 등'이란 표현과 "저 운하 위에 / 방랑자 기질의 / 배들이 잠자는" 풍경 묘사를 연상시킨다.

이 시의 마지막 문장, "그렇지만 그 모든 것은 서 있으면서 언제나 떠날 준비를 한다"는 것은 아무리 항구가 배와 사람들로 붐비지 않는 적막한 항구라고 해도, 항구는 바다 옆에 있기 때문에 언제나 떠나고 싶은 욕망을 불러일으키는 곳임을 일깨워준다.

앙드레 브르통

André Breton

1896-1966

브르통

해바라기

— 피에르 르베르디에게

여름이 저무는 시간 중앙시장을 지나가는 외지의 여인은
발끝으로 걷고 있었다.

절망은 하늘에서 아주 예쁜 커다란 룸 꽃을 굴리듯이 떨어
뜨렸고,

그녀의 핸드백에는 나의 꿈

하느님의 대모만이 맡을 수 있는 각성제 병이 들어 있었다.

무기력 상태가 안개처럼 펼쳐 있었다.

'담배 피우는 개'에

긍정과 부정이 들어왔다.

젊은 여자의 모습은 비스듬히 보이거나 제대로 보이지 않았다.

내가 마주하고 있는 존재는 화약의 사자인가

아니면 우리가 관념이라고 부르는 검은 바탕 위의 흰 곡선
인가

순진한 사람들의 무도회는 절정에 달했다.

마로니에 나무들에서 초롱불은 느리게 불이 붙었고

그림자 없는 여인은 퐁 토 샹주 위에서 무릎을 꿇었다.

질르퀘르 길의 음색은 예전과 같지 않았다.

밤의 약속들은 마침내 실현되었다.

전령 비둘기들 구원의 입맞춤들은

미지의 아름다운 여인의

완전한 의미의 그레이프 속에 솟아오른 젖가슴에서 합류했다.

파리의 중심가에 있는 농가는 번창하고 있었다.

농가의 창문들은 은하수 쪽으로 면해 있었지만

뜻밖의 손님들 때문에 농가에는 아무도 살고 있지 않았다.

뜻밖의 손님들은 유령들보다 더 충실한 존재로 알려진 사람들이다.

그 여인처럼 어떤 이들은 헤엄치는 모습이다.

그들의 실체의 일부분이 사랑 속으로 들어온다.

그것은 그들을 마음속에 내면화한다.

나는 감각기관의 힘에 좌우되는 노리개가 아니지만

재의 머리카락에서 노래 부르던 귀뚜라미가

어느 날 밤 에티엔 마르셀 동상 가까운 곳에서

나에게 예지의 눈길을 보내며

말하는 것이었다 앙드레 브르통은 지나가라고

Tournesol

A Pierre Reverdy.

La voyageuse qui traversa les Halles à la tombée de l'été

Marchait sur la pointe des pieds

Le désespoir roulait au ciel ses grands arums si beaux

Et dans le sac à main il y avait mon rêve ce flacon de sels

Que seule a respirés la marraine de Dieu

Les torpeurs se déployaient comme la buée

Au Chien qui fume

Où venaient d'entrer le pour et le contre

La jeune femme ne pouvait être vue d'eux que mal et de biais

Avais-je affaire à l'ambassadrice du salpêtre

Ou de la courbe blanche sur fond noir que nous appelons

pensée

Le bal des innocents battait son plein

Les lampions prenaient feu lentement dans les marronniers

La dame sans ombre s'agenouilla sur le Pont au Change

Rue Git-le-Cœur les timbres n'étaient plus les mêmes

Les promesses des nuits étaient enfin tenues

Les pigeons voyageurs les baisers de secours

Se joignaient aux seins de la belle inconnue

Dardés sous le crêpe des significations parfaites

Une ferme prospérait en plein Paris

Et ses fenêtres donnaient sur la voie lactée

Mais personne ne l'habitait encore à cause des survenants

Des survenants qu'on sait plus dévoués que les revenants

Les uns comme cette femme ont l'air de nager

Et dans l'amour il entre un peu de leur substance

Elle les intériorise

Je ne suis le jouet d'aucune puissance sensorielle

Et pourtant le grillon qui chantait dans les cheveux de cendre

Un soir près de la statue d'Étienne Marcel

M'a jeté un coup d'œil d'intelligence

André Breton a-t-il dit passe

「해바라기」는 초현실주의자인 앙드레 브르퉁이 자동기술의 방법으로 쓴 시이다. 이 시의 줄거리는 브르퉁의 자전적 소설 『열애 L'amour fou』에 언급되어 있듯이, 한 여인을 우연히 만나 그녀와 밤새도록 파리의 중심가에서 산책한 사연과 관련된다. 이 시는 1923년에 나온 『땅빛』에 수록되어 있고, 브르퉁이 그녀를 만난 것은 1934년이다. 그러니까 그는 첫눈에 반한 여인과 함께 11년 전에 쓴 자동기술의 시적 행로를 따라 밤의 산책을 한 것이다.

　자동기술로 쓴 시가 대체로 그렇듯이 이 시는 얼핏 보아 해석이 불가능할 것처럼 보인다. 그러나 브르퉁은, 꿈이 예언적인 역할을 하듯이 이 시가 11년 후의 미래를 예시해주는 '예언적 시 un poème prophétique'라고 주장하면서, 그녀와 밤의 산책을 하고 난 다음에 시의 의미가 분명해졌음을 설명한다. 그의 설명에 의하면, 이 시의 첫 구절 "외지의 여인은 발끝으로 걷고 있었다"는 1934년 5월 29일에 만난, 조용한 걸음걸이로 걷는 여자의 모습과 일치하고, '여름이 저무는 시간'은 '낮이 저무는 시간'과 동의어이면서 '여름이 다가오는' 5월 말의 시간과 연결될 수 있다는 것이다. 그는 이런 식으로 시에서 중요한 요소들, '절망' '담배 피우는 개' '순진한 사람들의 무도회' '초롱불' 등의 의미를 분석하고 '퐁 토 샹주' '질르쾨르' 등의 장소들과 그날 밤의 산책길이 정확하게 일치한다는 것을 강조한다. 그러나 그의 설명과 분석은 문학 연구자들이나 비평가들의 경우와는 다르게, 논리적이라기보다 시적이고, 설명적이 아니라 암시적이다. 그렇기 때문에 독자들은 그의 설명을 읽으면서 그 시에서 언급된 인물들의 동선과 분위기가 시인이 밤의 산책에서 경험했던 것과 일치한다는 것을 알게는 되지만, 그가 자동기술의 시를 의식적으로 완전하게 해설해주지 않기 때문에 의심을 품게 된다. 그러나 이런 의심은 오히려 독자로 하여금 그의 시를 적극적으로 해석하게 만드는 동기가 된다. 이런 의미에서 그의 시를 해석해보자.

이 시의 첫 행에서 '외지의 여인'은 어디에서 온 사람일까? 브르통은 그 여인과 만났던 상황을 설명하기 위해 몽마르트르의 카페에서 친구들과 만났던 일과 그 카페에 그녀가 들어와 그들이 앉았던 자리와 멀지 않은 곳에 자리를 잡을 때 '불의 옷을 입은 것처럼' '지독하게 이름다운' 여인의 느낌을 받았다고 말한다. 또한 그녀가 앉아서 누군가에게 보내는 편지를 쓰고 있었는데, 나중에 알고 보니 그 편지의 수신인이 앙드레 브르통이었다는 것이다. 두 사람이 같은 카페에 앉아 있다는 사실을 모르는 채, 한 사람이 독자로서 저자인 브르통에게 보내는 편지를 쓴다는 우연이 어떻게 가능할 수 있을까? 여하간 그들은 자정에 다시 만나기로 약속한다. 그들은 그날 밤 몽마르트르에서 센강 쪽으로 걷다가 중앙시장을 가로질러 가게 된다. 5월 말의 밤은 아름다웠고, 그녀의 걸음걸이는 "발끝으로 걷고 있었다"고 할 만큼 경쾌했다. 그녀를 만나기 전, 브르통은 절망적 상황에서 사랑을 갈구한 것인데, 그것은 "절망은 (……) 커다란 룸 꽃을 (……) 떨어뜨렸다"로 표출되어 있다. 룸 꽃은 백합처럼 하얀 꽃이라는 점에서 순결한 사랑과 희망을 표상한다고 할 수 있다. 물론 룸 꽃에서 희망의 상징인 별의 이미지를 떠올릴 수도 있을 것이다. 그녀의 '핸드백'은 프로이트식으로 말하면 여성 성기의 상징인 만큼 그 '핸드백' 속에 남성의 꿈이 담겨 있다는 것은 자연스럽다. 그러나 그 꿈이 "하느님의 대모만이 맡을 수 있는 각성제 병"과 동격인 이유는 무엇일까? 단순하게 생각하면 그 여인이 다른 세계에서 온 것처럼 신비스러운 모습이기 때문에 그녀를 "하느님의 대모"라고 표현한 것일 수 있고, '각성제'는 꿈과 대립되는 것이지만, 「초현실주의 제2선언문」에서 중요하게 언급되었듯이 모든 모순과 대립이 소멸되는 '정신의 지점'이 존재한다는 믿음과 관련시킬 때, 이러한 대립의 결합 논리는 초현실주의의 관점에서 자연스러운 것일 수 있다.

"무기력 상태가 안개처럼 펼쳐 있었다"는 구절은 절망의 내면심리를 반영한 것으로 해석된다. '담배 피우는 개'는 술집 간판이지만, '무기력 상태가 안개처럼 펼쳐'진 내면의 풍경과 담배 연기가 자욱한 술집의 분위기가 잘 어울리는 느낌을 준다. "찬성과 반대가 들어왔다"는 것은 무엇일까? 장 뤽 스타인메츠에 의하면, 앞서 「초현실주의 제2선언문」에서 인용한 것처럼, "긍정과 부정, 에로스와 타나토스, 여성성과 남성성이 합쳐진 '정신의 지점'처럼, '외지의 여인'은 이원적 대립을 벗어난 존재"[1]로 부각되었다는 것이다. 그렇지 않으면 그녀의 마음이 시인의 마음속에 갈등을 불러일으킨 것으로 해석될 수도 있다. 그 카페에서 브르통은 "비스듬히 보이거나 제대로 보이지 않았"기 때문에 그녀를 더 잘 보려고 가까이 다가간다. 그녀와 가까운 자리에 앉아서 '마주하고' 있다 보니 그녀의 모습에서 불꽃같은 '화약'의 느낌과 동시에 냉정한 이성의 '관념'이 뿜어져 나온다. 여기서 '검은 바탕 위의 흰 곡선'은 어두운 본능적 욕망과 명석한 이성적 사고를 대비시킨 것으로 보인다.

또한 '순진한 사람들의 무도회'는 무엇일까? 여기서 우선 주목해야 할 것은 '순진한 사람들'과 관련하여, 그곳이 무고하게 죽은 사람들의 묘지가 있었던 곳일 뿐 아니라 중세 때 그곳에서 살았던 유명한 연금술사 니콜라 플라멜의 이름을 붙인 광장이 있으며, 그 광장의 한복판에는 16세기식으로 물의 요정들을 장식한 형태의 분수가 있다는 것이다. '무도회'는 프랑스의 모든 광장들이 그렇듯이, 혁명기념일(7월 14일)에 시민들이 모두 나와 초롱불 밑에서 춤을 추는 장면을 연상시킨다. 그러므로 그녀의 '화약' 같은 불의 존재성과 무도회에서의 불의 이미지가 분수의 물과 결부되어 연금술적 변화를 일으킨 것으로 볼 수 있다. 과거의 연금술사에게 물과 불이 대립된 두 요소가 아니었듯이, 초현실주의적 상상력에서도 그들이 하나인 것은, 이미 『나자』에서 '방황하는 영혼'의 나자가 물과 불이 같은 것이라고 말했던 부분에서 거듭 확인되는 점이기도 하다.[2] 그리고 '그림자 없는 여인'은 비물질성이 느껴질 만큼 가벼운 그녀의 이미지를 표현한 것이다.[3] 또한 센강 북쪽과 시테 섬을 연결한 '퐁 토 샹주' 다리의 이름에 '변화하다'라는 의미의 '샹주'가 있다는 것도 눈여겨볼 수 있는 점이다. 초현실주의자들에게 '삶을 변화시켜야 한다'는 랭보의 명제처럼 중요한 것도 없다. 그다음에 나오는 '질르쾨르'는 파리의 대학로인 라틴가에서 가장 길이가 짧은 길 중의 하나로서, '마음이 잠들어 있다'는 의미를 나타내는 것으로 해석된다. '마음이 잠들어 있다'는 것은 사랑의 존재 앞에서 마음이 굴복한 상태일 것이다. 마음이 굴복한 상태가 행복한 상태인 것은, 무엇보다 갈등의 원인이 제거되었기 때문이다.

　"밤의 약속들은 마침내 실현되었다"는 것과 '구원의 입맞춤들'은 모두 육체적인 접촉을 암시하는 사랑의 만남이 실현되었다는 것과 같은 의미이다. 두 사람은 다시 센강을 건너서 파리의 중심에 있는 시테 섬의 꽃시장이 있는 쪽으로 걸어간 흔적을 보인다. 꽃시장에서 농가가 연상되었을 것이다. 그러므로 "농가의 창문들은 은하수 쪽으로 면해 있었지만 뜻밖의 손님들 때문에 농가에는 아무도 살고 있지 않았다"는 구절은 은하수가 표현하는 풍요로움의 이미지와 함께 행복한 전원의 풍경을 환기시킨다. 여기서 '뜻밖의 손님들'이 '유령들'과 대립된 관계인 것은 새로운 사랑이 과거의 사랑과 대립된 관계인 것에 비유할 수 있다. '뜻밖의 손님들' 가운데 한 사람인 그 여인은 '헤엄치는 모습'으로 경쾌하고 유연한 움직임을 보이고, "그들의 실체의 일부분"과 '사랑'은 자연스럽게 하나가 된다. 이러한 몽환적 풍경은 현실 원칙에 따라 화자의 초자아의식이 서서히 깨어나게 되어, 화자는 "감각기관의 힘에 좌우되는 노리개가 아니"다라는 진술을 하기에 이른다.

끝으로 "재의 머리카락에서 노래 부르던 귀뚜라미"는 무엇일까? 불이 재로 변한 것이라면, 불의 이미지를 갖는 여인의 머리카락은 재의 이미지로 변용된 것이고, 귀뚜라미는 지혜로운 곤충의 대명사이기 때문에 귀뚜라미가 '예지의 눈길'을 보냈다는 것은 그녀에게서 '예지의 눈길'이 느껴졌다는 의미로 해석된다. 또한 '지나가라'라는 명령형도 다리를 건너가듯이, 혹은 그 여자의 계시를 따라서 '변화해야 한다'는 것과 같다. 물론 지나가라는 명령형으로 보지 않고, '지나간다'라는 사실을 확인하는 뜻으로 해석해도 의미가 크게 달라지는 것은 아니다. 중세의 정치적 혼란기에 시장이었던 에티엔 마르셀이 무엇보다 파리인들의 자유를 수호하여 자유의 상징이라고 할 수 있는 인물이기 때문에, 그의 동상 가까운 곳에서 화자가 인식한 자유와 변화의 메시지는 바로 사랑과 시의 의미를 함축한 의미로 이해될 수 있다. 그 여인이 사랑의 다른 이름인 것처럼, 시는 자유의 다른 이름이기 때문이다.

---

1) J. L. Steinmetz, 앞의 책, p.52.
2) 브르통, 나자 , 앞의 책, p.88.
3) 장 뤽 스타인 메츠는 "그림자 없는 여인이 '퐁 토 샹주' 위에서 무릎을 꿇었다"는 구절에서 파리의 수호자인 성녀 주느비에브가 기도를 하는 모습을 떠올릴 수 있다는 것을 말하고, '그림자 없는 여인'은 원죄가 없는, 그야말로 순수한 성녀의 모습으로 해석한다: J. L. Steinmetz, 앞의 책, pp.52~53.

폴 엘뤼아르

Paul Eluard

1895-1952

엘뤼아르

여기에 살기 위해서

하늘의 버림을 받고, 불을 만들었지,
친구로 지내기 위한 불을,
겨울밤을 지내기 위한 불을
보다 나은 삶을 위한 불을.

빛이 나에게 준 것을 그 불에 주었지.
큰 숲, 작은 숲, 밀밭과 포도밭을
새집과 새들을, 집과 열쇠들을
벌레, 꽃, 모피, 축제를.

나는 불꽃이 파닥거리며 튀는 소리만으로
그 불꽃이 타오르는 열기의 냄새만으로 살았지.
나는 흐르지 않는 물속에서 침몰하는 배와 같았으니까
죽은 사람처럼 나에게는 하나의 원소밖에 없었으니까.

Pour vivre ici

Je fis un feu, l'azur m'ayant abandonné,

Un feu pour être son ami,

Un feu pour m'introduire dans la nuit d'hiver,

Un feu pour vivre mieux.

Je lui donnai ce que le jour m'avait donné:

Les forêts, les buissons, les champs de blé, les vignes,

Les nids et leurs oiseaux, les maisons et leurs clés,

Les insectes, les fleurs, les fourrures, les fêtes.

Je vécus au seul bruit des flammes crépitantes,

Au seul parfum de leur chaleur;

J'étais comme un bateau coulant dans l'eau fermée,

Comme un mort je n'avais qu'un unique élément.

이 시는 '불'에서 시작하고, '불'로 끝나는 시라고 말할 수 있을 만큼 불의 이미지가 지배적이다. 끝의 두 행에서 불과 대립되는 물의 이미지가 나타나지만, 이것은 불을 만들고 불꽃처럼 살고 싶다는 화자의 의지가 절망적인 상황에서 비롯된 것임을 보여준다. 프랑스어의 과거시제인 단순과거와 반과거를 점點과 선線에 비유한다면, 반과거는 과거의 어느 시점에 완료되지 않고 계속되는 상태라고 할 수 있다. 이런 점에서 '나는 흐르지 않는 물속에서 침몰하는 배와 같았다'의 동사가 반과거인 것은 화자의 절망적인 상황이 지속적이었음을 나타낸다. 그러므로 불의 의지는 흐르지 않는 물의 상황에서 나온 것임을 알 수 있다.

이 시를 처음 읽게 된 것은 엘뤼아르의 「자유」를 읽은 후 얼마 지나지 않아서였다. 나는 이 시에 나타난 불의 이미지에 매혹되기도 했지만, 무엇보다 이 시의 제목을 좋아했다. 제목에 담긴 '여기'와 '삶'과 '위해서'는 어느 하나라도 소홀히 할 수 없는 단어처럼 보였다. 사실 그 당시 나는 '여기에' 살기보다 '다른 곳'에 살고 싶었고, '다른 곳'이 어디인지는 알 수 없었지만 언제라도 떠나고 싶었다. 그러니까 "여기에 살기 위해서"라는 말은 "여기에 살고 싶다"라기보다 "이대로 살고 싶지 않다"는 의미로 이해되었고, 나의 감성적인 욕구를 자극하기보다 이성적인 판단을 유도하는 표현으로 생각되었다. 여하간 이 시의 제목뿐 아니라, 이 시를 관통하는 불의 이미지 때문에, 이 시는 언제라도 젊은 독자의 내면에 강한 울림을 줄 수 있을 것이다.

바슐라르의 『불의 정신분석』에 의하면, 불은 어린이에게 금지의 대상이다. 어른들은 어린이들이 불장난을 하지 못하게 할 뿐 아니라, 불길이 위험하게 퍼져나갈 것 같은 장소에 접근하지 못하게 한다. 그러나 어린이는 커가면서 당연히 프로메테우스처럼 어른들이 금지하는 것을 모험적으로 시도해보거나 경험해보려는 욕망을 갖는다. 바슐라르는 아이들이 성장하면서 어른들이 금지하는 것을 위반하려는 반항적 의지에서 프로메테우스콤플렉스와 외디푸스콤플렉스가 유사성을 갖는 것이라고 설명한다. 또한 물과 불의 통합된 형태가 술이라는 점에서 E.T.A. 호프만과 에드거 포를 비교하고 호프만의 술은 열정적으로 불타는 술이고, 포의 술은 망각과 죽음을 가져오는 것으로 해석한다.

스페인에는 "물과 불이 싸우면, 언제나 불이 지기 마련이다"라는 속담이 있다고 한다. 나는 이 속담을 들으면서 '불같이 화를 내는 남자와 물처럼 냉정한 여자'의 싸움을 떠올렸다. 물과 불은 이렇게 대비된다. 불길이 위로 올라가는 것이라면,

물은 아래로 흘러가는 것이다. 또한 불이 젊은이의 도전정신과 열정적인 사랑을 상징한다면, 물은 모성과 생명의 근원, 변함없는 진리를 상징한다고 볼 수도 있다. 물과 불의 또 다른 차이를 생각해본다면, 물은 자급자족으로 존재할 수 있는 반면, 불은 땔감이 계속 공급되지 않으면 소멸된다는 것이다. 나는 불의 이러한 속성을 「여기에 살기 위해서」의 한 대목에 적용시켜 풀리지 않았던 의문을 해소할 수 있었다.

이 시에서 내가 제일 이해하기 어려웠던 부분은 중간쯤에 나오는 "빛이 나에게 준 것을 그 불에 주었다"라는 구절이다. 시인은 왜 평범한 의미의 '준다donner'라는 동사를 두 번이나 사용한 것일까? 이 시에서 "빛이 나에게 주었다는 것"에는 숲과 새들과 '집'과 '축제'에 이르기까지 시인이 좋아하는 모든 자연과 풍경과 사물과 집이 포함되어 있다. 빛은 어둠과 대립된다. 빛은 생명을 뜻하고, 어둠은 죽음을 의미한다. 이런 점에서 우리의 삶은 빛의 은혜로 이루어진다고 말할 수 있다. 그렇다면 우리가 살아오면서 사랑하게 된 모든 것은 빛이 나에게 준 선물이 아닐까? 나는 이 시에서 처음에 이해되지 않았던 부분을 여러 번 읽다가 어느 순간 '준다donner'라는 동사에 증여와 기부를 뜻하는 'don'이라는 명사가 들어 있고, 이 명사에 하느님과 자연이 준 '선물'의 의미가 담겨 있음을 알게 되었다. 그 순간 '불'이 나의 친구라면, 그 '불'에게 내가 받은 최고의 선물을 줄 수 있을 것이라고 이해할 수 있었다. 또한 불의 생명을 유지시키려면 불에게 끊임없이 풍성하게 땔감을 공급해야 한다는 영감이 떠오르기도 했다. '나'의 불을 위해서 또는 불의 의지를 지속시키기 위해 빛이 나에게 준 선물을 불의 '땔감'으로 제공해야 한다는 것을 알 수 있었다. 사실 꺼지지 않는 불의 열정으로 산다는 것은 불꽃이 파닥거리며 튀는 소리만으로 "그 불꽃이 타오르는 열기의 냄새만으로" 사는 것과 다름없다. 이런 점에서 이 시는 불의 열정을 가르쳐줄 뿐 아니라, 우리가 살면서 사랑하는 것들을 많이 갖고 그 사랑하는 것들을 소중하게 지키는 일이 바로 행복임을 일깨워준다.

네 눈의 곡선이……

네 눈의 곡선이 내 마음을 한바퀴 돈다,
춤과 부드러움의 둥근 원형,
시간의 후광, 안전한 밤의 요람,
내가 살아온 모든 것을 더 이상 알지 못하는 까닭은
너의 눈이 나를 줄곧 보지 않았기 때문이지.

빛의 잎사귀들과 이슬의 이끼,
바람의 갈대, 향기로운 웃음,
빛의 세계를 품은 날개,
하늘과 바다를 실은 배,
소리의 사냥꾼과 색깔의 샘,

별들의 짚더미 위에 줄곧 누워 있는
새벽의 앞에서 부화한 향기,
빛이 순수에 좌우되듯이
전 세계가 너의 순수한 눈에 좌우되고
나의 모든 피는 너의 눈빛에 따라 흐른다.

La courbe de tes yeux...

La courbe de tes yeux fait le tour de mon cœur,

Un rond de danse et de douceur,

Auréole du temps, berceau nocturne et sûr,

Et si je ne sais plus tout ce que j'ai vécu

C'est que tes yeux ne m'ont pas toujours vu.

Feuilles de jour et mousse de rosée,

Roseaux du vent, sourires parfumés,

Ailes couvrant le monde de lumière,

Bateaux chargés du ciel et de la mer,

Chasseurs des bruits et sources des couleurs,

Parfums éclos d'une couvée d'aurores

Qui gît toujours sur la paille des astres,

Comme le jour dépend de l'innocence

Le monde entier dépend de tes yeux purs

Et tout mon sang coule dans leurs regards.

엘뤼아르의 시에서 눈과 시선의 이미지는 매우 중요한 의미를 갖는다. 우리는 흔히 눈을 마음의 창이라거나 내면의 거울이라고 말한다. 그러나 엘뤼아르의 시에서 눈은 내면의 거울이 아니라 외부세계의 거울이고, 사랑하는 사람과 일체가 될 수 있는 결합의 수단이다. 눈은 그러므로 잔잔한 호수처럼 정지된 형태가 아니라, 변화하고 발전하는 풍요로운 세계의 이미지로 나타난다.

제목이 없는 이 시는 시인이 사랑하는 사람의 눈에서 영감을 얻어 씌어진 작품이다. 시인은 첫 행부터 사랑하는 사람의 눈빛이나 눈의 색깔을 묘사하지 않고, '눈의 곡선'이라는 특이한 표현을 사용한다. 곡선은 기능적인 직선과 달리, 부드러움과 친근한 느낌을 주기 때문일지 모른다. 또한 '한바퀴 돈다faire le tour'는 말은 단순히 일회적인 순환을 뜻하지 않고, 대상을 잘 알기 위해서 일단 둘러본다는 의미임을 주목할 필요가 있다. 가령 낯선 도시에 도착한 여행자가 그 도시를 알기 위해서 시내를 한바퀴 돌고 오겠다는 의사를 표명하고 싶을 때, 이렇게 말할 수 있는 것이다.

2행과 3행의 명사들은 시적인 표현도 모호하지만, 문법적인 기능도 확실하지 않다. 다만 분명한 것은 1행에서의 '곡선'

과 '한바퀴 돌기', 2행에서의 '둥근 원형', 3행에서의 '후광'과 '요람'이 모두 둥근 것으로 기쁨과 부드러움, 아늑함과 편안함을 공통적으로 연상시킨다는 점이다. 또한 "춤과 부드러움의 둥근 원형"은 어떤 평화로운 마을의 축제에서 사람들이 원을 그리며 춤을 추는 장면을 연상시킨다. "시간의 후광"이란 무엇일까? 흔히 시간과 사랑의 관계는 대립적이라고 말한다. 시간이 갈수록 사랑은 변한다는 점에서 시간은 사랑의 적일 수 있기 때문이다. 그러나 시인은 이러한 시간을 적대적으로 보지 않는다는 뜻에서 시간을 영광된 존재로 표현하려고 했을지 모른다. 이러한 시적 이미지들과는 달리, 4행과 5행은 논리적 담론의 문장으로 구성된다. 시인은 이러한 비非시적 문장을 통해서 사랑에 대한 자신의 논리를 강조한 듯하다. 이것은 사랑을 통해서 '나'를 알게 되었을 뿐 아니라, 삶의 의미를 새롭게 깨닫게 되었다는 의미로 해석된다.

2연에서 "빛의 잎사귀들과 이슬의 이끼"는 아침의 숲에서 보고 느낄 수 있는 신선한 시각적 이미지들이다. "향기로운 웃음"은 꽃의 향기와 관련되고, "빛의 세계를 품은 날개"는 새가 날아오르는 모양을 연상케 한다. 숲이 깨어날 때의 풍경은 랭보의 산문시 「새벽」의 한 장면과 닮아 있다. 또한 "빛의 세계를 품은 날개"와 "하늘과 바다를 실은 배"는 꿈의 세계를 향한 여행으로의 초대와 같다. 그 세계에서는 아름다운 '소리'와 다채로운 색깔이 끊임없이 펼쳐질 것이다.

　세 번째 연에서 '향기'는 신선하고 강렬하게 묘사된다. 이
'향기'는 "별들의 짚더미 위에" 누워 있는 "새벽의 알"에서 부
화한 것이다. 외양간의 구석진 장소에 놓여 있는 소박한 '짚'과
하늘의 '별'이 결합된 "별들의 짚"은 환상적인 느낌과 함께 고
귀한 정신의 탄생을 암시한다. 그 "별들의 짚" 위에서 향기를
부화했다는 환상적 이미지에 이어 이 시의 마지막 3행은 이 시
의 결론처럼 보인다.

　빛이 순수에 좌우되듯이
　전 세계가 너의 순수한 눈에 좌우되고
　나의 모든 피는 너의 눈빛에 따라 흐른다

　시인은 추론의 언어를 사용하여, 빛과 순수의 관계를 세계
와 눈의 관계에 비유한다. 다시 말해서 빛이 순수에 좌우되듯
이 "전 세계가 너의 순수한 눈에" 종속될 수 있다는 것이다. 이
것은 사랑의 순수한 힘으로 어두운 세계를 밝고 순수하게 변
화시킬 수 있다는 시인의 지론이다. 물론 이러한 빛은 3연에서
갑자기 돌출된 것이 아니다. 이것은 두 번째 연에서 "빛의 잎사
귀들"과 "빛의 세계를 품은 날개"와 관련된 새벽의 빛이다. 또
한 "새벽의 알"에서 부화한 향기"와 연결되기도 한다. 산재된

것처럼 보이는 이미지들은 경이롭게 연결되어 있는 것이다.

마지막 행에서 "나의 모든 피는 너의 눈빛에 따라 흐른다"는 것은, 첫 행의 "네 눈의 곡선이 내 마음을 한바퀴 돈다"와 유사한 의미를 갖는다. 그러므로 시작과 끝의 구절을 연결된 구조로 만든 시인의 의도는 사랑의 일체감 속에서 '나'와 '너'의 구별이 없듯이, "나의 모든 피"와 "너의 눈빛"은 함께 흐른다는 것을 나타내기 위해서다. 그렇다면 시작과 끝의 두 시구를 연결시켜 이렇게 말할 수 있지 않을까? "너의 눈빛이 내 마음속을 돌고", "나의 피는 너의 눈빛 속에 흐른다"라고. 또한 그것이 바로 사랑의 일체감을 증명하는 것이라고.

자유

초등학생 때 나의 노트 위에
책상과 나무 위에
모래 위에 눈 위에
나는 너의 이름을 쓴다

내가 읽은 모든 책갈피 위에
모든 백지 위에
돌과 피와 종이와 재 위에
나는 너의 이름을 쓴다

황금빛 형상 위에
병사들의 총칼 위에
제왕들의 왕관 위에
나는 너의 이름을 쓴다

밀림과 사막 위에
둥지 위에 금작화 위에
어린 시절 메아리 위에
나는 너의 이름을 쓴다

밤의 경이로움 위에
일상의 흰 빵 위에
약혼의 계절 위에
나는 너의 이름을 쓴다

나의 모든 푸른색 헌옷 위에
태양이 곰팡 슨 연못 위에
달빛이 영롱한 호수 위에
나는 너의 이름을 쓴다

들판 위에 지평선 위에
새들의 날개 위에
그리고 그늘진 방앗간 위에
나는 너의 이름을 쓴다

새벽의 모든 입김 위에
바다 위에 배 위에
광란의 산 위에
나는 너의 이름을 쓴다

구름의 거품 위에
폭풍의 땀방울 위에
굵고 흐릿한 빗방울 위에
나는 너의 이름을 쓴다

반짝이는 모든 것 위에
여러 색깔의 종들 위에
구체적 진실 위에
나는 너의 이름을 쓴다

깨어난 오솔길 위에
뻗어 있는 도로 위에
넘치는 광장 위에
나는 너의 이름을 쓴다

불 켜진 램프 위에
불 꺼진 램프 위에
모여 앉은 가족들 위에
나는 너의 이름을 쓴다

둘로 쪼갠 과일 위에
거울과 내 방 위에

빈 조개껍데기 내 침대 위에
나는 너의 이름을 쓴다

잘 먹고 착한 우리 집 개 위에
그 곤두선 양쪽 귀 위에
그 뒤뚱거리는 발걸음 위에
나는 너의 이름을 쓴다

내 문의 발판 위에
친숙한 물건 위에
축성의 불길 위에
나는 너의 이름을 쓴다

화합한 모든 육체 위에
내 친구들의 얼굴 위에
건네는 모든 손길 위에
나는 너의 이름을 쓴다

놀라운 소식의 유리창 위에
긴장된 입술 위에
침묵을 넘어서서
나는 너의 이름을 쓴다

파괴된 내 안식처 위에
무너진 내 등대불 위에
권태의 벽 위에
나는 너의 이름을 쓴다

욕망 없는 부재 위에
벌거벗은 고독 위에
죽음의 계단 위에
나는 너의 이름을 쓴다

되찾은 건강 위에
사라진 위험 위에
추억 없는 희망 위에
나는 너의 이름을 쓴다

그 한마디 말의 힘으로
나는 삶을 다시 시작한다
나는 태어났다 너를 알기 위해서
너의 이름을 부르기 위해서

자유여.

Liberté

Sur mes cahiers d'écolier
Sur mon pupitre et les arbres
Sur le sable sur la neige
J'écris ton nom

Sur toutes les pages lues
Sur toutes les pages blanches
Pierre sang papier ou cendre
J'écris ton nom

Sur les images dorées
Sur les armes des guerriers
Sur la couronne des rois
J'écris ton nom

Sur la jungle et le désert
Sur les nids sur les genêts
Sur l'écho de mon enfance
J'écris ton nom

Sur les merveilles des nuits

Sur le pain blanc des journées

Sur les saisons fiancées

J'écris ton nom

Sur tous mes chiffons d'azur

Sur l'étang soleil moisi

Sur le lac lune vivante

J'écris ton nom

Sur les champs sur l'horizon

Sur les ailes des oiseaux

Et sur le moulin des ombres

J'écris ton nom

Sur chaque bouffée d'aurore

Sur la mer sur les bateaux

Sur la montagne démente

J'écris ton nom

Sur la mousse des nuages

Sur les sueurs de l'orage

Sur la pluie épaisse et fade

J'écris ton nom

Sur les formes scintillantes

Sur les cloches des couleurs

Sur la vérité physique

J'écris ton nom

Sur les sentiers éveillés

Sur les routes déployées

Sur les places qui débordent

J'écris ton nom

Sur la lampe qui s'allume

Sur la lampe qui s'éteint

Sur mes maisons réunies

J'écris ton nom

Sur le fruit coupé en deux

Du miroir et de ma chambre

Sur mon lit coquille vide

J'écris ton nom

Sur mon chien gourmand et tendre

Sur ses oreilles dressées

Sur sa patte maladroite

J'écris ton nom

Sur le tremplin de ma porte

Sur les objets familiers

Sur le flot du feu béni

J'écris ton nom

Sur toute chair accordée

Sur le front de mes amis

Sur chaque main qui se tend

J'écris ton nom

Sur la vitre des surprises

Sur les lèvres attentives

Bien au-dessus du silence

J'écris ton nom

Sur mes refuges détruits

Sur mes phares écroulés

Sur les murs de mon ennui

J'écris ton nom

Sur l'absence sans désir

Sur la solitude nue

Sur les marches de la mort

J'écris ton nom

Sur la santé revenue

Sur le risque disparu

Sur l'espoir sans souvenir

J'écris ton nom

Et par le pouvoir d'un mot

Je recommence ma vie

Je suis né pour te connaître

Pour te nommer

Liberté.

엘뤼아르의 시들 중에서 가장 유명한 이 시는 나치의 독일군이 프랑스를 점령했을 때 씌어졌다. 처음의 제목이 '자유'가 아니라, '단 하나의 생각une seule pensée'이었던 것은 그 당시 극심한 검열을 피하기 위해서였을 것이다. 1942년에 쓴 이 시는 1943년 4월에 「자유세계지La Revue du monde libre」에 발표되어, 프랑스 전역에 배포되었다. 이 시를 몇천 부로 복사했는지는 모르지만, 그 당시 영국군 비행기가 프랑스인들에게 자유를 위한 투쟁을 고취시키기 위해 이 시를 점령지 하늘에서 살포했다고 한다. 또한 이 시가 프랑스 밖의 여러 나라에 즉각적으로 번역되었다는 것은 이 시의 영향력이 얼마나 강력했는지를 보여준다. 이 시의 힘은 간단히 말해서 말의 힘이다. 엘뤼아르는 말의 힘을 믿는 시인이다. 이 시의 끝부분에서 "그 한마디 말의 힘으로 / 나는 삶을 다시 시작한다"는 구절은 그가 얼마나 '말의 힘'을 믿고 있는 시인인지를 증명한다.

모두 85행으로 구성된 이 장시의 출발은 "초등학생 때 나의 노트 위에"이다. 이것은 자유의 의미와 소중함을 알게 된 것이 어린 시절 학교에 입학하여 노트에 글쓰기를 배우면서부터임을 암시한다. 어떤 의미에서 모든 교육의 본질이나 배움의 목적은 자유의 의미를 알고 깨닫는 데 있는 것이 아닐까? 시인은 첫 번째 연에서 해변가의 모래밭, 겨울의 눈 내리는 풍경을 회상한다.

두 번째 연에서 "내가 읽은 모든 책갈피"와 "모든 백지"는 책을 통해 자유를 배웠고, 백지 위에 써야 할 글에서도 자유를 생각했거나 자유의 의미가 중요하다는 것을 말한다. 이어서 "돌과 피와 종이와 재"는 자유를 위한 투쟁의 역사를 연상시킨다. 민중은 돌을 던지고, 피를 흘리고, 선언문에 진실을 담고, 권력자를 향해 불을 지르는 저항을 했을 것이다. 이러한 역사적 상상력은 세 번째 연에서 '황금빛 형상'으로 그려진 역사적 인물들의 초상화나 동상의 "병사들의 총칼", "제왕들의 왕관"으로 연결된다.

네 번째 연부터 아홉 번째 연까지는 어린 시절부터 현재에 이르기까지 논리적 연관성 없이 자유롭게 떠오르는 기억들을 이미지로 옮겨놓은 것처럼 보인다.

열 번째 연에서 중요한 단어는 '구체적 진실'이다. 그 이유는 "시는 구체적 진실을 목표로 해야 한다"는 것이 그의 시론이자 한결같은 주장이기 때문이다. 또한 열한 번째 연에서 중요한 것은 "넘치는 광장"이다. 레이몽 장이 말한 것처럼, 엘뤼아르의 시에서 반복적으로 등장하는 이미지들(광장, 배, 창, 돌, 눈 혹은 눈빛, 웃음, 나뭇가지 등) 중에서 '광장'은 첫 번째 자리에 놓일 만한 상징적 의미를 갖는다. '광장'은 언제나 자유를 열망하는 사람들로 붐비고 넘쳐야 하는 장소이다. 다른 시에서 '광장'이 사막처럼 비어 있는 공간으로 묘사되는 것은 시인이 불안과 절망을 표현할 때이다.

열두 번째부터 열여섯 번째까지는 평화로운 가정, 사랑과 우정을 연상할 수 있는 이미지들로 이어진다. 그러나 열일곱 번째부터 스무 번째까지는 전쟁과 점령, 자유의 상실과 회복의 과정이 긴장된 어조로 전개된다. 특히 열아홉 번째 연에서 "욕망 없는 부재", "벌거벗은 고독", "죽음의 계단"은 자유가 박탈된 상황이 얼마나 절망적인지를 가르쳐준다. 죽음의 계단이 지난 후 이제 불안에서 벗어나 건강을 되찾은 사람들은 희망을 갖고 삶을 다시 시작할 수 있을 것이다.

필자는 한 10년쯤 전에 『초현실주의 시와 문학의 혁명』 서문에서 「자유」를 통해 초현실주의를 공부하게 되었다는 것을 이렇게 말했다.

"초현실주의와의 인연이 시작된 것은 대학 4학년 1학기, 사회학을 전공한 젊은 프랑스인 교수의 강의를 듣던 때였다. 그는 매시간 프랑스 문화와 사회의 다양성을 이야기하곤 했는데, 어느 날 문득 자기가 좋아하는 시라고 하면서 엘뤼아르의 「자유」를 읽어주었다. 그 당시만 하더라도 학과에서는 20세기 프랑스 시를 전공한 교수가 없었기 때문에, 우리가 들을 수 있는 강의는 19세기 낭만주의 시나, 보들레르에서 시작하여 발레리로 끝나는 상징주의 시뿐이었다. 관념적이고 난해한 상징주의 시에만 머물다가 「자유」를 처음 알게 된 느낌은 거의 충격이나 다름없었다. 프랑스인 교수는 제목을 알려주지 않은 채 시를 낭송했기 때문에 '나는 너의 이름을 쓴다'라는 구절이 스무 번쯤 반복되는 중에 나타난 '너'가 누구인지가 제일 궁금했다. 결국 마지막 연의 "그 한마디 말의 힘으로 / 나는 삶을 다시 시작한다 / 나는 태어났다 너를 알기 위해서 / 너의 이름을 부르기 위해서 / 자유여"라는 구절에 이르러 '너'가 바로 자유라는 것을 알고 전율에 가까운 감동을 느낄 수 있었다. 특히 '한마디 말의 힘으로' '나는 삶을 다시 시작한다'는 구절은 발레리의 '언제나 다시 시작하는 바다'(「해변의 묘지」)와 비슷하여 친숙감이 느껴지기도 했다. '안다connaître'라는 동사를 '함께 태어난다'는 의미로 해석한 클로델의 재담으로 말한다면, 엘뤼아르의 「자유」를 알게 된 순간 나는 새롭게 태어났다고 말할 수 있을 것이다.

우리의 삶

우리의 삶 당신이 만든 우리의 삶은 죽음이 되었지
5월의 어느 날 아침 도시의 새벽
대지는 삶을 주먹으로 움켜쥐었다
내 안의 새벽 언제나 밝았던 17년
이제 죽음은 쉴 새 없이 내 안으로 들어오네.

당신은 말했지 우리의 삶은 우리가 함께 살고
우리가 사랑하는 것에 생명을 불어넣는 것으로 행복하다고
그러나 죽음은 시간의 균형을 무너뜨렸지.
찾아온 죽음 떠난 죽음 살아 있는 죽음
보이는 죽음은 나를 희생시켜서 물을 마시고 음식을 먹는다

지친 내 몸으로 갈증과 허기보다 견디기 힘든
보이는 죽음 보이지 않는 뉘쉬어
땅 위에도 있고 땅속에도 있는 눈의 가면
밤이 되면 흐르는 눈물의 샘 눈먼 자의 가면
나의 과거는 해체되고 나의 자리엔 침묵이 들어서네.

Notre vie

Notre vie tu l'as faite elle est ensevelie

Aurore d'une ville un beau matin de mai

Sur laquelle la terre a refermé son poing

Aurore en moi dix-sept années toujours plus claires

Et la mort entre en moi comme dans un moulin.

Notre vie disais-tu si contente de vivre

Et de donner la vie à ce que nous aimions

Mais la mort a rompu l'équilibre du temps

La mort qui vient la mort qui va la mort vécue

La mort visible boit et mange à mes dépens

Morte visible Nusch invisible et plus dure

Que la soif et la faim à mon corps épuisé

Masque de neige sur la terre et sous la terre

Source des larmes dans la nuit masque d'aveugle

Mon passé se dissout je fais place au silence.

❖

엘뤼아르의 두 번째 부인, 뉘쉬의 죽음을 애도한 이 시에서 시인은 자신의 삶을 죽음과 다름없는 삶으로 표현한다. 1연에서 "대지는 새벽을 주먹으로 움켜쥐었다"는 것은, 그녀의 죽음과 자신의 삶이 모두 땅속에 파묻혔다는 것을 절망과 분노의 동작으로 표현한 말이다. '새벽'은 그녀가 숨을 거둔 시간이지만, 살아 있는 사람들에게는 어둠을 뚫고 솟아오르는 빛과 희망의 시간이기도 하다. 그러나 이 시간에 대지가 삶을 "주먹으로 움켜쥐"음으로써 새벽은 어둠으로 돌아간 느낌을 준다. 또한 "죽음은 쉴 새 없이 내 안으로 들어온다"에서 '쉴 새 없이'는 '물레방아에서처럼comme dans un moulin'의 관용구적 해석이다. 빛의 새벽으로 표상될 수 있는 17년의 결혼생활은 그녀의 죽음과 함께 땅속에 파묻히고, 시인의 일상은 죽음이 지배하게 된 것이다.

2연에서 "죽음은 시간의 균형을 무너뜨렸다"는 것은 시인에게 아내와의 삶은 "시간의 균형"이었음을 암시한다. 여기서 균형은 안정과 조화의 동의어라는 점에 주의할 필요가 있다. 또한 3연에서 "땅 위에도 있고 땅속에도 있는 눈의 가면"은 뉘쉬의 모습을 연상케 한다. '눈'은 겨울의 눈이기도 하지만, 흰빛의 눈이기도 하다. 흰빛의 가면과 '눈먼' 자의 가면은 데드마스크

masque mortuaire를 의미한다. 또한 이 시의 끝에서 "나의 자리엔 침묵이 들어선다"는 것은 대화를 나눌 수 있는 삶의 동반자를 잃은 사람의 고독한 상태를 나타낸다.

이 시에서는 삶과 죽음이라는 단어와 이미지들이 여러 번 반복된다. 이것들이 얼마나 반복적으로 등장하는지를 정리해 본다면 다음과 같다.

연	죽음	삶
1	"삶은 죽음이 되었지" "대지는 삶을 주먹으로 움켜쥐었다" "죽음은 쉴 새 없이 내 안으로 들어오네"	"당신이 만든 우리의 삶" "5월의 어느 날 아침 도시의 새벽" "내 안의 새벽 언제나 밝았던 17년"
2	"그러나 죽음은 시간의 균형을 무너뜨렸지. / 찾아온 죽음 떠난 죽음 살아 있는 죽음 / 보이는 죽음은 나를 희생시켜서 물을 마시고 음식을 먹는다"	"당신은 말했지 우리의 삶은 우리가 함께 살고 / 우리가 사랑하는 것에 생명을 불어넣는 것으로 행복하다고"
3	"보이는 죽음 보이지 않는 뉘쉬여 / 땅 위에도 있고 땅속에도 있는 눈의 가면 / 밤이 되면 흐르는 눈물의 샘 눈먼 자의 가면 / 나의 과거는 해체되고 나의 자리엔 침묵이 들어서네."	

형태적으로 보더라도, 1연에서 삶과 죽음은 균형을 이루면서 나타나다가, 2연에서는 죽음이 삶보다 배가 되는 불균형을 이루고, 3연에서 삶은 사라져버린다. 2연에서 "죽음은 시간의 균형을 무너뜨렸다"는 것은 이렇게 시의 불균형의 형태로 표출되었다고 말할 수 있다. 또한 과거와 현재의 시제가 1연과 2연에서는 균형을 이루다가, 3연에서 과거시제는 사라지고, "나의 과거는 해체되고 나의 자리엔 침묵이 들어선다"는 구절에서처럼, 현재의 시제만 남아 있는 것도 죽음의 불균형과 관련된다. 결국 과거시제가 사라진 '나'의 현재는 "나의 과거가 해체"된 현재와 같다.

나는 너를 사랑한다

나는 너를 사랑한다 내가 알지 못한 모든 여자들을 위해

나는 너를 사랑한다 내가 살지 못한 모든 시간들을 위해

넓은 바다 냄새와 따뜻한 빵의 냄새를 위해

녹아내리는 눈을 위해 최초의 꽃들을 위해

사람을 무서워하지 않는 순수한 동물들을 위해

나는 너를 사랑한다 사랑하기 위해

나는 너를 사랑한다 내가 사랑하지 않는 모든 여자들을 위해

네가 아니라면 누가 나를 비춰줄까 나는 나를 볼 수 없지

네가 없다면 나에게 보이는 건 텅 빈 벌판일 뿐

예전과 오늘 사이에

내가 넘어온 모든 죽음들은 짚더미 위에 있었지

나는 내 거울의 벽을 뚫을 수 없었지

나는 삶을 처음부터 다시 배워야 했지

삶을 잊어버렸으므로

나는 너를 사랑한다 나의 것이 아닌 너의 지혜를 위해

건강을 위해

나는 너를 사랑한다 환상뿐인 모든 것에 맞서서

내가 갖고 있지 않은 불멸의 심장을 위해

너는 의심을 믿고 너는 이성 그 자체

너는 나를 흥분시키는 위대한 태양

내가 나를 믿을 때

Je t'aime

Je t'aime pour toutes les femmes que je n'ai pas connues
Je t'aime pour tous les temps où je n'ai pas vécu
Pour l'odeur du grand large et l'odeur du pain chaud
Pour la neige qui fond pour les premières fleurs
Pour les animaux purs que l'homme n'effraie pas
Je t'aime pour aimer
Je t'aime pour toutes les femmes que je n'aime pas

Qui me reflète sinon toi-même je me vois si peu
Sans toi je ne vois rien qu'une étendue déserte
Entre autrefois et aujourd'hui
Il y a eu toutes ces morts que j'ai franchies sur de la paille
Je n'ai pas pu percer le mur de mon miroir
Il m'a fallu apprendre mot par mot la vie
Comme on oublie

Je t'aime pour ta sagesse qui n'est pas la mienne
Pour la santé
Je t'aime contre tout ce qui n'est qu'illusion

Pour ce cœur immortel que je ne détiens pas

Tu crois être le doute et tu n'es que raison

Tu es le grand soleil qui me monte à la tête

Quand je suis sûr de moi.

엘뤼아르의 삶에는 세 사람의 동반자가 있었다. 첫 번째 부인 갈라Gala는 살바도르 달리의 부인이 되었고, 두 번째 부인 뉘쉬Nusch는 17년의 결혼생활 끝에 세상을 떠난다. 그가 세 번째 부인 도미니크Dominique를 만난 것은 뉘쉬의 죽음 이후 2년쯤 지난 다음이었다. 「나는 너를 사랑한다」라는 이 시는, 도미니크를 만나서 삶의 희망과 기쁨을 되찾은 시인이 새롭게 사랑의 찬가를 노래한 것이다.

시인은 이 시의 첫 행에서 "나는 너를 사랑한다 내가 알지 못한 모든 여자들을 위해"라고 말한다. "너를 사랑하는" 이유가 "내가 알지 못한 모든 여자들을 위해"라는 말에 대해 독자들은 당혹해할 수 있다. 이 구절을 군이 설명한다면, 도미니크를 만난 이후에 다른 여자들은 중요하지 않다는 의미일 수도 있고, 그녀를 만나지 못했을 경우, 가능했을지 모르는 다른 여자들과의 어떤 사랑도 가치가 없다는 뜻일 수도 있다. 두 번째 행에서 "내가 살지 못한 모든 시간들을 위해"는 뉘쉬의 죽음 이후, 시인이 혼자서 고통스럽게 지내왔던 시간이 지나고, 예전과 같은 삶을 회복하게 되었다는 의미로 해석된다. "넓은 바다 냄새와 따뜻한 빵의 냄새"에서 바다가 꿈꾸는 자에게 여행의 욕망을 불러일으키는 자연이라면, 빵은 일상생활의 기본적 양식이다. 또한 "녹아내리는 눈"은 "죽음의 겨울이 끝났음"을 의미하고, "최초의 꽃들"은 새로운 봄을 맞게 되었음을 알려준다. "사람을 무서워하지 않는 순수한 동물들"은 사람이 동물을 먹잇감으로 삼지 않았을 때의 평화롭던 세계를 상상한 표현으로 볼 수 있다. "나는 너를 사랑한다 사랑하기 위해"는 사랑의 의미를 근본적으로 생각하게 한다. 이것은 순수한 사랑의 기쁨을 말하는 것이겠지만, 이기적인 사랑이 아니라 보편적인 인간애의 넓은 사랑을 환기시키는 것일 수도 있기 때문이다.

두 번째 연에서 '나'와 '너'의 관계는 거울처럼 서로를 비추는 관계임을 암시한다. "네가 없다면", '나'는 나를 돌아볼 수 없고, "나에게 보이는 건 텅 빈 벌판"처럼 공허할 뿐이다. "내가 넘어온 모든 죽음들은 짚더미 위에 있었다"는 것은 무엇일까? 예전에는 전투에서 부상당한 병사를 신속히 치료할 수 없을 경우, 사람들의 왕래가 빈번하지 않은 길 주변에 짚더미를 놓아두고, 그 위에 부상자를 누워 있게 했다. 그 당시 "짚더미 위의 시체"는 현실에서 흔히 볼 수 있는 장면이었다. 시인은 자신의 삶이 여러 번 죽음의 위기를 거쳐온 삶이라고 생각한다. 다시 말해서 사랑을 회복하기 전에 자신의 삶은 무수한 죽음의 연속이었다는 것이다. "거울의 벽을 뚫을 수 없었다"는 것은 거울의 한계, 즉 거울은 대상의 표면을 반영할 뿐이지 대상의 이면을 비추지는 못한다는 것에 분노한 사람이 고백할 수 있는 말이다. 이것은 거울의 한계에 대한 불만의 표출이 아니라, 거울 앞에서 자신을 객관화하지 못하고, 타인과 세계를 통찰하지 못하는 사람의 자아비판과 같다. 바꿔 말하면, 고독 감으로 비탄에 잠긴 사람의 자기 자신에 대한 비판인 것이다. 그러나 이제 사랑을 되찾은 사람은, 마치 언어의 문법을 잊어버린 사람이 초급과정에서부터 언어를 다시 배우듯이, 삶의 문법을 배워야 한다는 겸손함을 보인다.

세 번째 연에서 "나의 것이 아닌 너의 지혜를 위해"는 '나'와 다른 '너'를 존중하고, '나'를 낮추는 표현이다. '건강을 위해'는 사랑이 사랑하는 사람들을 건강하게 만든다는 것이고, "환상 뿐인 모든 것에 맞서서"는 환상에 속지 않고 진실을 추구하려는 의지를 나타낸다. "불멸의 심장을 위해"는 죽을 운명의 인간이 영원의 삶을 꿈꾼다는 의미이다. "의심을 믿는다"에서의 '의심'은 나쁜 뜻이 아니라, '회의'와 동의어이다. "지혜는 회의로부터 싹튼다Le doute est le commencement de la sagesse."는 프랑스 속담이 있다. 이 속담에 의하면, 의심은 지혜와 대립되는 말이 아니다. 그러므로 3연에 나온 '너'에 대한 예찬은 '너'를 '지혜', '의심', '이성'을 갖춘 존재이자, "나를 흥분시키는 위대한 태양" 으로 묘사한 것이다. '너'는 '나'에게 '나'에 대한 자신감을 갖게 해준 사람이라는 마지막 구절은 '너'에 대한 극진한 고마움의 표시다.

엘뤼아르는 낭만주의 시인들처럼 잃어버린 사랑을 탄식하지 않고, 늘 현재의 사랑을 노래한다. '나는 너를 사랑한다'는 말이 6번이나 반복되는 이 시에서, 사랑은 연인과의 사랑일 뿐 아니라, 세계와 소통하고 타인과 연대감을 가질 수 있는 사랑이며, 진정한 삶과 일치되는 사랑이다.

루이 아라공

Louis Aragon

1897-1982

아라공

엘자의 눈

너의 눈은 너무 깊어 물 마시려고 몸을 굽히면서
나는 보았지 모든 태양이 거기서 자기를 비춰보고
모든 절망한 사람들이 죽으려고 몸을 던지는 것을
너의 눈은 너무 깊어 나는 기억을 잃어버리지

그건 새들의 그림자에 흐려진 대양이지
그런 후 갑자기 날이 개어 너의 눈은 달라지고
여름은 천사들의 앞치마를 두른 구름을 재단하고
하늘은 밀밭 위에 푸른빛처럼 결코 푸르지 않지

바람이 창공의 슬픔을 없애려 해도 소용없는 일
너의 눈은 눈물 한 방울이 빛날 때 창공보다 맑고
너의 눈은 비 온 후의 하늘을 시샘하게 만들지
유리는 깨어진 틈에서 가장 푸른 빛을 보이는 법

일곱 가지 고통의 어머니여[1] 오 물기에 젖은 빛이여
일곱 개의 칼이 색깔 있는 프리즘을 꿰뚫었지
눈물 사이로 나타난 빛은 더욱 날카롭고
검은색의 구멍이 뚫린 홍채는 슬픔에 잠겨서 더욱 푸르지

가슴 두근거리며 동방박사 세 사람이
구유에 걸린 마리의 외투를 보았을 때
불행에 잠긴 너의 눈에 두 개의 돌파구가 열리고
그 틈으로 동방박사의 기적이 일어나지

5월은 모든 노래를 위해 모든 탄식을 위해
말하는 입 하나로 충분하지
수많은 별들에 비해 창공은 너무나 비좁아
별들에게 필요한 건 너의 눈과 쌍둥이자리의 신비이지

어린이가 아름다운 그림에 사로잡혀서
놀라움에 눈을 크게 떠도 그렇게 크지는 않겠지.
네가 큰 눈을 뜰 때 나는 네가 거짓말을 하는지도 모르지
그건 마치 소나기가 내려 야생의 꽃들이 활짝 피는 것 같지

그 눈에는 곤충들이 격렬한 사랑을 끝낸
라벤더 꽃의 섬광이 감춰진 것일까
나는 별똥별의 그물에 걸려들었지
8월의 한복판에서 바다에 빠져 죽은 선원처럼

나는 역청 우라늄 광석에서 라듐을 추출했지

그리고 나는 금지된 불에 손가락을 데었지

오 수없이 여러 번 되찾았다가 다시 잃어버린 낙원이여

너의 눈은 나의 페루 나의 골콩드[2] 나의 인도이지

어느 날 저녁 세계가 좌초한 사건이 발생했지

조난자들이 불태운 암초 위에서

나는 보았지 그 바다 위에서 빛나는

엘자의 눈 엘자의 눈 엘자의 눈을

1) 성모마리아의 일곱 가지 고통은 예수 그리스도의 어머니로서 겪는 고통을 의미한다.
2) 1687년에 파괴된 인도의 성채 이름이다. 이 성에는 전설적인 보물들이 많았다고
한다.

Les yeux d'Elsa

Tes yeux sont si profonds qu'en me penchant pour boire
J'ai vu tous les soleils y venir se mirer
S'y jeter à mourir tous les désespérés
Tes yeux sont si profonds que j'y perds la mémoire

À l'ombre des oiseaux c'est l'océan troublé
Puis le beau temps soudain se lève et tes yeux changent
L'été taille la nue au tablier des anges
Le ciel n'est jamais bleu comme il l'est sur les blés

Les vents chassent en vain les chagrins de l'azur
Tes yeux plus clairs que lui lorsqu'une larme y luit
Tes yeux rendent jaloux le ciel d'après la pluie
Le verre n'est jamais si bleu qu'à sa brisure

Mère des Sept douleurs ô lumière mouillée
Sept glaives ont percé le prisme des couleurs
Le jour est plus poignant qui point entre les pleurs
L'iris troué de noir plus bleu d'être endeuillé

Tes yeux dans le malheur ouvrent la double brèche

Par où se reproduit le miracle des Rois

Lorsque le cœur battant ils virent tous les trois

Le manteau de Marie accroché dans la crèche

Une bouche suffit au mois de Mai des mots

Pour toutes les chansons et pour tous les hélas

Trop peu d'un firmament pour des millions d'astres

Il leur fallait tes yeux et leurs secrets gémeaux

L'enfant accaparé par les belles images

Écarquille les siens moins démesurément

Quand tu fais les grands yeux je ne sais si tu mens

On dirait que l'averse ouvre des fleurs sauvages

Cachent-ils des éclairs dans cette lavande où

Des insectes défont leurs amours violentes

Je suis pris au filet des étoiles filantes

Comme un marin qui meurt en mer en plein mois d'août

J'ai retiré ce radium de la pechblende

Et j'ai brûlé mes doigts à ce feu défendu

Ô paradis cent fois retrouvé reperdu

Tes yeux sont mon Pérou ma Golconde mes Indes

Il advint qu'un beau soir l'univers se brisa

Sur des récifs que les naufrageurs enflammèrent

Moi je voyais briller au-dessus de la mer

Les yeux d'Elsa les yeux d'Elsa les yeux d'Elsa

아라공은 브르통, 엘뤼아르와 함께 1920년대 초부터 초현실주의 운동을 이끈 주역이었지만, 공산당에 입당한 1927년부터 초현실주의 그룹과 멀어진다. 그가 러시아의 혁명 시인 마야코프스키의 처제이자 평생의 반려자가 된 엘자를 만난 것은 1928년이다. 엘자를 만난 후부터 그는 부르주아 사회체제를 공격하는 글을 쓰고, 초현실주의의 대명사와 같았던 '자동기술'의 글쓰기를 비판하는 한편, 사회주의 리얼리즘의 정당성을 주장한다. 이러한 아라공의 입장 변화가 상당 부분 엘자의 영향인 것은 분명하다. 아라공은 초현실주의 그룹과 결별한 이후, 투사로 변모하면서 제2차 세계대전 중에는 독일 점령군에 대항하여 레지스탕스 운동에 적극 가담하고, 자유를 위한 열정적 시들을 쓴다. 1942년에 나온 그의 시집 『엘자의 눈』은 이러한 레지스탕스의 정신을 담은 시들을 모은 것이다. 이 시집의 서시가 바로 「엘자의 눈」이다.

깊은 샘의 비유로 시작하다가 별의 이미지로 끝나는 이 시에서 '엘자의 눈'은 상징적 의미를 갖는다. 그 눈은 하나의 우주적 세계이다. 시인은 이 눈에서 세계를 구성하는 광물, 식물, 동물의 여러 요소들과 물, 불, 공기, 흙의 4원소가 담겨 있는 것을 발견한다. 눈에 대한 이러한 표현법은 소우주와 대우주를 연결하는 16세기의 블라종(대상에 대한 찬양이나 풍자를 노래하는 시 형식)을 연상케 한다. 1연에서 '엘자의 눈'은 "모든 태양이 자기를 비춰보"는 깊고 맑은 '샘물'로 비유되거나, "모든 절망한 사람들"이 몸을 던지고, "나는 기억을 잃"게 되는 망각의 강으로 비유된다. 그 '눈'은 2연과 3연에서 희망을 상징하는 푸른빛으로 나타난다. 3연에서 "바람이 창공의 슬픔을 없애려 해도 소용없다"는 것은 "너의 눈"이 창공보다 맑고 푸른 빛이지만, 그 눈에 슬픔이 깃든다는 것을 암시하기 위해서이다. 물론 그 슬픔은 시인이 글을 쓰고 있는 현재의 불행한 역사적 상황과 관련된다. 4연에서 그 '슬픔'은 성모 마리아의 고통으로 나타나고, 날카로운 칼의 이미지로 이어진다. 여기서 "검은색의 구멍이 뚫린 홍채는 슬픔에 잠겨서 더욱 푸르다"라는 구절은 설명이 필요하다. '홍채'는 '불꽃'으로 번역될 수도 있는 단어이고, '슬픔에 잠겨 있다'는 죽음을 애도하는 상중이라는 의미를 갖고 있기 때문이다. 이 죽음은 독일군에 점령당한 프랑스의 죽음을 암시한다. 이러한 상황에서, 그 눈에 "동방박사의 기적"이 일어난다는 5연의 표현은 기적 같은 희망을 꿈꾼다는 의미로 해석될 수 있다.

이 시의 후반부에서 중요한 구절들을 꼽으라면 "5월은 (……) 말하는 입 하나로 충분하다" "별들에게 필요한 건 너의 눈과 쌍둥이자리의 신비"(6연), "나는 별똥별의 그물에 걸려들었지"(8연), "나는 금지된 불에 손가락을 데었지"(9연)이다. 이 구절들을 차례대로 설명한다면, "말하는 입 하나로 충분하다"는 것은, 프랑스가 독일군의 침공으로 점령당한 5월의 역사적 상황을 시의 언어로 증언해야 한다는 것이다. 슬픔의 시가 기쁨의 '노래'이고 '탄식'을 표현하는 것이라면, 5월의 슬픔과 고통을 말하는 것은 시인의 당연한 임무이기 때문이다. 그러나 시인의 임무는 단순히 증언하는 것에 그쳐서는 안 된다. 시인의 말은 '신비'를 담고 있어야 하기 때문이다. 그러므로 "별들에게 필요한 건 너의 눈과 쌍둥이자리의 신비"라는 구절은 하늘의 별과 인간의 눈을 결합하여, 별을 바라보고 기원하는 시인의 소망이 '신비'로운 언어로 실현되기를 바라는 것이다. 이런 의미에서 엘자의 눈은 '신비'로운 별이다. 또한 그 별의 신비는 꿈과 소망의 신비이기도 하다. 이 시의 끝부분에서 "나는 보았지 그 바다 위에서 빛나는 엘자의 눈"이라는 것은 별이 된 '엘자의 눈'이자, 꿈이 현실화된 이미지로 해석될 수 있다.

또한 "나는 별똥별의 그물에 걸려들었다"는 것은 화자가 처한 시대와 역사의 비극적 상황을 의미한다. 이 시의 첫부분에서 시인은 엘자의 눈을 "모든 태양이 거기서 자기를 비춰"볼 만큼 맑고 밝은 이미지로 표현했지만, 그 눈은 흐려지면서 "눈물 한 방울이 빛날 때"처럼, 슬픔에 잠긴 눈으로 표현되었다. "나는 별똥별의 그물에 걸려들었다"는 것은 이러한 이미지들의 연속으로 보인다. 이러한 절망을 극복하기 위해서는 초인적인 용기가 필요하다. 그 용기는 "우라늄 광석에서 라듐을 추출"하는 과학자의 끈질긴 탐구력일 수도 있고, 신들에게서 불을 훔쳐 인간에게 전파했다는 프로메테우스처럼 금지를 위반하는 저항일 수도 있다.

'엘자의 눈'은 하나의 이상일지 모른다. 그러나 그 이상을 추구하려면 불굴의 의지뿐 아니라 진실에 대한 믿음이 전제되어야 한다. 시는 진실의 언어이자, 진실에 대한 믿음을 고취시키는 언어이기 때문이다.

쎄 다리

나는 쎄 다리를 건너갔지
모든 일은 거기서 시작되었지

옛날에 이런 노래가 있었다지
부상당한 기사

길에 던진 한 송이 장미
여인의 풀어내린 코르셋

미친 공작의 성
도랑에 있는 백조들

초원에 춤추러 온
영원한 약혼녀

무너진 영광의 이 긴 노래를
나는 차가운 우유처럼 마셨지

르와르 강에 휩쓸려 떠내려갔지

내 생각과 전복된 차들이

사용할 수 없는 무기들과
지워지지 않는 눈물이

오 나의 프랑스여 오 나의 버림받은 사랑이여
나는 쎄 다리를 건너갔지

Cé

J'ai traversé les ponts de Cé
C'est là que tout a commencé

Une chanson des temps passés
Parle d'un chevalier blessé

D'une rose sur la chaussée
Et d'un corsage délacé

Du château d'un duc insensé
Et des cignes dans les fossés

De la prairie où vient danser
Une éternelle fiancée

Et j'ai bu comme un lait glacé
Le long lai des gloires faussées

La Loire emporte mes pensées

Avec les voitures versées

Et les armes désamorcées
Et les larmes mal effacées

Ô ma France ô ma délaissée
J'ai traversé les ponts de Cé

❖

이 시는 1940년 5월, 독일군의 침공으로 프랑스군이 패망하던 때에 시인이 겪은 좌절감을 중세시 '래Lai'의 형식으로 노래한 것이다. '래'는 8음절의 단시로서, 흔히 이야기와 서정성을 간결하게 표현하는 데 적합한 것으로 알려져 있다. 아라공은 독일군의 기계화부대가 프랑스군을 패주시킬 때, 서부군 소속이었다. 그 무렵 그의 군대는 앙제시에 가까운 르와르 강의 쎄Cé 다리를 건너갔다는 것이다. "나는 쎄 다리를 건너갔고, 모든 일은 거기서 시작되었다"는 이 시의 시작은, 자기가 체험한 것을 중세시의 형식으로 이야기하겠다는 시인의 의도를 짐작게 한다.

그러나 독자의 이러한 예상과는 달리, 3행부터 10행까지 시인은 자기의 현실을 말하지 않고, 옛날 노래의 가사에 나올 법한 인물과 배경과 사건을 간략하게 암시적으로 노래한다. '부상당한 기사', '한 송이 장미', '풀어내린 코르셋', '백조', '초원' 등의 명사들은 인과관계의 설명 없이 시인의 기억 속에 연쇄적으로 나타난다. 단편적으로 언급된 이 노래의 가사는 중세 때 한 여자가 부상당한 기사를 사랑하여 그에게 사랑의 표시로 '한 송이 장미'를 던졌고, 그들의 이야기를 들은 여자의 아버지는 딸을 성안에 가두어 죽게 했다는 것이다.

이 시에서 "미친 공작의 성", "도랑에 있는 백조들"은 이러한 전설과 관련된다. 여기서 백조는 죽음의 전조를 알려주는 새일 수도 있고, 슬픈 운명의 여인을 암시하는 상징의 새일 수도 있다. 또한 "무너진 영광의 이 노래를" "차가운 우유처럼 마셨다"는 것은 중세의 노래인 '래Lai'와 우유Lait의 발음이 같기 때문이다.

13행부터 14행까지 '슬픈 여인'의 운명과 같은 프랑스의 죽음을 연상한 시인은 현실에 대한 의식으로 돌아와 "르와르 강에 휩쓸려", "전복된 차들"과 "사용할 수 없는 무기들"이 '생각'과 눈물과 함께 떠내려갔음을 노래한다. '강'은 삶의 덧없음과 시간의 빠른 흐름, 우울한 느낌을 나타내는 오래된 문학적 상징이다. 그 강에 휩쓸려, '차'와 '무기', '생각'과 '눈물'이 함께 떠내려갔다는 것은 외형적인 것과 내면적인 것의 구별이 없는 상실과 절망을 의미한다. 여기서 생각은 파스칼의 '팡세Pensées'와 같은 단어이다. 강물에 '생각'이 떠내려갔다는 것은 그러므로 생각하고 명상하는 주체의 '나'를 상실하게 되었다는 것과 같다. 자유를 빼앗긴 나라의 국민들은 자유롭게 생각할 수 있는 자유를 잃어버린 것이나 다름없기 때문이다.

이 시의 끝부분에서 시인은 "오 나의 프랑스여 오 나의 버림받은 사랑이여"라고 호격으로 부른다. 『엘자의 눈』에 실린 대부분의 시들이 그렇듯이, 시인은 사랑하는 여인을 부르듯이 프랑스를 돈호법으로 부르는 것이다. 또한 이 시에서 '버림 받은 사랑'은 중세의 슬픈 운명의 여인을 연상케 한다.

쥘 슈페르비엘

Jules Supervielle

1884-1960

슈페르비엘

둘러싸인 저택

산의 몸통이 우리집 창문 앞에서 망설입니다

"우리는 산인데요, 어떻게 좀 들어갈 수 있을까요?

우리는 높이가 있고, 바위와 돌이 많고,

하늘에 의해 변형된 약간의 땅도 있는데요."

나뭇잎이 우리집을 에워쌉니다.

"숲이 집에 들어가서 할 말이 있을까요?

우리들 세계는 가지가 무성하고, 잎이 무성한데

하얀 침대가 놓인 방 안에서

위쪽으로 불이 켜져 있는 촛불 옆에서

그리고 유리병 속에 잠겨 있는 꽃 앞에서

우리가 무엇을 할 수 있을까요?

사방이 벽인 방에서 손으로 글을 쓰다가

팔짱을 끼고 있는 이 사람을 위해 무엇을 할 수 있을까요?

우리의 섬세한 뿌리의 의견을 들어봅시다.

그는 우리를 보지 못했으니, 자기 속의 깊은 곳에서

자기의 말을 이해하는 다른 나무들을 찾겠지요."

그러자 강이 말했습니다. "나는 아무것도 알고 싶지 않아.

나는 나 혼자서만 흘러갈 뿐이니, 사람들을 모르지.

사람들이 내가 있다고 생각하는 곳에 내가 그대로 머문 적이 없었지.

나는 늦을까봐 두려워 나를 앞질러 가게 되지.

자신의 다리로 걸어가는 사람들에게는 좀 미안한 말이지만

그들은 이야기하면서 걸으니, 늘 제자리걸음으로 돌아가지."

그러나 별은 속으로 중얼거립니다. "나는 통화하면서 불안
에 떠는데.

아무도 나를 생각해주지 않으면, 나는 존재할 수 없으니까."

La demeure entourée

Le corps de la montagne hésite à ma fenêtre:

« Comment peut-on entrer si l'on est la montagne,

Si l'on est en hauteur, avec roches, cailloux,

Un morceau de la Terre, altéré par le Ciel? »

Le feuillage des bois entoure ma maison:

« Les bois ont-ils leur mot à dire là-dedans?

Notre monde branchu, notre monde feuillu

Que peut-il dans la chambre où siége ce lit blanc.

Près de ce chandelier qui brûle par le haut,

Et devant cette fleur qui trempe dans un verre?

Que peut-il pour cet homme et son bras replié.

Cette main écrivant entre ces quatre murs?

Prenons avis de nos racines délicates,

Il ne nous a pas vus, il cherche au fond de lui

Des arbres différents qui comprennent sa langue. »

Et la rivière dit: « Je ne veux rien savoir,

Je coule pour moi seule et j'ignore les hommes.

Je ne suis jamais là où l'on croit me trouver

Et vais me devançant, crainte de m'attarder.

Tant pis pour ces gens-là qui s'en vont sur leurs jambes

Ils partent, et toujours reviennent sur leurs pas. »

Mais l'étoile se dit: « Je tremble au bout d'un fil,

Si nul ne pense à moi, je cesse d'exister. »

슈페르비엘의 시에는 인간과 자연의 관계를 주제로 삼은 시들이 많다. 이러한 시에서, 그는 종종 자연의 대상들을 의인화한다. 자연의 의인화는 인간의 입장에서 자연을 바라보지 않고, 자연의 관점에서 자연의 말을 듣기 위해서다. 「둘러싸인 저택」도 마찬가지이다. 이 시의 제목에서 '둘러싸인'이란 과거 분사는 산, 숲, 강, 별 같은 자연에 의해 둘러싸였다는 것이고, '저택'은 인간의 집이거나 시인의 집을 의미한다. 그렇다면 시인은 왜 집이라는 명사 대신에 '저택'이란 명사를 사용한 것일까? 아마도 '저택'이 집보다 규모가 크고, 견실하게 만들어졌다는 이미지 때문일 것이다.

　　이 시의 독특한 점은 '산의 몸통'이 걸어와서 시인의 집 창문 앞에 머뭇거리다가 자신이 들어갈 수 없는 것을 알면서 조심스럽게 "어떻게 좀 들어갈 수 있는지?"를 묻는 것이다. 산은 정중한 태도를 취할 뿐 아니라, 자신이 그 집에서 무엇을 할 수 있는지를 자문한다. 또한 산은 자신을 위해서가 아니라, 시인을 위해서 자기가 도울 일이 무엇인지를 묻기도 한다. 산의 이러한 이타적인 태도와는 달리, 강은 인간에 대한 관심을 갖고 있지 않다. 강은 빠른 시간에 흘러가야 하는 자신의 임무 때문에 인간에게 관심을 쏟을 여유가 없는 것이다. 강의 관점에서 인간을 보는 시인의 상상력은 매우 독특하다.

또한 이 시의 끝부분에서 별이 하는 말은 매우 의미심장하다. 별은 "통화하면서 불안에 떤다"고 말한다. 물론 별의 통화 대상은 인간일 것이다. 별은 자신이 인간에게 전화할 수 없기 때문에 어쩌면 인간의 전화를 기다리는 입장일지 모른다. 별이 "불안에 떤다"는 것은 인간이 전화를 하지 않고, 자기를 "생각해주지 않으면" 자기는 존재할 수 없다고 생각하기 때문이다. 그러나 정작 불안에 떨어야 할 존재는 인간이 아닐까? 별빛이 인간에게 길을 밝혀주던 시대가 행복한 시대라고 말한 철학자가 있었다. 별빛이 길을 밝혀주건 아니건 간에, 별빛을 찾지 않고, 떨림과 설렘을 잊은 이 시대의 사람들이 불행한 것이다. 시인은 인간이 "불안에 떨어야 하는" 것을 역설적으로 별이 "불안에 떠는 것"으로 표현한다. 이런 점에서 이 시의 울림은 크다.

시인

세상에서 가장 순한 동물인

시인에게 친절히 대하세요.

우리에게 자기의 가슴과 머리를 빌려주고,

우리의 모든 불행과 동화된 모습의,

그는 우리와 똑같은 사람이지요.

형용사의 사막에서

그는 자기의 고통스러운 낙타를 타고

예언자들보다 앞서가지요.

그는 매우 정직한 사람이어서

불행과 불행의 무덤들을 찾아다니고

우리를 위해 자신의 불쌍한 몸을

까마귀에게 주는 착한 사람이지요.

그는 분명한 언어로 표현하지요

우리의 무한히 작은 것들을.

아! 그의 축일에는 그에게

통역자의 모자를 선물해야겠어요!

Le Poète

Soyez bon pour le Poète,

Le plus doux des animaux.

Nous prêtant son coeur, sa tête,

Incorporant tous nos maux,

Il se fait notre jumeau;

Au désert de l'épithète,

Il précède les prophètes

Sur son douloureux chameau;

Il fréquente très honnête,

La misère et ses tombeaux,

Donnant pour nous, bonne bête,

Son pauvre corps aux corbeaux;

Il traduit en langue nette

Nos infinitésimaux.

Ah! donnons-lui, pour sa fête,

La casquette d'interprète!

❖

　오래전부터 많은 시인들이 시인을 주제로 시를 쓰거나, 시인의 역할을 정의하는 산문을 쓰기도 했다. 시인을 민중의 지도자라고 말하는 시인도 있었고, 보통 사람들이 보지 못하는 것을 보는 견자見者, voyant가 시인이라고 말하는 시인도 있었다. 그러나 슈페르비엘은 이 시에서 시인을 인간의 모든 고통과 불행에 공감하고, 헌신적인 태도를 보이는 사람, 예수 그리스도와 같은 성인에 비유한다.

　이 시의 첫 부분에서 그는 유머러스한 어조로 시인을 "세상에서 가장 순한 동물"이라고 변호하듯이 말한다. "자기의 가슴과 머리를 빌려주고", "우리의 모든 불행과 동화된" 그의 모습은 그리스도를 연상시키기에 충분하다. 여기서 "동화시킨다(incorporer)"와 "incarner(강생시키다)"가 같은 뜻임을 상기할 필요가 있다.

　　형용사의 사막에서
　　그는 자기의 고통스러운 낙타를 타고
　　예언자들보다 앞서가지요.

　이 대목에서 우리는 "고통스러운 낙타를 타고 사막"을 횡단

하는 시인의 이미지를 떠올리게 된다. 그렇다면 왜 "형용사의 사막"일까? 형용사의 문법적 정의는 사람이나 사물의 속성을 나타내는 것이다. 세상에는 무수한 명사가 있듯이, 무수한 형용사가 존재한다. 그럼에도 불구하고 시인이 "형용사의 사막"이라고 한 것은 많은 형용사가 관련 대상의 본질을 나타내지 않고, 외양만 표현한다고 보기 때문이다. 그러나 진정한 시인은 외양 속에 감춰진 진정한 '형용사'를 찾는 사람일 것이다. 또한 시인이 "예언자들보다 앞서간다"는 것은, 이 시대에는 그리스도 같은 시인의 헌신적 역할이 중요하다고 보기 때문일 것이다.

> 우리를 위해 자신의 불쌍한 몸을
> 까마귀에게 주는 착한 사람이지요.
> 그는 분명한 언어로 표현하지요
> 우리의 무한히 작은 것들을.

시인이 "자신의 불쌍한 몸을 까마귀에게 준다"는 것은 중세 시인, 비용의 「목 매달린 자들의 발라드」에 나오는 한 구절을 연상시킨다. 좌절과 절망 속에서 살았으면서도 인간의 고통스러운 내면을 아름답고 깊이 있는 언어로 표현한 비용은, "까치와 까마귀는 우리들의 눈을 파내고", "우리는 결코 잠시도 편안히 쉴 수 없다"고 노래한 바 있다. 인용된 부분에서 "무한히 작은 것들"은 보통 사람의 감각으로는 포착하기 어렵고, 인식하기 어려운 미세하고 순간적인 진실의 양상을 가리킨다. 시인은 그러한 "작은 것들을 표현"하면서 인간의 현재와 본질적 모습을 일깨워준다. 그는 우리가 알 수 없는 것을 알게 해주고, 우리가 근원적으로 하고 싶은 말을 대변인처럼 말해주는 사람이다.

이 시는 슈페르비엘이, 동시대의 초현실주의 시인들처럼 분노와 열정의 목소리로 사회에 대한 불만을 외치지 않고, 그들과 달리 대상을 사려 깊은 시선과 낮은 목소리로 노래한 시인임을 보여준다.

르네 샤르

René Char

1907-1988

샤르

바람이 머물기를

　마을의 작은 언덕 비탈에 미모사꽃밭이 야영하듯 펼쳐져 있
네요. 꽃을 따는 계절이 오면, 멀리서도 여린 나뭇가지 사이에
서 하루 온종일 일하던 여자아이의 지극히 향기로운 모습을
만나게 되는 일이 있지요. 빛의 후광이 향기를 품은 램프처럼,
여자아이는 석양을 등지고 사라집니다.

　그녀에게 말을 건네면, 그건 신성 모독일지 몰라요.

　운동화를 신고, 풀을 밟고 지나가는 그녀를 보면 그냥 길을
비켜주세요. 어쩌면 당신은 운 좋게도 그녀의 입술 위에 번지는
밤의 습기 찬 공기와 몽상의 어떤 차이를 보게 될지 모르지요.

Congé au vent

À flancs de coteau du village bivouaquent des champs fournis de mimosas. À l'époque de la cueillette, il arrive que, loin de leur endroit, on fasse la rencontre extrêmement odorante d'une fille dont les bras se sont occupés durant la journée aux fragiles branches. Pareille à une lampe dont l'auréole de clarté serait de parfum, elle s'en va, le dos tourné au soleil couchant.

Il serait sacrilège de lui adresser la parole.

L'espadrille foulant l'herbe, cédez-lui le pas du chemin. Peut-être aurez-vous la chance de distinguer sur ses lèvres la chimère de l'humidité de la Nuit?

초현실주의 시인이면서 저항과 투쟁의 삶을 살기도 했던 르네 샤르는 1950년부터 어떤 문학운동이나 사회참여 활동을 멀리하고 남프랑스의 프로방스 지역, 아비뇽에서 멀지 않은 고향에서 칩거하며 지냈다. 말년에 쓴 그의 시들은 대부분 고향의 풍경을 주제로 한다. 황혼이 질 무렵 들판을 산책하던 시인이 한 소녀와 마주친 장면을 묘사한 이 시는 남프랑스의 어느 곳에서나 볼 수 있는 한 풍경을 연상시킨다.

세 문단으로 구성된 이 시의 첫 문단은 "마을의 작은 언덕 비탈에 미모사꽃밭이 야영하듯 펼쳐져 있"다로 시작한다. 이 문장에서 중요한 단어는 "야영하다bivouaquer"라는 동사이다. 야영을 할 수 있는 사람들은 대체로 목동들과 군인들과 캠핑하는 사람들일 것이다. 그들은 자연 속에서 불을 피우고 밤샘할 준비로 야영을 하는 것이다. 시인은 '미모사꽃들'을 의인화하여, 그들을 밤샘을 준비하는 사람들처럼 묘사한다. 그만큼 생생한 미모사꽃들은 은은하고 신선하고 독특한 향기를 품고 있어서 향수나 오일의 재료로 많이 쓰인다고 한다.

"꽃을 따는 계절"에 하루 온종일 꽃을 따는 일을 하던 여자아이가 저녁시간에 일을 마치고 집으로 돌아갈 때, 들판을 산책하던 시인이 그녀와 마주치는 장면을 떠올려보자. 하루가 저물 무렵의 시간은 낮과 밤이 교차되고, 빛과 어둠이 모호하게 뒤섞이는 때이다. 그러한 시간의 배경 속에서 그녀의 몸은 꽃향기가 가득하고, 그 향기는 바람결에 증폭되다가 서서히 멀어져간다. 시인은 그녀의 모습에서 신성한 종교적 분위기를 환기시키기 위해 '빛의 후광'이나 '신성 모독'이란 단어를 사용한다. 주변에서는 어떤 소리도 들리지 않는다. 그처럼 고요함과 어울리게 '운동화를 신고' 가는 소녀의 모습에서 경쾌한 발걸음과 동시에 조용한 발걸음이 연상되는 것도 종교적인 분위기와 무관하지 않다.

시인은 이렇게 삶의 평범한 일상과 풍경을 시적으로 변용시킨다. 시인의 꿈과 명상 속에서 세속적인 현실은 초월적인 세계처럼 떠오를 수 있을 것이다.

소르그 강

너무 이른 시간에 동반자 없이, 쉬지 않고 길을 떠난 강이여,
우리 마을 아이들에게 그대 열정의 얼굴 보여주오.

번개가 끝나고 우리 집이 시작하는 곳에서
망각의 계단에 이성의 조약돌을 굴리는 강이여.

강이여, 그대 품에서 대지는 전율이고, 태양은 불안이지.
어둠 속 모든 가난한 사람들이 강의 수확으로 양식을 만들지.

때로는 벌을 받기도 한 강이여, 버림받기도 한 강이여,

척박한 조건에 처한 견습공들의 강이여,
그대 물결의 밭고랑 정점에서 굴복하지 않는 바람은 없었지.

공허한 영혼과 남루한 옷, 의심의 강이여,
감기며 돌아가는 오랜 불행과 어린 느릅나무, 연민의 강이여.

광인들과 열병 환자, 각목공들의 강이여,
사기꾼과 어울려 놀기 위해 쟁기를 던져버린 태양의 강이여.

누구보다 더 좋은 사람들의 강이여, 피어오른 안개와
자기가 쓴 모자 주변에 불안을 가라앉히는 램프의 강이여.

꿈을 배려하는 강이여, 쇠를 녹슬게 하는 강이여,
바다에서 별들이 거부하는 어둠을 품은 별들의 강이여.

물려받은 권력의 강이여, 물속으로 들어가는 비명의 강이여,
포도밭을 물어뜯고 새로운 포도주를 예고하는 태풍의 강이여.

미친 감옥의 세계에서 전혀 훼손되지 않는 마음의 강이여,
우리를 격렬하게 지켜주오, 지평선의 꿀벌들의 친구여.

La Sorgue

Rivière trop tôt partie, d'une traite, sans compagnon,
Donne aux enfants de mon pays le visage de ta passion.

Rivière où l'éclair finit et où commence ma maison,
Qui roule aux marches d'oubli la rocaille de ma raison.

Rivière, en toi terre est frisson, soleil anxiété.
Que chaque pauvre dans sa nuit fasse son pain de ta moisson.

Rivière souvent punie, rivière à l'abandon.

Rivière des apprentis à la calleuse condition,
Il n'est vent qui ne fléchisse à la crête de tes sillons.

Rivière de l'âme vide, de la guenille et du soupçon,
Du vieux malheur qui se dévide, de l'ormeau, de la
compassion.

Rivière des farfelus, des fiévreux, des équarrisseurs,

Du soleil lâchant sa charrue pour s'acoquiner au menteur.

Rivière des meilleurs que soi, rivière des brouillards éclos,

De la lampe qui désaltère l'angoisse autour de son chapeau.

Rivière des égards au songe, rivière qui rouille le fer,

Où les étoiles ont cette ombre qu'elles refusent à la mer.

Rivière des pouvoirs transmis et du cri embouquant les eaux,

De l'ouragan qui mord la vigne et annonce le vin nouveau.

Rivière au coeur jamais détruit dans ce monde fou de prison,

Garde-nous violent et ami des abeilles de l'horizon.

소르그 강은 샤르의 고향 릴쉬르라소르그L'Isle-sur-la-Sorgue에 흐르는 작은 강이다. 어린 시절부터 강을 보고 자라면서, 인생의 많은 시간을 강과 함께 보낸 시인에게 강은 특별한 의미를 갖는다. 이 시에서 시인은 인생의 동반자이자 믿음과 존경의 대상으로 강을 생각하는 듯, 친근하게 '돈호법'을 반복하면서 말한다. 모두 스물 한 개의 행으로 구성된 이 시는 7번째 행 "때로는 벌을 받기도 한 강이여, 버림받기도 한 강이여"를 제외하고는 모두 2행시distique로 전개된다. 그러므로 모두 10편의 2행시가 연속되었다고 할 수 있다.

첫 번째 2행시에서 시인은 강을 외로운 방랑자처럼 단호한 의지를 품고 여행을 떠나는 사람으로 묘사한다. 강은 고독을 겁내지 않는 용기 있고 결단력 있는 자유로운 존재와 같다. 이런 점에서 시인은 고향의 젊은이들이 모두 그의 모습을 본받기를 바라는 의미에서 "그대 열정의 얼굴 보여주"라고 말했을 것이다.

두 번째 2행시에서 "번개가 끝나고 우리 집이 시작하는 곳"은 두려움이 느껴지는 번개가 멈추는 곳, 우리 집을 부각시키는 표현으로 해석될 수 있고, "망각의 계단에 이성의 조약돌을 굴리는 강"은 개인의 작은 이성을 잊고, 큰 이성을 생각하게 하는 강으로 해석될 수 있다.

세 번째의 "대지는 전율이고, 태양은 불안"이라는 구절은 땅이 보이는 하상河床에서 시인이 전율을 느끼고, 물에 비치는 태양의 모습에서 불안을 느낀다는 것을 의미한다. 또한 "어둠 속 모든 가난한 사람들이 강의 수확으로 양식을 만들기를" 바란다는 것은 강이 물질적인 양식을 제공하는 원천이 될 수 있다는 의미가 아니라, 정신적으로 가난한 사람에게 정신적인 양식을 가져다줄 수 있다는 의미로 이해된다. 그다음에 나오는 "때로는 벌을 받기도 한 강이여, 버림받기도 한 강이여"는 인간이 강과 같은 자연의 소중한 가치를 잊고, 자연을 착취하거나 훼손한 행위를 비판한 것이라고 볼 수 있다.

네 번째의 "척박한 조건에 처한 견습공들의 강"은 소르그 강의 소박하고 검소한 모습에서 부유한 사람들의 친구가 아니라 가난한 사람들의 친구를 연상시킨다. 또한 "물결의 밭고랑 정점에서 굴복하지 않는 바람은 없었다"는 것은 소박한 옷차림 속에서 기개가 높고 담대한 정신이 느껴지는 사람을 떠올리게 한다. 여기서 "물결의 밭고랑"은 부지런한 농부가 밭고랑을 잘 일구듯이, 한결같이 긴장된 정신으로 열심히 일하는 사람과 다름없는 강의 모습을 말해준다.

다섯 번째와 여섯 번째에서 '공허한 영혼', '남루한 옷', '의심', '불행', '광인들', '열병 환자', '각목공들'은 사회의 하층민들,

의심이 많은 불행한 사람들, '공허한 영혼'의 소유자들이라는 공통점으로 연결된다. 이들에게 강은 의지가 되고 위로가 되는 존재일 수 있다. 그러나 "사기꾼과 어울려 놀기 위해 쟁기를 던져버린 태양의 강"이란 무엇일까? 이것은 '공허한 영혼'의 소유자가 "사기꾼과 어울려 놀기 위해 쟁기를 던져버린 태양"처럼 유혹에 빠질 수 있는 위험에 노출된다는 것을 의미하지 않을까?

일곱 번째의 "누구보다 더 좋은 사람들"이란 '공허한 영혼'이 아니라 이웃을 위해서 일하는 사람이고, 이웃의 "불안을 가라앉히는 램프"의 역할을 하는 사람들일 수 있다. 또한 여덟 번째의 강은 "꿈을 배려"할 만큼 상상력을 길러주는 강이자 일하는 사람들의 "쇠를 녹슬게" 할 만큼 휴식을 제공하는 강일 수 있고, 위험한 "어둠"과 희망의 빛 혹은 별을 동시에 품은 강일 수 있다. 아홉 번째의 강은 인간의 삶에 도움을 주는 힘과 권력의 존재로서, 태풍의 피해에도 '새로운 포도주'를 생산하는 데 기여하는 존재로 묘사된다.

열 번째 2행시에서 시인은 자유로운 영혼의 의지를 보이며, 강에게 적극적으로 자기와 공동체의 삶을 지켜달라고 호소하면서 공동체를 위해 부지런히 일하는 꿀벌들이 자기와 같은 존재임을 말한다. 여기서 '지평선'은 자유의 정신을 상징한다. 그러므로 강이 자유를 억압하는 권력에 저항하는 사람들 편에서 '감옥'을 두려워하지 않는 자유로운 영혼을 지켜줄 것임은 분명해 보인다.

프랑시스 퐁주

Francis Ponge

1899-1988

퐁주

굴

굵기가 보통의 조약돌만 한 굴은 표면이 아주 꺼칠꺼칠하고, 색깔은 고르지 않으며 유난히도 희끄무레하다. 그건 고집스럽게 폐쇄적인 세계이다. 그렇지만 그것의 문을 열 수는 없다. 우선 굴을 행주의 오목한 곳에 쥐어서 이가 빠지고 좀 순수하지 못한 칼을 사용해 여러 번 시도해야 한다. 호기심 많은 손가락은 베이거나 손톱이 부러질 수 있다. 그 일은 거친 작업이다. 여러 번 공격을 시도하다 보면 굴의 외관에 후광 같은 흔적을 남긴다.

굴의 내부에는 마실 수 있고, 먹을 수 있는 하나의 세계가 있다. (정확히 말하자면) 진주모의 창공 아래 우주의 상층부는 하층부 위에 내려앉아 늪의 모양이 되거나 가장자리의 거무스레한 레이스의 술장식이 달린 부분에서 냄새와 시각을 자극하고 흘러나오다가 역류하기도 하는 끈적끈적하고 푸르스름한 작은 봉지의 모양을 이룬다.

때때로 아주 드물겠지만 진줏빛 우주의 목구멍에 하나의 경구가 방울방울 맺히면 그것은 곧 아름다운 장식이 될 수도 있다.

L'huître

L'huître, de la grosseur d'un galet moyen, est d'une apparence plus rugueuse, d'une couleur moins unie, brillamment blanchâtre. C'est un monde opiniâtrement clos. Portant on peut l'ouvrir: il faut alors la tenir au creux d'un torchon, se servir d'un couteau ébréché et peu franc, s'y reprendre à plusieurs fois. Les doigts curieux s'y coupent, s'y cassent les ongles: c'est un travail grossier. Les coups qu'on lui porte marquent son enveloppe de ronds blancs, d'une sorte de halos.

À l'intérieur l'on trouve tout un monde, à boire et à manger: sous un firmament (à proprement parler) de nacre, les cieux d'en dessus s'affaissent sur les cieux d'en dessous, pour ne plus former qu'une mare, un sachet visqueux et verdâtre, qui flue et reflue à l'odeur et à la vue, frangé d'une dentelle noirâtresur les bords.

Parfois très rarement une formule perle à leur gossier de nacre, d'où l'on trouve aussitôt à s'orner.

❖

퐁주는 사물의 시인으로 알려져 있다. 그의 유명한 시집 『사물의 편에서Parti pris des choses』는 사물에 대한 인간의 편견이나 고정관념을 버린 관점에서 씌어진 시들로 구성되어 있다. 그러나 시인이 사물의 편에서 사물을 관찰하거나 성찰한다고 해서, 인간의 삶을 외면하고 있지는 않다. 오히려 시인은 사물을 통해서 인간의 삶을 돌아본다고 할 수 있다.

이 시는 세 문단으로 구성된다. 첫 번째는 굳게 입을 닫은 굴의 외면을 묘사하고, 굴의 입을 여는 방법을 그린다. 두 번째는 굴을 열어서, 그것의 내부를 보여주고 세 번째는 굴의 내부에서 아주 드물게 발견되는 진주를 주제로 결론 같은 서술 방식을 취한다.

첫 문단에서 굴의 외양은 "고집스럽게 폐쇄적인 세계"로 묘사된다. 그것은 쇄국정책을 쓰는 나라처럼, 외부의 정보를 철저히 차단하고, 외국과의 교류에도 무관심한 것 같다. 그러나 주변의 강대국에서 먹잇감이 될 수 있는 그런 나라를 내버려둘 리 없다. '손가락이 베이고, 손톱이 부러지는' 위험을 무릅쓰고, 끊임없이 공격을 시도해서 결국 자기의 먹이로 만드는 것이다.

두 번째 문단에 나타난 굴의 내부는 하나의 우주와 같아서 하늘과 땅과 늪과 바다가 보인다. "흘러나오다가 역류하기도 하는 끈적끈적한" 액체는 밀물과 썰물이 반복되는 해안의 풍경을 연상시킨다.

　세 번째 문단에서 특이한 것은 '경구formule'라는 명사이다. 이러한 표현이 특이한 것은 이것이 진주에 대한 비유이면서 인간에게 교훈을 주는 압축된 글쓰기의 표현 방식으로 이해되기 때문이다. 이런 점에서 경구는 글쓰기의 힘든 작업 끝에 거둘 수 있는 '진주'와 같은 성과를 암시한 것일 수 있다. 그렇다면 이 시는 시인의 글쓰기일 뿐 아니라 모든 예술가들의 끈질긴 탐구와 힘든 작업에 대한 알레고리로 해석될 수 있을 것이다.

빵

빵의 표현은 우선 거기에 나타난 거의 파노라마 같은 인상 때문에 경이롭다. 마치 누군가 자유롭게 손으로 알프스산맥, 터키의 토로스산맥, 안데스산맥을 빚어놓은 것 같다.

그렇기 때문에 트림이 계속 나오고 있는 어떤 무정형의 덩어리가 우리를 위해서 별이 총총한 화덕 속으로 미끄러지듯 들어간 후에 단단해지면서 골짜기와 능선과 물결과 크레바스로 가공된다. 그때부터 나타난 매우 조밀하게 연결된 이 모든 평면의 형태들, 빛이 열심히 불길을 잠재운 이 얇은 판板들 속에 감춰진 비겁한 무기력에는 눈길 한번 주지 않은 채.

우리가 빵의 속살이라고 부르는 이 느슨하고 차가운 하층토는 해면海綿의 조직 같은 것으로 되어 있어서, 나뭇잎이나 꽃들은 모든 팔꿈치가 동시에 맞대어 붙어 있는 기형 쌍생아 자매들과 같다. 빵이 눅눅해질 때 이 꽃들은 시들고 줄어든다. 그러면 꽃들은 분리되고, 덩어리는 부서지기 쉽게 되어……

그러나 이것을 부숴버리자. 왜냐하면 빵은 우리의 입에서 존경의 대상이 아니라 소비의 대상이 되어야 하기 때문이다.

Le pain

La surface du pain est merveilleuse d'abord à cause de cette impression quasi panoramique qu'elle donne: comme si l'on avait à sa disposition sous la main les Alpes, le Taurus ou la Cordillère des Andes.

Ainsi donc une masse amorphe en train d'éructer fut glissée pour nous dans le four stellaire, où durcissant elle s'est façonnée en vallées, crêtes, ondulations, crevasses... Et tous ces plans dès lors si nettement articulés, ces dalles minces où la lumière avec application couche ses feux, — sans un regard pour la mollesse ignoble sous-jacente.

Ce lâche et froid sous-sol que l'on nomme la mie a son tissu pareil à celui des éponges: feuilles ou fleurs y sont comme des sœurs siamoises soudées par tous les coudes à la fois. Lorsque le pain rassit ces fleurs fanent et se rétrécissent: elles se détachent alors les unes des autres, et la masse en devient friable...

Mais brisons-la: car le pain doit être dans notre bouche moins objet de respect que de consommation.

오늘날 서양이나 동양이나 빵은 인간에게 주식으로 자리잡은 것처럼 되었다. 이 빵을 시인은 처음 본다는 듯이 순진하면서도 시각으로 세밀히 묘사한다. 객관적이라기보다 몽상적이라고 할 수 있는 이러한 묘사를 통해 일상의 빵은 평범한 사물에서 경이로운 대상으로 변모하는 느낌을 준다. 네 문단으로 구성된 이 시는, 첫 문단에서 빵의 표면을, 두 번째에서는 빵이 구워지는 형태를, 그리고 세 번째에서는 껍질 속에 감춰 있는 속살을 비유적으로 그린다. 그러나 마지막 문단의 짧은 글을 마치 몽상의 흐름 속에서 깨어난 것처럼 대상의 묘사를 멈추고 "빵은 우리의 입에서 존경의 대상이 아니라 소비의 대상"임을 일깨워준다.

인간의 관점이 아니라 사물의 편에서 대상을 바라보는 퐁주는 모든 사물을 순진한 어린이의 시각에서 바라보거나 현미경으로 확대시켜놓은 것처럼 세밀하게 그린다. 그의 이러한 시적 의도는 사물을 이용하는 사람들의 습관이나 상투적인 시각을 벗어나기 위한 것이다. 그러므로 이 시의 첫 문장에서 '빵의 표면'이 '경이롭다'로 표현되는 것은, 우리 주변의 모든 사물이나 세계를 새롭게 바라보고 경탄하는 마음을 가져야 한다는 시인의 주장이 반영되어 있기 때문이다. 이런 점에서 시인은 상상력을 중요시하는 초현실주의의 주장에 공감하는 것처럼 보인다. 빵의 "파노라마 같은 인상"에서 "알프스산맥, 터키의 토로스산맥, 안데스산맥"을 연상할 수 있는 것은 상상력을 가진 사람만이 누릴 수 있는 즐거움이다.

이 시의 두 번째 문단은 빵을 만드는 사람이 밀가루를 반죽해서 덩어리로 만들어 화덕에 집어넣고, 화덕에서 빵이 만들어지는 과정을 보여준다. 또한 "트림이 계속 나오고 있는 어떤 무정형의 덩어리"는 화덕의 열기와 효모의 작용으로 빵이 부풀어 오르는 장면을 나타낸다. "별이 총총한 화덕"은 천지창조의 우주와 같다. "골짜기와 능선과 물결과 크레바스" 등이 만들어지기 때문이다. 시인의 시선은 이제 빵의 표면에서 내면으로, 껍질에서 속살로 이동한다. 이 과정에서 빛은 "속에" 감춰진 비겁한 무기력에는 눈길 한번 주지 않은 채, "열심히 불길을 잠재운" 것으로 찬미의 대상이 되는 반면, '빵의 속살'은 무기력하면서 "느슨하고 차가운" 것으로 폄하된다. 이것은 또한 해면의 조직과 같은 걸 갖고 있는 것으로 비유되고, 꽃과 나뭇잎처럼 식물적 세계의 요소로 표현된다.

마지막 연에서 시인은 "빵이 우리의 입에서 존경의 대상이 아니라 소비의 대상이 되어야 한다"는 것을 강조한다. 잘 알려져 있듯이, 오랜 기독교 문화에서 빵은 '미사용 빵'이나 '성체의 빵'처럼 신성시되었고, '생명의 빵'은 그리스도의 가르침을 의미하는 것이었다. 시인은 이러한 빵의 정신적 양식의 의미를 이해한 듯, 빵에 대한 편견을 배제하고 의식적으로 빵이 소비의 대상임을 일깨운다.

앙리 미쇼

Henri Michaux

1899-1984

미쇼

태평한 사람

침대 밖으로 손을 뻗다가, 플룸은 벽이 만져지지 않는 것을 보고 깜짝 놀랐다. "이런, 개미들이 벽을 파먹었나……" 이렇게 생각하면서 그는 다시 잠들었다.

얼마 후에, 그의 아내가 그를 붙잡고 흔들었다. "이것 봐요, 게으름뱅이야! 당신이 잠에 빠져 있는 동안, 누가 우리 집을 훔쳐가버렸어." 실제로 사방에 노천이 그대로 드러나 있었다. "말도 안 돼, 하지만 이미 끝나버린 일인걸." 그는 이렇게 생각했다.

얼마 후에, 소리가 들려왔다. 그들을 향해 전속력으로 기차가 달려오는 것이었다. "저렇게 빠른 속도로 오면, 분명히 우리가 움직이기도 전에 지나가버리겠지" 하면서 그는 다시 잠들었다.

그리고 나서 추위 때문에 그는 잠에서 깨어났다. 온몸이 피에 젖어 있었다. 여러 토막으로 절단된 아내의 몸이 그의 옆에 누워 있었다. "불쾌한 일들이 계속 피범벅으로 일어나다니. 기차가 지나가지만 않았다면 나는 아주 행복했을 텐데. 그렇지만 이미 기차가 지나간 이상……" 이렇게 생각하면서 그는 다시 잠들었다.

— 재판관이 물었다. "아니 피고의 아내가 옆에서 누워 자다가 여덟 토막으로 절단되어 죽었는데, 아무런 예방 조처도 취하지 않고, 사건의 심각성도 모르고 있었다는 것을 어떻게 설

명할 수 있겠소. 참 알 수 없는 일이군. 사건의 핵심은 바로 그 점이오."

— 그 와중에 내가 아내를 도울 수가 없지. 플룸은 이렇게 생각하며 다시 잠들었다.

— 내일 사형 집행이 있을 것이오. 피고는 덧붙여 말할 것이 있습니까?

— "미안하지만, 저는 이 사건에 관심을 갖지 않았습니다." 그는 이렇게 말하고, 다시 잠들었다.

Un homme paisible

Etendant les mains hors du lit, Plume fut étonné de ne pas rencontrer le mur. « Tiens, pensa-t-il, les fourmis l'auront mangé... » et il se rendormit.

Peu après, sa femme l'attrapa et le secoua: « Regarde, dit-elle, fainéant! Pendant que tu étais occupé à dormir, on nous a volé notre maison. » En effet, un ciel intact s'étendait de tous côtés. « Bah, la chose est faite », pensa-t-il.

Peu après, un bruit se fit entendre. C'était un train qui arrivait sur eux à toute allure. « De l'air pressé qu'il a, pensa-t-il, il arrivera sûrement avant nous » et il se rendormit.

Ensuite, le froid le réveilla. Il était tout trempé de sang. Quelques morceaux de sa femme gisaient prés de lui. « Avec le sang, pensa-t-il, surgissent toujours quantité de désagréments; si ce train pouvait n'être pas passé, j'en serais fort heureux. Mais puisqu'il est déjà passé... » et il se rendormit.

— Voyons, disait le juge, comment expliquez-vous que votre ferrime se soit blessée au point qi'on l'ait trouvée partagée en huit morceaux, sans que vous, qui étiez à côté, ayez pu faire un geste pour l'en empêcher, sans même vous en être aperçu. Voilà *le mystère. Toute l'affaire est là-dedans.*

— Sur ce chemin, je ne peux pas l'aider, pensa Plume, et il se
rendormit.

— L'exécution aura lieu demain. Accusé, avez-vous quelque
chose à ajouter?

— Excusez-moi, dit-il, je n'ai pas suivi l'affaire. Et il se
rendormit.

❖

앙리 미쇼는 20세기의 모든 폭력적 현실에 대해서 시의 언어로 저항한 시인이다. 그에게 언어는 자신을 방어하고, 인간의 자존심을 지켜주면서, 비인간적 세계를 공격할 수 있는 최상의 무기이다. 그렇기 때문에 그의 언어는 현실을 모방하는 순응적 언어가 아니라, 현실과 맞서 싸우는 공격적 언어이다. 그것은 그의 특이한 시적 언어로 나타나기도 하고, 현실의 논리를 파괴하는 이야기로 표현되기도 한다.

「태평한 사람」은 그의 산문시집 『플륨이라는 사람un certain Plume』에 실린 첫 번째 시이다. 이 시집은 플륨이라는 인물이 겪는 온갖 이상한 사건들의 에피소드를 연작의 형태로 모은 것이다. 가령 「플륨은 손가락이 아팠다」에서는 플륨이 손가락이 아파서 병원에 갔는데, 의사는 치료하려고 하지 않고, 열 개의 손가락이 모두 필요한 것은 아닐 테니까 손가락 하나쯤 절단해버리자고 말한다. 또한 「천장 위의 플륨」은 땅 위를 걸어다니지 않고 천장 위를 거꾸로 걸어다니는 플륨의 이야기이다.

이처럼 기이하고 황당무계한 사건의 주인공인 플륨은 어떤 인물일까? 플륨은 깃털을 의미한다. 우리는 흔히 어떤 사건의 핵심 인물을 '몸통'이라고 말하고, 그의 하수인을 '깃털'이라고 표현한다. 입으로 불어도 날아갈 것처럼 가볍고 유동적인 '깃털'의 이미지는 시인에게 현대 사회에서 주체성을 상실한 비주체적 인간이자, 하나의 부속품으로 전락한 인간을 상징한다.

「태평한 사람」의 플륨은 아내가 옆에 누워 자다가 기차에 치여 여덟 토막으로 절단되어 죽었는데도 아무 일 없었다는 듯이 잠만 잔다. 그는 잠자는 일이 유일하게 자신이 할 수 있는 가치 있는 일처럼 생각하는 듯하다.

그는 아내의 존재에도 관심 없고, 자신의 삶에도 주체적인 입장을 취하지 않는다. 아내를 돌보지 않았다는 이유로 사형을 받게 되었어도 그는 재판장에게 "미안하지만, 저는 이 사건에 관심을 갖지 않았습니다"라고 말할 뿐, 계속 잠을 자려고 한다. 이러한 그의 잠은 누적된 피로의 상태에서 자신의 원기를 회복하려는 잠도 아니고, 내일을 준비하기 위한 잠도 아니다. 그의 잠은 오직 삶을 부정하기 위한 잠이다. 그렇기 때문에 그것은 꿈이 없는 잠이고, 인간이기를 거부한 잠이다. 그는 잠을 자면서 세계를 외면하고 세계로부터 도피하려는 것이다.

『이방인』의 주인공 뫼르소가 사회의 관습을 어긴 이방인처럼 행동했기 때문에 사형을 받고 죽음을 수락함으로써 사회에 반항했듯이, 플륨은 잠을 통해서 사회에 저항했다고 해석할 수 있다. 이런 관점에서 본다면 그는 나약한 사람이 아니라 오히려 강인한 사람일 수 있고, 부조리한 상황의 희생자이자, 비인간적 사회에 대한 고발자의 역할을 수행한 사람일지 모른다. 잠에서 깨어난 순간, 그의 눈에 보이는 현실은 끔찍한 재난이거나 그를 이해하지 못하는 사람들의 비난과 야유밖에 없다. 플룸의 이처럼 불쌍하고 비인간적인 모습을 통해, 시인은 삶의 의미를 알지 못하고, 삶에 대한 진정한 의식 없이 깨어 있는 삶은 죽음이라는 것, 그리고 그 죽음의 현실에 저항하는 방법은 적극적인 삶의 의지가 아니라 죽음의 수락이라는 것을 역설적으로 표현한다.

자크 프레베르

Jacques Prévert

1900-1977

프레베르

내 사랑 너를 위해

새시장에 갔네
그리고 새를 샀지
내 사랑
너를 위해

꽃시장에 갔네
그리고 꽃을 샀지
내 사랑
너를 위해

철물시장에 갔네
그리고 쇠사슬을 샀지
무거운 쇠사슬을
내 사랑
너를 위해

그다음 노예시장에 갔네
그리고 너를 찾아 헤맸지만
너를 찾지 못했네
내 사랑아

Pour toi mon amour

Je suis allé au marché aux oiseaux

Et j'ai acheté des oiseaux

Pour toi

mon amour

Je suis allé au marché aux fleurs

Et j'ai acheté des fleurs

Pour toi

mon amour

Je suis allé au marché à la ferraille

Et j'ai acheté des chaînes

De lourdes chaînes

Pour toi

mon amour

Et puis je suis allé au marché aux esclaves

Et je t'ai cherchée

Mais je ne t'ai pas trouvée

mon amour

❖

프레베르의『장례식에 가는 달팽이들의 노래』에서 나는 이 시에 대한 해설을 이렇게 썼다. "프레베르의 시에서 사랑은 자유와 동의어이다. 연인들이 서로가 상대편의 자유를 인정하고, 자유의 권리를 존중해야만 사랑이 지속될 수 있다. 사랑하는 사람들이 서로의 자유를 인정하지 않을 때, 혹은 상대편의 자유를 속박하고, 사랑이란 이름으로 상대편을 소유하려는 욕망에 사로잡힐 때, 사랑은 떠나기 마련이다. 그러나 사람들은 종종 이러한 사랑의 진실을 잊어버린다. 사랑의 관계에서 사랑하는 사람을 새가 아닌 꽃으로, 꽃이 아닌 쇠사슬로, 쇠사슬이 아닌 노예로 소유하려는 욕망의 변화는 시간이 갈수록 변질되어버리는 사랑의 추악한 모습일 것이다."

그러나 언제부터인지는 모르겠지만, 이러한 해석에 덧붙여, 나는 이 시를 권력의 본질과 권력의 접근법이라는 관점에서 읽게 되었다. 권력의 본질은 대상이 되는 사람들을 사물처럼 이용하거나 노예처럼 소유하려는 것이며, 그러한 목적을 위해서 권력은 자신의 의도를 감추고 부드러운 손길과 사랑의 언어로 위장한 채 대상에 접근하기 때문이다. 권력은 자기의 제안과 권유가 아무리 이기적인 욕망에서 비롯된 것이라도 절대로 '나를 위해서'라고 말하지 않고 '내 사랑 너를 위해서'라는 화법을 사용한다. 이 시를 이처럼 권력의 주제로 이해한다면, 마지막 연에서 '노예시장'에 가서 너를 찾았지만, 찾지 못했다는 것을 어떻게 해석할 수 있을까? '너'를 찾지 못했다는 것은 권력의 의도가 성공할 수 없었다는 의미일 것이다. 이런 점에서 권력의 의도가 실패한 것이라면 권력의 의도를 실패하게 만든 원인은 무엇일까? 권력에 대항할 수 있는 것은 사랑의 힘일까? 아니면 주체의 힘일까?

푸코는 "권력은 도처에 있다"고 말한다. 그만큼 현대인은 권력으로부터 자유로울 수 없는 것이 사실이다. 그렇다면 권력의 그물망으로부터 벗어날 수 있는 방법은 어떻게 가능할까? 푸코는 무엇보다 권력관계에 종속되지 않는 주체적 삶의 의지를 갖출 것을 제안한다. 물론 이것은 쉽게 이루어질 수 없다. 주체적 삶의 의지를 갖기 위해서는 강인한 노력과 연습의 과정이 필요하다. 그러한 의지를 갖는 사람은 권력관계에 놓여 있더라도 주체적으로 자신의 상황을 의식하고 정신적인 자유와 독립을 추구할 수 있다. 또한 권력에 대한 올바른 판단력이 요구되기도 한다. 이런 점에서 우선 정당한 권력과 부정한 권력을 구분하는 안목이 있어야 할 것이다. 어떤 입장이라도 부정한 권력을 거부해야 함은 물론 정당한 권력 혹은 착한 권력이라도 어느 순간 나쁜 권력이 될 수 있다는 것을 알아야 한다. 그것은 권력의 속성이기도 하고, 권력의 조건이 권력을 그렇게 만들기 때문이다. 그러므로 우리는 잠시라도 권력을 이용하려는 생각을 품어서도 안 되고, 권력에 예속되어서 안 일함을 즐겨서도 안 된다.

권력의 유혹에 굴복할 경우, 얻는 것보다 잃는 것이 훨씬 많다는 것을 나는 프레베르의 「절망은 벤치 위에 앉아 있다」의 마지막 구절을 인용해서 말하고 싶다. 이 시의 앞부분은 절망을 걸인이나 노숙자처럼 의인화시켜, 벤치 위에 앉아 있는 절망이 아무리 손짓을 해서 부를지라도, 그를 쳐다보고, 그의 말에 귀 기울여서는 안 된다는 것을 강조한다. 만일 마음이 약해지거나 방심한 상태에서 그의 부름에 응하고, 그의 자리에 앉아 있게 되면, 어떤 일이 발생할까? "이제 다시는 저 아이들처럼 / 뛰어놀 수 없고", "이제 다시는 저 행인들처럼 / 아무 일도 없이 / 지나갈 수 없다는 것을", "이제 다시는 저 새들처럼 / 이 나무에서 저 나무로 / 날아다닐 수 없다는 것을". 이 시구처럼 절망은 결국 자유를 잃어버리게 하고, 인간을 타락하게 만든다. 나는 절망의 자리에 권력을 앉혀서, "권력은 벤치 위에 앉아 있다"라고 읽어본다. 권력은 절망과 마찬가지로 인간의 자유를 잃게 하는 것이기 때문이다. 인간과 자유는 동의어이다. 자유를 잃고, 인간성을 상실하면, 인간은 결국 인간이기를 포기한 상태이므로 죽음이나 다름없는 것이다.

열등생

그는 머리로는 아니라고 말하지만
가슴으로는 그렇다고 말한다
그는 자기가 좋아하는 것에는 그렇다고 말하지만
선생님에게는 아니라고 말한다
그가 자리에서 일어서자
선생님이 질문을 한다
온갖 질문이 쏟아졌지만
갑자기 그는 폭소를 터뜨린다
그러고는 모든 것을 지워버린다
숫자도 단어도
날짜도 이름도
문장도 질문의 함정도
교사의 위협에도 불구하고
우등생 아이들의 야유를 받으면서도
온갖 색깔의 분필을 들고
불행의 검은색 칠판 위에
행복의 얼굴을 그린다.

Le cancre

Il dit non avec la tête

mais il dit oui avec le coeur

il dit oui à ce qu'il aime

il dit non au professeur

il est debout

on le questionne

et tous les problèmes sont posés

soudain le fou rire le prend

et il efface tout

les chiffres et les mots

les dates et les noms

les phrases et les pièges

et malgré les menaces du maître

sous les huées des enfants prodiges

avec les craies de toutes les couleurs

sur le tableau noir du malheur

il dessine le visage du bonheur.

❖

　이 시의 첫 행에서 "머리로는 아니라고 말한다"는 것은 선생님의 질문에 동의하는 것이 아니라 부정하는 대답을 하기 위해 학생이 머리를 흔드는 것을 의미한다. 머리는 환유적인 의미에서 가슴이나 마음과는 대립적이다. 그러나 머리로 말하는 '아니다non'의 뜻은 모호하다. 교사의 질문에 대한 대답으로서의 '아니다'일 수 있고, 대답을 거부하는 의미에서 '아니다'일 수도 있기 때문이다. 프레베르는 학교와 교사를 긍정적으로 표현하지 않는다. 학생들의 자유를 인정하지 않는 학교는 대체로 억압적 사회의 상징으로 나타나고, 교사는 존경받는 인물이 아니다. 이 시의 여섯 번째 행에서 선생님이라고 번역한 단어가 원문에서 존경하는 선생님이 아닌 일반적인 사람들을 뜻하는 on으로 표현되는 것은 그런 의미에서이다. 또한 교실의 칠판은 불행을 의미하는 '검은색'으로 되어 있다. 그 위에 '온갖 색깔의 분필을 들고' '행복의 얼굴을 그림'으로써 화자가 열등생의 시각으로 어린아이다운 반항심을 표현하는 반전의 화법은 매우 유쾌하다. 그런데 언제부터인지는 모르지만, 프랑스의 초등학교 선생님들이 이 시를 포함하여 학교를 비판적으로 그린 프레베르의 시를 학생들에게 많이 읽게 하는 이유는 무엇일까?

깨어진 거울

쉬지 않고 노래 부르던 키 작은 남자

내 머릿속에서 춤추던 키 작은 남자

청춘의 키 작은 남자의

구두끈이 끊어졌네

축제의 모든 가건물이

갑자기 무너졌네

그 축제의 침묵 속에서

그 머리의 사막 속에서

그대의 행복한 목소리

그대의 아프고 연약한

순진하고 비통한 목소리가

멀리서 나를 부르며 다가왔네

나는 가슴에 손을 얹었네

가슴에는 별이 반짝이는 그대의 웃음이

일곱 조각으로 깨어져

피투성이가 되어 흔들리고 있었네.

Le miroir brisé

Le petit homme qui chantait sans cesse

le petit homme qui dansait dans ma tête

le petit homme de la jeunesse

a cassé son lacet de soulier

et toutes les baraques de la fête

tout d'un coup se sont écroulées

et dans le silence de cette fête

dans le désert de cette fête

j'ai entendu ta voix heureuse

ta voix déchirée et fragile

enfantine et désolée

venant de loin et qui m'appelait

et j'ai mis ma main sur mon coeur

où remuaient

ensanglantés

les sept éclats de glace de ton rire étoilé.

프레베르의 시에서 어린이가 긍정과 희망의 존재로 그려지듯이 어린 시절l'enfance은 대체로 축복과 찬미의 주제로 나타난다. 사람은 누구나 어린 시절이 하나의 왕국이고, 자신이 어린 왕자였던 추억을 갖기 마련이다. 그러나 성장 과정에서 어느 순간 그 행복했던 어린 시절을 잃어버린다. 이 시에서 잃어버린 어린 시절은 "청춘의 키 작은 남자"로 은유되고, 어린 시절이 끝나는 때는 웃음의 거울이 깨어진 순간으로 표현된다. 일반적으로 '어린 시절'은 유년 시절이나 소년 시절을 의미한다. 그 시절의 나이를 정신적인 나이로 이해한다면, 사람마다 그 나이의 시간은 다를 것이다. 19세기의 프랑스 시인 보들레르는 자신의 '어린 시절'이 자신과 일체감을 갖고 있었던 어머니가 그를 기숙학교에 보내고 어떤 군인과 재혼하면서 견딜 수 없는 배반감을 갖게 되었을 때라고 말한다. 그때 그의 나이는 일곱 살이었다.

비평가 롤랑 바르트의 예를 들어보자. 그는 해군 장교였던 아버지가 1차 세계대전 때 독일군의 폭격으로 전사한 이후 어머니와 둘이서 남프랑스의 바욘Bayonne에 있는 조부모 집에서 살다가 아홉 살 때쯤 어머니를 따라서 파리로 이사했다고 한다. 혼자서 살림을 꾸려가느라 어머니는 파리 교외의 작업실에서 미술책 제본 일을 한다. 친구도 없이 외톨이로 지내던 어린 바르트는 어머니가 시외버스를 타고 직장에서 돌아올 때쯤, 버스정류장에서 어머니를 기다리곤 했다. 그러던 어머니가 직장에서 어떤 유부남과 사랑에 빠져 재혼을 하지도 않은 채 동생을 갖게 되었다. 그것을 알게 된 어린 바르트의 충격은 어떤 것이었을까? 바르트의 유년 혹은 어린 시절은 그때까지였다고 한다. 이제 그는 혼자서 자신의 일에 대해 전적으로 책임을 져야 하는 청년으로 살아가야 했기 때문이다. (티파인 사마요, 『롤랑 바르트』, 쇠이유 출판사, 2015 참조)

그렇다면 가족관계가 원만했던 프레베르의 어린 시절은 행복했을까? 분명한 것은 「어린 시절」이라는 시에서 알 수 있듯이 "어린 시절의 시간에 지구는 돌지 않고 / 새들은 더 이상 노래 부르지 않고 / 태양은 빛나지 않으며 / 모든 풍경은 얼어붙은" 슬픈 시간들뿐이라는 사실이다. 물론 프레베르에게도 행복한 어린 시절이 있었을 것이다. 그러나 그가 자신의 어린 시절을 추억하거나 그리워한 적은 별로 없다.

바르바라

기억하라 바르바라여
그날 브레스트에는 끊임없이 비가 내리고 있었지
그리고 너는 미소를 지으며
환한 얼굴로 비에 젖은 채
기쁨에 가득 차 빗속을 걷고 있었지
기억하라 바르바라여
브레스트에는 끊임없이 비가 내리고 있었지
시암로에서 너와 마주쳤을 때
너는 웃고 있었지
그래서 나도 웃었지
기억하라 바르바라여
내가 알지 못했던 너
나를 알지 못했던 너
기억하라 바르바라여
그래도 그날을
기억하라 바르바라여
잊지 않겠지
어느 집 처마 밑에서 비를 피하던 한 남자를
그가 너의 이름을 불렀지

바르바라

그러자 너는 비를 맞으며 그를 향해 달려갔지

비에 젖은 채 밝은 빛으로 기쁨에 가득 차

그리고 너는 그의 품에 뛰어들었지

기억하라 그것을 바르바라여

내가 너에게 반말을 한다고 기분 나빠하지는 않겠지

나는 내가 사랑하는 모든 사람을 '너'라고 부른다

내가 그들을 한 번밖에 본 적이 없다 해도

나는 서로 사랑하는 모든 애인들을 '너'라고 부른다

내가 그들을 모른다고 해도

기억하라 바르바라여

잊지 않겠지

너의 행복한 얼굴 위에

행복한 그 도시 위에 내리던

얌전하고 행복한 비를

바다 위에

해군기지 위에

웨상의 선박 위에 내리던 비를

오 바르바라

전쟁이란 얼마나 어리석은 짓인가

그 무쇠의 빗속에서

피의 강철의 불의 빗속에서

지금 너는 어떻게 되었니

그리고 사랑스럽게

두 팔로 너를 끌어안던 그 사람은

그는 죽었을까 실종되었을까 아직 살아 있을까

오 바르바라

지금도 브레스트에는 옛날처럼 끊임없이

비가 내리지만

이제는 옛날 같지 않고 모든 것이 망가졌지

이 비는 무섭고도 황량한 죽음의 비

이 비는 이제 피의 강철의 무쇠의

폭풍우의 비도 아니지

다만 브레스트에 내리는 빗물을 따라

사라지는 개들처럼 죽는 구름일 뿐

브레스트에서 아주 멀리 떠나

죽어 썩으면 아무것도 남지 않는 개들처럼.

Barbara

Rappelle-toi Barbara

Il pleuvait sans cesse sur Brest ce jour-là

Et tu marchais souriante

Épanouie ravie ruisselante

Sous la pluie

Rappelle-toi Barbara

Il pleuvait sans cesse sur Brest

Et je t'ai croisée rue de Siam

Tu souriais

Et moi je souriais de même

Rappelle-toi Barbara

Toi que je ne connaissais pas

Toi qui ne me connaissais pas

Rappelle-toi

Rappelle-toi quand même ce jour-là

N'oublie pas

Un homme sous un porche s'abritait

Et il a crié ton nom

Barbara

Et tu as couru vers lui sous la pluie

Ruisselante ravie épanouie

Et tu t'es jetée dans ses bras

Rappelle-toi cela Barbara

Et ne m'en veux pas si je te tutoie

Je dis tu à tous ceux que j'aime

Même si je ne les ai vus qu'une seule fois

Je dis tu à tous ceux qui s'aiment

Même si je ne les connais pas

Rappelle-toi Barbara

N'oublie pas

Cette pluie sage et heureuse

Sur ton visage heureux

Sur cette ville heureuse

Cette pluie sur la mer

Sur l'arsenal

Sur le bateau d'Ouessant

Oh Barbara

Quelle connerie la guerre

Qu'es-tu devenue maintenant

Sous cette pluie de fer

De feu d'acier de sang

Et celui qui te serrait dans ses bras

Amoureusement

Est-il mort disparu ou bien encore vivant

Oh Barbara

Il pleut sans cesse sur Brest

Comme il pleuvait avant

Mais ce n'est plus pareil et tout est abîmé

C'est une pluie de deuil terrible et désolée

Ce n'est même plus l'orage

De fer d'acier de sang

Tout simplement des nuages

Qui crèvent comme des chiens

Des chiens qui disparaissent

Au fil de l'eau sur Brest

Et vont pourrir au loin

Au loin très loin de Brest

Dont il ne reste rien.

전쟁에 대한 분노의 외침을 담은 프레베르의 이 시는, 2차 세계대전이 끝나기 전 1944년 말에 쓴 것으로 알려져 있다. 그는 전쟁이 일어나기 전 1939년 가을, 브레스트에 머물고 있었다. 이 도시에 있는 해군기지의 전략적 중요성 때문에 독일군이 이 도시를 침공한 것은 1940년 6월 18일이다. 독일군이 이 항구도시를 점령한 4년 동안 이곳은 연합군의 끊임없는 폭격 대상이 되고, 도시의 많은 건물들이 파괴될 수밖에 없었다. 프레베르는 전쟁 이전이나 이후에도 브레스트와 웨상에 자주 갔고, 그곳에서 '바르바라'라는 이름을 자주 들었다고 말한다. '바르바라'는 시인이 알고 있는 어떤 특정한 여자의 이름이 아니라, 프랑스의 어느 곳에서라도 볼 수 있고, 물을 수 있는 이름이라는 것이다.

이 시의 서두에서 "브레스트에 끊임없이 내리던" 비는 후반부에서 야만적인 전쟁의 폭탄 투하의 비로 바뀌고, 결국 모든 것을 썩게 만드는 비로 끝난다. 그러니까 비는 먼 과거의 행복한 비에서 가까운 과거의 야만적인 비를 거쳐, 글 쓰는 화자의 현재 시점과 일치하는 황량한 죽음의 비로 변주되는 것이다. 초반부의 '행복한 비'가 내리는 장면에서 사랑하는 연인들이 "환한 얼굴로 비에 젖은 채 기쁨에 가득 찬" 모습으로 걷는 모습이 매우 인상적이다. 시인은 모든 연인들을 '너'라고 부른다면서, 사랑하는 사람들과의 동지애적 연대감을 표명하는데, 이것은 「절망은 벤치 위에 앉아 있다」에 나오는, 고통스럽고 절망하는 사람들과의 공감의식과 일치한다.

행렬

상복 차림의 시계와 함께 있는 황금 노인

영국 사람과 함께 있는 노동하는 왕비

그리고 바다를 지키는 사람들과 함께 있는 평화의 일꾼들

주검의 칠면조와 함께 있는 웃음거리 경기병

안경 쓴 제분기와 함께 있는 커피색 뱀

고급 인력의 댄서와 함께 있는 줄 사냥꾼

은퇴한 파이프와 함께 있는 거품 사령관

배내옷의 신사와 함께 있는 검은색 예복의 어린애

음악 사냥감과 함께 있는 교수대의 작곡가

담배꽁초 책임자와 함께 있는 양심 줍는 사람

가위 제독과 함께 있는 콜리니의 다림질하는 사람

생 뱅상 드 폴의 호랑이와 함께 있는 벵골의 수녀

철학 수선공과 함께 있는 도자기 교수

파리 가스회사 기사騎士와 함께 있는 원탁의 검사원

오렌지색 오리와 나폴레옹과 함께 있는 세인트헬레나 섬

묘지의 승리와 함께 있는 사모트라스의 관리인

먼바다의 아버지와 함께 있는 대가족의 예선曳船

프랑스 한림원 비대증과 함께 있는 전립선 회원

서커스단의 대사제와 함께 있는 직책이 없는 큰 말

버스의 합창단 소년과 함께 있는 나무 십자가 검사원

치과의사 같은 어린애와 함께 있는 무서운 외과의사

그리고 예수회 여는 사람과 함께 있는 굴의 전도사

Cortège

Un vieillard en or avec une montre en deuil

Une reine de peine avec un homme d'Angleterre

Et des travailleurs de la paix avec des gardiens de la mer

Un hussard de la farce avec un dindon de la mort

Un serpent à café avec un moulin à lunettes

Un chasseur de corde avec un danseur de têtes

Un maréchal d'écume avec une pipe en retraite

Un chiard en habit noir avec un gentleman au maillot

Un compositeur de potence avec un gibier de musique

Un ramasseur de conscience avec un directeur de mégots

Un repasseur de Coligny avec un amiral de ciseaux

Une petite sœur de Bengale avec un tigre de Saint-Vincent-
de-Paul

Un professeur de porcelaine avec un raccommodeur de
philosophie

Un contrôleur de la Table Ronde avec des chevaliers de la
Compagnie du Gaz de Paris

Un canard à Sainte-Hélène avec un Napoléon à l'orange

Un conservateur de Samothrace avec une Victoire de

cimetière

Un remorqueur de famille nombreuse avec un père de haute
mer

Un membre de la prostate avec une hypertrophie de
l'Académie française

Un gros cheval in partibus avec un grand évêque de cirque

Un contrôleur à la croix de bois avec un petit chanteur
d'autobus

Un chirurgien terrible avec un enfant dentiste

Et le général des huîtres avec un ouvreur de Jésuites

❖

이 시는 처음부터 끝까지 초현실주의자들의 언어유희와 같이 상이한 문맥 속에서 관용구처럼 자리잡은 단어들을 교체시켜 뜻밖의 새로운 표현을 만들어내는 방법으로 구성된다. 가령 첫 행의 예를 들자면, "금시계를 찬 상복 차림의 노인un vieillard en deuil avec une montre en or"이라는 본래의 구절이 '금'과 '상복' 차림을 교체함으로써 '상복 차림의 시계'와 '황금 노인'의 구절로 된 것이다. 이러한 변형된 표현을 일구어내는 시인의 유머와 풍자는 사회의 모든 위선과 허위를 조롱의 대상으로 삼아 인간의 권위와 사회적 가치들을 새로운 시각으로 바라보게 한다. 또한 "은퇴한 파이프와 함께 있는 거품 사령관" "배내옷의 신사" "철학 수선공" "프랑스 한림원 비대증과 함께 있는 전립선 회원" 등의 표현들은 권위적인 노인이나 관습적인 옷차림의 신사, 근엄한 철학 교수나 엄숙한 프랑스 아카데미 회원들의 모습을 회화한다. 그러므로 이 시는 사회의 모든 전통적 가치나 규범, 허위를 부정할 뿐 아니라, 시의 일반적 개념도 무시하고, 시인의 관습적 지위를 거부한다.

프레베르는 바타유의 말처럼 "단순히 즐거운 웃음을 자아내는 매력을 넘어서서 정신을 놀라게 하는 마법의 매력un enchantement"을 보여주는 시인이다. 그는 의도적으로 '좋은 시'

나 '재미있는 시'를 쓰려고 하지 않는다. 어떤 시를 쓰건, 계획이나 계산이 배제된 그의 시 쓰기는 분명히 초현실주의의 '자동기술'에서 영향을 받은 것이다. 여기에 덧붙여서 개성적인 관점과 독특한 상상력으로 그는 어떤 시인과도 다르게 자기의 개성적인 목소리를 갖는 시인이 되었다.

... dans mon âme ...

mal particulier ;

... humeur fâcheuse ;
... Sablier
... et délicieuse ;
... du monde familier.

... du Spectacle
... on hait un obstacle
... au glace :

... la terrible aurore
... alors, ... n'est que
... encore.

J'étais mourir. C...
— Désir mêlé d'horreur, ...

angoisse et vif espoir, ...
Plus allait à vidant ...
Plus ma torture était ...
Tout mon cœur s'arrach...

Enfan...
J'étais comme l'Enfance...
traînant le rideau Co...
Mais voilà qu'une idée ...

— J'étais mort ô miracl...
avait fui! — Quoi, m...
La toile était levée ...
... la Vérité ...